U0163955

中華章法學會主編

辭章章法學體系建構叢書　第四冊

章法結構原理與教學

陳滿銘　著

萬卷樓圖書股份有限公司出版

目次

自序

　　為了講授「國文教材教法」這門課程之需要，早在三十多年前，不得不接觸「章法」；而由於「章法」所研討的乃「篇章內容的邏輯結構」，因此對後來「多」、「二」、「一 0」螺旋結構之發現，就有直接之關係。開始時，先以捕捉到的有限「章法」，切入各類文章，作一檢視；再就所發現的「章（篇）法」現象，加以分析、統整，以求得其通則。這樣一路走來，才逐漸地集樹而成林，深入了「章法」的領域，確認了「章法」是「客觀存在」，而「與文（含章法）能力」是來自「先天」的事實，而成為一個新學科。數一數近三十年來所發表的有關「章法」的文章，共有百餘篇。其中最早涉及「章法類型」的是〈常見於稼軒詞裡的幾種詞章作法〉（原題〈稼軒詞作法舉隅〉）一文，一九七四年六月發表於臺灣師大國文系《文風》25 期，所涉及的章（篇）法有「今昔」、「遠近」、「大小」、「虛實」（情、景）、對照（「正反」）、演繹（「先凡後目」）、歸納（「先目後凡」）等，結合縱、橫向作說明，這可算是「清醒、自覺」的初步嘗試。

　　就在這樣尋找「章法類型」的同時，也沒有忽略「章法規律」。而最早以「章法規律」來梳理的是〈章法教學〉一文，一九八三年十二月發表於《中等教育》33 卷 5、6 期。它首度以「秩序」、「聯貫」、「統一」等三大規律來規範「章法類型」，而所涉及的章（篇）法，除「遠近」、「大小」、「今昔」、「本末」、「輕重」、「虛實」、「凡目」外，還兼及詞句、節段的聯貫與主旨的安置（篇首、篇腹、篇末、篇外）等，結合教學進行探討。

　　有了這種基礎，攻堅的努力自然就更為加緊，以周邊論著而言，先

後出版《國文教學論叢》（1991）、《文章的體裁》（1993）、《作文教學指導》（1994）、《國文教學論叢續編》（1998）、《文章結構分析》（1999）、《詞林散步——唐宋詞結構分析》（2000）等，而以核心專著之出版而言，於二○○一年出版《章法學新裁》、於二○○二年出版《章法學論粹》，又於二○○三年以「陰陽二元對待」為基礎，貫通「章法哲學」、「章法結構」、「章法美學」、「比較章法」等內容，先出版《章法學綜論》，再於二○○五年出版《篇章結構學》、二○○六年出版《辭章學十論》與《意象學廣論》，然後於二○○七年繼續推出本書與《多二一０螺旋結構論》，從多角度與層面嚴密地為辭章章法學與意象學建構了一個完整的體系。不但以「多」、「二」、「一（０）」的螺旋結構將哲學、文學（章法、意象）與美學「一以貫之」，也運用此結構，理清了辭章與章法、內容與章法、章法與主旨、意象、韻律（節奏）和風格之間的關係，以證明章法及意象規律、結構與自然規律的一體性。

　　除了出版專著外，近幾年（2001-2006）也寫了不少有關辭章章法與意象之論文，單以發表於兩岸學報或研討會者而言，重要的就有四十篇以上，其中發表於臺灣師大《師大學報》的有三篇、臺灣師大《中國學術年刊》的有五篇、臺灣師大《國文學報》的有七篇、成功大學《宋代文學研究叢刊》的有一篇、《成大中文學報》的有一篇、中山大學《文與哲》的有一篇、《中國修辭學國際學術研討會論文集》的有三篇、金華《浙江師範大學學報》的有三篇、無錫《江南大學學報》的有兩篇、錦州《渤海大學學報》的有一篇、安徽《阜陽師範學院學報》的有一篇、河南《平頂山師專學報》與《平頂山學院學報》的有三篇、江蘇《南通紡織職業技術學院學報》的有一篇、貴州《畢節師範高等專科學校學報》與《畢節學院學報》的有六篇、安徽《亳州師範高等專科學校學報》的有一篇、河北《唐山學院學報》的有一篇、浙江《溫州師範學院學報》的有一篇、上海《修辭學習》的有一篇、福州《閩江學院學報》的有一

篇、武夷山《南平師範高等專科學校學報》的有一篇、廣東《肇慶學院學報》的有一篇、銀川《西北第二民族學院學報》的有一篇、寧波《浙江工商職業技術學院學報》的有一篇、福建《泉州師範學院學報》的有一篇。由此可看出持續努力的一些成果。

如此在持續努力下，終於陸續獲得難得的鼓勵與肯定，首先是大陸學者鄭韶風〈漢語辭章學四十年述評〉（2001）一文中指出這種「研究的深度與廣度、科學性與實用性來講，雖非『覺後』，實屬『空前』」，其次是福建師大鄭頤壽教授先後在福州、蘇州所舉辦之海峽兩岸文化學術研討會上，特以臺灣辭章章法學之研究為主題，發表論文廣予宣揚，大力地替臺灣辭章章法學之研究打氣，認為臺灣辭章章（篇）法學之研究成果，是「豐碩的」、「空前」的。他在二○○一年十一月於廈門舉行的「海峽兩岸閩南文化學術研討會」上發表〈臺灣辭章學研究述評〉一文，以重點方式加以評述，認為臺灣之章（篇）法學研究具有「哲學思辨」、「多科融合」、「（讀寫）雙向兼顧」、「體系完整」、「重點突出」、「行知相成」等六大特點，並且又在二○○二年五月於蘇州「海峽兩岸中華傳統文化與現代化研討會」上，發表〈中華文化沃土，辭章學圃奇葩──讀陳滿銘的《章法學新裁》及其相關著作〉一文，以為「辭章章法的辯證法，是一種居高臨下的哲學思辨。以陳教授為中心的辭章學隊伍的作品，這一特點十分突出。」接著是南京大學王希杰教授在〈章法學門外閑談〉（2002）一文也指出：「章法學作為一門學問，不是有關部門章法的個別的知識，而是章法知識的總和，是一種概念的系統。章法學是一門實用性很強的學問，也有極高的學術價值。它同文章學、修辭學、語用學、文藝學、美學、邏輯學等都具有密切關係。章法學已經初步形成了一門科學。陳滿銘教授初步建立了科學的章法學體系。」再來是林大礎、鄭娟榕兩位學者在〈當代漢語辭章學的三個時期與主要標誌〉（2004）一文中指出：「陳滿銘教授及其弟子所創立的辭章章法學，

是目前的當代漢語辭章學所有分支學科中，最系統、最全面、最完整、規模最大、成就最突出的一個專門學科。它是當代漢語辭章學分支學科的建立與發展的極為重要的標誌。」然後是廣東暨南大學黎運漢教授在〈陳滿銘對辭章章法學的貢獻〉（2005）一文中以為「陳滿銘教授的辭章章法學論著，展現了創新的章法觀，建立了比較系統、合理的理論體系，揭示了章法現象本體的基本規律，運用了比較科學的研究方法，使漢語章法學基本具備了成為一門新學科的資格。」諸如此類之鼓勵與肯定，從四方八面傳來，是十分令人感動的。

　　如此之鼓勵與肯定，大都圍繞在辭章章法之理論研究上，而辭章學家鄭頤壽教授則特別注意到了它的應用面，即國語文教學之上，他在其《臺灣辭章學研究述評》（2002）中說：「文章具有雙向性，一方是寫作者，一方是閱讀者，談章法不得不顧及這兩方。臺灣的辭章章法學研究兩方都兼顧了。先講寫作一方。陳教授說：『所謂章法，是指文章構成的形態而言，也就是將句子組合成節段，由節段組合成整篇的一種方式。任何一個作家，不論是古、今或中、外，於寫作文章時，一定要把各個句子與節段作合適的配置，才能夠使作品產生巨大的感染力量。』（《新裁》，頁 21）這談的是『作家』的寫作。陳教授還從廣大的學生『作文』考慮。在〈如何進行作文教學〉一文中，談到『嚴守命題原則』；『活用命題的方式』，讓學生『擴充』、『濃縮』、『仿寫』、『改寫』。『審題』，要『明辨題目的意義』、『把握題目的重心』、『認識題目的範圍』、『決定寫作的體裁』、『確定寫作的主場』。『立意』，要考慮：『主旨（綱領）安置於篇首』，或『安置於篇腹』、『篇末』，甚至『安置於篇外』。『布局』，『得看到作者的意度心管來盡其巧妙』，要依據『秩序原則』、『聯貫原則』、『統一原則』。這些，都是就寫作一方來談『章法』（《國文教學論叢續編》，以下簡稱《續編》，頁 401-425）。再談閱讀一方。掌握『章法』理論，有助於全面、深入地理解文章的含義和藝術。這就

要把渾然一體的文章，作多方的『分析』，才能由全部到局部，再由局部到全部，掌握文章所蘊含的各種信息。陳教授十分強調：『要分析一篇文章，可以多方面著手，其中最關緊要的，就是『章法』。所謂『章法』，是綴句成節、段，聯節、段成篇的一種組織方式。這種方式很多，比較常見的，除綱領的軌數外，有遠近、大小、本末、淺深、貴賤、親疏、賓主、正反、虛實、凡目、因果、平側（平提側注）、抑揚、擒縱、問答、立破等。用這種方式切入一篇文章，來掌握它的形式結構，從而將它的內容結構也梳理清楚，那麼這篇文章在內容與形式上的特色就自然凸顯出來了（《文章結構分析》，自序頁 1）。科學的辭章學以及辭章學之諸多分支學科，都要講究『有效、高效地表達、承載並藉以適切、深入地理解話語信息』為其前提。『表達』，就說、寫而言；『理解』，就聽、讀而言；『承載』，就話語文本而言。臺灣的辭章章法論，能同時注意到表達與接受兩方，是難能可貴的。」

而語文教育家張慧貞先生在其〈兩岸辭章學研究和語文教學隅談〉（2004）中也說：「陳教授的《國文教學論叢》及其《續編》，以書面『話語』──『文篇』為例，兼顧讀、寫雙向互動。全書都把閱讀、欣賞與寫作能力的培養結合起來，以全面提高學生的語文水平。書中設了〈談詩詞教學與欣賞〉（見《論叢》，頁 63-70）、〈如何進行鑑賞教學〉、〈談文章作法賞析〉、〈談近體詩的欣賞〉、〈談中國古典詩歌之美〉（《續編》，頁 303-400）等長篇，專論閱讀、鑑識。作者談鑑識緊緊抓住『表達←→承載←→理解』雙向互動，指出『鑑賞是使讀者與作者產生共鳴的一種活動』（《續編》，頁 303）鑑賞者要有『眼力』，具備能『搜尋的敏感』，『主要是作者究竟搜尋什麼情意來抒發』，理解其『立意之美』；搜尋其『得來材料』，解讀其『取材之美』。而這些，又具體地落實在『控制的力量』上，這就是『看作者究竟選用什麼語句來表達，而又運用什麼章法來經營，以有效地控制所尋得的材料，成功地組成一篇

文章』，語句的表達，又落實在『修辭之美』上，進而，綜合起來，作『風格的鑑賞』。風格的鑑賞抓四組八體：簡約與繁豐，剛健與柔婉，平淡與絢爛，嚴謹與疏放。在鑑賞活動中，教師起橋樑和嚮導作用，首先自己要『能好好地把握它們』，還要能指引學生細加辨認，潛心欣賞，則浸淫日久，必可提升學生的思辨力與鑑賞力，而收到教學之最佳效果。作者用這一思想為指導，擴展到指導『範文教學和課外讀寫』，指導『演講、辯論、吟唱』活動，這就由書面之讀寫，擴展到口頭之聽說上（《續編》，頁 401）。……平心想想，哪位語文教師，哪篇課文教學可以拋掉篇章辭章學？篇章辭章學大有用途，是語文教學機器中的大齒輪，帶動著教學的開展、運作。王希杰教授高度評價章法學，說：『像陳教授這樣一來以四大規律來建立章法學理論大廈，這還是第一次。如果說唐鉞、王易、陳望道等人轉變了中國修辭學，建立了科學的中國現代修辭學，我們也可以說，陳滿銘及其弟子轉變了中國章法學，建立了科學的章法學，把漢語章法學的研究轉向科學的道路。』這對語文教師學習，運用辭章章法學應該也有啟發吧！」這樣特別強調章法理論在國語文教學上之應用價值，令人得到更大的肯定與鼓勵。

　　至於南京大學語言學家王希杰教授則牢籠哲學、辭章學與國語文教學，在〈陳滿銘教授和章法學〉（2005）一文中加以肯定說：「臺灣師範大學國文系陳滿銘教授是四書學家、詩詞學家、章法學家和語文教育家。但是他首先是章法學家。四書學是他的為人、治學的基礎。詩詞學研究是他的章法學的材料來源，也是章法學規則的核對綜合運用。語文教學是他的章法研究的出發點，他的章法學理論服務於語文教學。」他指明臺灣的「章法學理論服務於語文教學」，是一點也沒錯的。

　　為此，本書特取名「章法結構原理與教學」，以期達成「章法學理論服務於語文教學」之目的。就在此書出版前夕，回顧一下，從哲學、文學、美學與語文教學各角度來確認「多」、「二」、「一（0）」螺旋結

構的過程，是漫長而辛苦的，而所獲得的肯定與鼓勵，則是令人銘記於心的。此外，必須一提的是：本書為求完備，在理論部分，分別於第三章借助語言學家王希杰教授「客觀之存在」、「零點與偏離」、「潛隱與兼格」的章法觀，對章法之相關理論進行論述；而在應用部分，則於第六章由成功大學副教授仇小屏博士以「題組」方式提供命題與實作之資料，對章法結構在新式寫作中之應用加以探討；凡此都使本書生色不少，這又是令人感激不已的。於此，謹以這份「銘記」、「感激」之心，祈請各中、小學教師與各專家學者能從嚴檢驗，不吝指正，以匡不逮！

序於臺灣師範大學國文系 835 研究室

二〇〇七年一月十五日

第一章
緒 論

　　國語文教學要兼顧「聽」、說、讀、寫等能力之培養，它們全離不開「意象」，而一般用之於文學之「意象」，如歸根於人類的「思維」來說，則由於「思維」是人類一切知行活動的原動力，而「思維」又始終以「意象」為內容，所以「意象」是可以通貫「思維」之各個層面，而形成「意象（思維）系統」的。而「意象（思維）系統」則直接與「語文能力」的開展息息相關；一般而言，語文能力可概分為三個層級來加以認識：即「一般能力」（含思維力、觀察力、記憶力、聯想力、想像力）、「特殊能力」（含立意、運用詞彙、取材、措辭、構詞與組句、運材與布局、確立風格等能力）、「綜合能力」（含創造力）等[1]。不過，這三層能力的重心在「思維力」，經由「形象」、「邏輯」與「綜合」等思維力作用下，結合「聯想力」與「想像力」的主客觀開展，進而融貫各種、各層「能力」，而產生「創造力」。以下就鎖定要求趨於精密的「讀」與「寫」，分別從「一般能力」與「特殊能力」與「綜合能力」，探討它們與「意象（思維）系統」的關係，從而凸顯以「運材與布局」能力所形成的「章法結構」在整個辭章學體系中之重要地位。

1　仇小屏：《限制式寫作之理論與應用》（臺北市：萬卷樓圖書公司，2005 年 10 月初版），頁 12-46。

第一節　一般能力與意象（思維）系統

　　所謂的「一般能力」，是「特殊能力」的共同基礎，當然也是形成「篇章結構」之源頭力量。它正如彭聃齡主編《普通心理學》所言：「一般能力指在不同種類的活動中表現出來的能力。」[2] 也就是說，不只是寫作時必須具備，從事其他學科的學習時也都需要，因此是相當基礎、運用相當廣泛的能力；細分起來，其中包括思維力、觀察力、記憶力、聯想力、想像力等。

　　首先看思維力，周元主編《小學語文教育學》說道：「思維靠語言來組織。我們進行思考時，必須借助於單詞、短語和句子。因為思維的基本形式——概念，是用語言中的詞來標誌的，判斷過程和推理過程也是憑藉語句來進行的；也正是因為人憑藉語言進行思維，才使思維具有間接性和概括性。」[3] 因為人類具有思維能力，所以不會只侷限於某個時空的直接感官接觸；而且思維力的鍛鍊與語言能力的進展，可說是密切相關，是可以互動、循環、提升的。周元主編《小學語文教育學》又說道：「語言是思維的直接現實。我們理解語言時，要經歷從語文形式到思想內容，又從思想內容到語文形式的思維；言語表達時則相反，要經過從內容到形式，又從形式到內容的思維過程。在這反覆的過程中，需要進行分析綜合、抽象概括、判斷推理，需要形象思維和邏輯思維的交替進行。」[4] 正因為語言與思維有著密切的關係，所以在語文教學的全過程中，都應有意識地進行思維訓練。思維力強，表現出來就是抽象、概括的能力強，亦即「求異」與「求同」的能力強，彭聃齡主編《普

2　彭聃齡主編：《普通心理學》（北京市：北京師範大學出版社，2001 年 5 月二版，2003 年 1 月十五刷），頁 392。

3　周元主編：《小學語文教育學》（上海市：華東師範大學出版社，1992 年 10 月一版一刷），頁 26。

4　周元主編：《小學語文教育學》，頁 26。

通心理學》甚至認為抽象概括力是一般能力的核心[5]。在語文教學中，可以用「比較」的方式，來鍛鍊出學生「求異」與「求同」的能力，因而促進思維能力。

其次看觀察力，彭聃齡《普通心理學》說：「外部感覺接受外部世界的刺激並反映它們的屬性，這類感覺稱外部感覺。如視覺、聽覺、嗅覺、味覺、皮膚感覺等。……內部感覺接受機體內部的刺激並反映它們的屬性（機體自身的運動與狀態），這種感覺叫內部感覺，如運動覺、平衡覺、內臟感覺等。」[6] 觀察力就是運用視、聽、嗅、味、觸五種外部知覺，以及內部知覺，來獲取外在世界和機體內部訊息的能力。良好的觀察力對於寫作來說是相當重要的，因為正如周元《小學語文教育學》所言：觀察是獲得說寫素材的重要途徑，也是準確生動地表達的前提[7]。

又其次看記憶力，彭聃齡主編《普通心理學》：「記憶（memory）是在頭腦中積累和保存個體經驗的心理過程，運用信息加工的術語講，就是人腦對外界輸入的信息進行編碼、存儲和提取的過程。……記憶是一種積極、能動的活動。人對外界輸入的信息能主動地進行編碼，使其成為人腦可以接受的形式。現代心理學家認為，只有經過編碼的信息才能記住。」[8] 作為一種心理過程，記憶是一個識記、再認和再現的過程，是人們運用知識經驗進行思考、想像、解決問題、創造發明等一切智慧活動的前提。有了記憶，人們才能積累知識、豐富經驗；沒有記憶，一切心理現象的發展都是不可能的，我們的教育或教學也無法進行。

再其次看聯想力，童慶炳《中國古代心理詩學與美學》說道：「聯

5　《普通心理學》，頁 392。

6　《普通心理學》，頁 76。

7　《小學語文教育學》，頁 23。

8　《普通心理學》，頁 201。

想是人的一種心理機制，主要指人的頭腦中表象的聯繫，即其中一個或一些表象一旦在意識中呈現，就會引起另一些相關的表象。」[9] 譬如我們看到月曆已撕到二月，就會想到冬去春來，由冬去春來又自然會想到萬物復甦，由萬物復甦又想到春景的美麗……等等。這種由一種事物想到另一種事物的能力就是聯想力，邱明正《審美心理學》並將聯想分成接近聯想、相似聯想、對比聯想、關係聯想幾類[10]。

　　接著看想像力，彭聃齡主編《普通心理學》說道：「想像（imagination）是對頭腦中已有的表象進行加工改造，形成新形象的過程。」[11] 其加工改造的方向有二：重組或變造。因此想像力的豐沛植基於兩個重要因素上：其一為腦中所儲存表象的豐富，其一為重組和變造的能力；也因為想像力是如此運作的，因此想像所得就會具有形象性和新穎性，這就是想像力迷人的地方。舉例來說，《哈利波特》童書系列中出現的「咆哮信」，就是將「信」和「生氣咆哮」重組起來，於是產生了新的表象——咆哮信；至於童話中常出現的可怕巨人，則往往是將某些特點加以誇大（譬如粗硬的皮膚、洪亮的聲音、巨大的眼睛等），這就是經過想像力變造的結果；不過更多的情況是在想像的過程中兼有重組與變造[12]。

　　如果從它們的邏輯關係來說，它們初由「觀察力」與「記憶力」的兩大支柱豐富「意象」，再由「聯想力」與「想像力」的兩大翅膀拓展「意象」（多），接著由「形象」與「邏輯」的兩大思維（二）運作「意

9　童慶炳：《中國古代心理詩學與美學》（臺北市：萬卷樓圖書公司，1994 年 8 月初版），頁 133。

10　邱明正：《審美心理學》（上海市：復旦大學出版社，1993 年 4 月一版一刷），頁179。

11　《普通心理學》，頁 248。

12　以上論述，參見仇小屏：《限制式寫作之理論與應用》（臺北市：萬卷樓圖書公司，2005 年 10 月初版），頁 12-46。

象」，然後由「綜合思維」統合「意象」（一（0）），以發揮最大的「創造力」[13]。如此周而復始，便形成「多」、「二」、「一（0）」的螺旋結構[14]以反映「思維系統」或「意象系統」[15]。它們的關係可呈現如下圖：

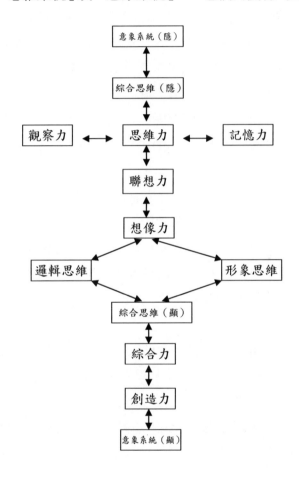

---

13 陳滿銘：〈談思維力與語文螺旋結構的關係〉，《國文天地》21 卷 3 期（2005 年 8 月），頁 79-86。

14 陳滿銘：〈論「多」、「二」、「一（0）」的螺旋結構──以《周易》與《老子》為考察重心〉，臺灣師大《師大學報・人文與社會類》48 卷 1 期（2003 年 7 月），頁 1-20。

15 陳滿銘：〈淺論意象系統〉，《國文天地》21 卷 5 期（2005 年 10 月），頁 30-36。

　　由此可見，在這種由「隱」而「顯」地呈現「意象系統」整個歷程裡，是完全離不開「思維力」（含觀察、記憶、聯想、想像、創造）之運作的。

　　而這種結構或系統，如果對應到「創造」主體的「才」、「學」、「識」三者而言，則顯然其中的「才」與「學」是對應於「觀察」與「記憶」來說的，屬於知識層，為「思維」之基礎，以儲存「意象」；而「識」則屬於智慧層，藉以提升或活用「意象」而組成隱性「意象系統」，乃對應於一切「思維」（含聯想與想像）之運作而言的。這些不但可適用於藝術文學、心理學等領域，也適用於科技領域。因此盧明森說：

> 它（意象）理解為對於一類事物的相似特徵、典型特徵或共同特徵的抽象與概括，同時也包括通過想像所創造出來的新的形象。人類正是通過頭腦中的意象系統來形象、具體地反映豐富多彩的客觀世界與人類生活的，既適用於文學藝術領域、心理學領域，又適用於科學技術領域。[16]

　　所以「意象」是一切思維（含形象、邏輯、綜合）的基本單元，因為從源頭來看，「意象」是合「意」與「象」而成，而「意」與「象」，乃根源於「心」與「物」，原有著「二而一」、「一而二」的關係，藉以形成「思維系統」或「意象系統」，以統括各層能力，當然也包括組織「章法結構」的特殊能力。

---

16 黃順基、蘇越、黃展驥主編：《邏輯與知識創新》第二十章（北京市：中國人民大學出版社，2002 年 4 月一版一刷），頁 430。

第二節　特殊能力與意象（思維）系統

　　上文所謂的「思維」、「觀察」、「記憶」、「聯想」、「想像」與「創造」，都離不開「意象」，而以「意象」為內容。如果扣到人類的「能力」來看，則它由於隸屬於「一般能力」的層面，可通貫於各類學科，乃形成下一層面「特殊能力」之基礎。而「特殊能力」，則專用於某類學科。就以「辭章」而言，是結合「形象思維」、「邏輯思維」與「綜合思維」而形成的。這三種思維，各有所主。如果是將一篇辭章所要表達之「意」，訴諸各種偏於主觀之聯想、想像，和所選取之「象」連結在一起，或者是專就個別之「意」、「象」等本身設計其表現技巧的，皆屬「形象思維」；這涉及了「取材」、「措詞」等有關「意象」之形成與表現等問題，而主要以此為研究對象的，就是意象學（狹義）、詞彙學與修辭學等。如果是專就各種「象」，對應於自然規律，結合「意」，訴諸偏於客觀之聯想、想像，按秩序、變化、聯貫與統一之原則，前後加以安排、布置，以成條理的，皆屬「邏輯思維」；這涉及了「運材」、「布置」與「構詞」等有關「意象」之組織等問題，而主要以此為研究對象的，就語句言，即文（語）法學；就篇章言，就是章法學。至於合「形象思維」與「邏輯思維」而為一，探討其整個「意象」體性的，則為「綜合思維」，這涉及了「立意」、「確立體性」等有關「意象」之統合等問題，而主要以此為研究對象的，為主題學、意象學（廣義）、文體學、風格學等。而以此整體或個別為對象加以研究的，則統稱為辭章學或文章學[17]。

　　因此辭章的內涵，對應於學科領域而言，主要含意象學（狹義）、

---

17 陳滿銘：〈論語文能力與辭章研究──以「多」、「二」、「一（0）」螺旋結構作考察〉，臺灣師大《國文學報》36 期（2004 年 12 月），頁 67-102。

詞彙學、修辭學、文（語）法學、章法學、主題學、文體學、風格學……等。這是辭章研究的寶貴成果。茲分述如下：

首先是意象學，此為研究辭章有關意象的一門學問。我國對這種文學中的「意象」，很早就注意到，以為它是「馭文之首術、謀篇之大端」（見《文心雕龍‧神思》）。而所謂「意象」，黃永武認為「是作者的意識與外界的物象相交會，經過觀察、審思與美的釀造，成為有意境的景象。」[18]這裡所說的「物象」，所謂「物猶事也」（見朱熹《大學章句》），該包含「事」才對，因為「物（景）」只是偏就「空間」（靜）而言，而「事」則是偏就「時間」（動）來說罷了。通常一篇作品，是由多種意象組成的。如單就個別意象的形成來說，運用的是偏於主觀的形象思維。

其次是詞彙學，為語言學的一個部門，研究語言或一種語言的詞彙組成和歷史發展。莊文中說：「如果把語言比作一座大廈，那麼語彙是這座語言大廈的建築材料，正是千千萬萬個詞語——磚瓦、預制件——建成了巍峨輝煌的語言大廈。張志公先生說：『語言的基礎是詞彙，語言的性能（交際工具、信息傳遞工具、思維工具）無一不靠語彙來實現』，還說『就教、學、使用而論，語彙重要，語彙難。』」[19]可見詞彙是將「情」、「理」、「景」（物）、「事」等轉為文字符號的初步，在辭章中是有其基礎性與重要性的。

再其次是修辭學，修辭學大師陳望道說：「修辭原是達意傳情的手段。主要為著意和情，修辭不過調整語辭使達意傳情能夠適切的一種努

---

18 黃永武：《中國詩學‧設計篇》（臺北市：巨流圖書公司，1999 年 6 月初版十三刷），頁 3。
19 莊文中：《中學語言教學研究》（廣州市：廣東教育出版社，2001 年 1 月一版二刷），頁 29-30。

力。」[20]。而黃慶萱以為「修辭的內容本質，乃是作者的意象」、「修辭的方式，包括調整和設計」、「修辭的原則，要求精確而生動」[21]。可見修辭，主要著眼於個別意象之表現上，經過作者主觀的調整和設計，使它達到精確而生動，以增強感染力或說服力的目的。這顯然是以形象思維為主的。

又其次是文（語）法學，乃研究語言結構方式的一門科學，它包括詞的構成、變化與詞組、句子的組織等。楊如雪在增修版《文法 ABC》中綜合呂叔湘、趙元任、王力等學者的說法說：「何謂文法？簡單地說，文法就是語句組織的條理。語句組織的條理不是一套既定的公式，而是從語文裡分析、歸納出來的規律，這種語句組織的規律，包括詞的內部結構及積辭成句的規則，因此文法可以說是語文構詞和造句的規律。」[22] 既然文（語）法是「語句組織的條理」、「語文構詞和造句的規律」，而所關涉的是個別概念之組合，當然和由概念所組合而成的意象與偏於語句的邏輯思維有直接之關聯。

接著是章法學，這所謂的「章法」，探討的是篇章內容的邏輯結構，也就是聯句成節（句群）、聯節成段、聯段成篇的關於內容材料之一種組織，以形成「章法結構」。對它的注意，雖然極早，但集樹而成林，確定它的範圍、內容及原則，形成體系，而成為一個學門，則是晚近之事[23]。到了現在，可以掌握得相當清楚的章法，約有四十種。這些

---

20 陳望道：《修辭學發凡》（香港：大光出版社，1961 年 2 月版），頁 5。
21 黃慶萱：《修辭學》（臺北市：三民書局，2002 年 10 月增訂三版一刷），頁 5-9。
22 楊如雪：《文法 ABC》（臺北市：萬卷樓圖書公司，2002 年 2 月再版），頁 1-2。
23 鄭頤壽：「臺灣建立了『辭章章法學』的新學科，成果豐碩，代表作是臺灣師大博士生導師陳滿銘教授的《章法學新裁》（以下簡稱「新裁」）及其高足仇小屏、陳佳君等的一系列著作。……臺灣的辭章章法學體系完整、科學，已經具備成『學』的資格。」見〈中華文化沃土，辭章學圃奇葩——讀陳滿銘《章法學新裁》及其相關著作〉，《海峽兩岸中華傳統文化與現代化研討會文集》（蘇州市：「海峽兩岸中華傳統文化與現代化研討會」，2002 年 5 月），頁 131-139。又王希杰：「章法學是一門實用

章法，全出自於人類共通的理則，由邏輯思維形成，都具有形成秩序、變化、聯貫，以更進一層達於統一的功能。而這所謂的「秩序」、「變化」、「聯貫」、「統一」，便是章法的四大律。其中「秩序」、「變化」與「聯貫」三者，主要是就材料之運用來說的，重在分析；而「統一」，則主要是就情意之表出來說的，重在通貫。這樣兼顧局部的分析（材料）與整體的通貫（情意），來牢籠各種章法，是十分周全的[24]。這種篇章的邏輯思維，與語句的邏輯思維，可以說是一貫的。

　　再來是主題學，陳鵬翔在《主題學理論與實踐》中以為「主題學是比較文學中的一部門（a field of study），而普通一般主題研究（thematic studies）則是任何文學作品許多層面中一個層面的研究；主題學探索的是相同主題（包含套語、意象和母題等）在不同時代以及不同作家手中的處理，據以了解時代的特徵和作家的『用意意圖』（intention），而一般的主題研究探討的是個別主題的呈現」[25]，可見「主題」包含了「套語」、「意象」和「母題」等，如果單就一篇辭章，亦即「個別主題的呈現」來說，指的就是「情語」與「理語」、「意象」、「主旨」（含綱領）等；而「情語」與「理語」是用以呈現「主旨」（含綱領）的，可一併看待，因此「主題」落到一篇辭章裡，主要是指「主旨」（含綱領）與「意象」（廣義）來說，是合形象思維與邏輯思維為一的。

性很強的學問，也有極高的學術價值。它同文章學、修辭學、語用學、文藝學、美學、邏輯學等都具有密切關係。章法學已經初步形成了一門科學。陳滿銘教授初步建立了科學的章法學體系。……如果說唐鉞、王易、陳望道等人轉變了中國修辭學，建立了學科的中國現代修辭學，我們也可以說，陳滿銘及其弟子轉變了中國章法學的研究大方向，建立了科學的章法學，把漢語章法學的研究轉向科學的道路。」見〈章法學門外閒談〉，《國文天地》18卷5期（2002年10月），頁92-95。

24 陳滿銘：《章法學綜論》（臺北市：萬卷樓圖書公司，2003年6月初版），頁17-58。

25 陳鵬翔：《主題學理論與實踐》（臺北市：萬卷樓圖書公司，2001年5月初版），頁238。

　　然後是文體學，所謂「文體」即「文學（章）體裁」，在我國很早就討論到它，如曹丕的〈典論論文〉就是；接著劉勰在《文心雕龍》裡，論文體的就有二十幾篇，幾佔全書之半；後來論文體或分文體的，便越來越多。如梁任昉的《文章緣起》將文體分為八十四類，宋《唐文粹》將散文分為二十二類，明吳訥《文章辨體》分散文為四十九類、駢文為五類，清姚鼐《古文辭類纂》分文體為十三類，曾國藩《經史百家雜鈔》分為三門十一類；以上皆屬「舊派文體論」。到了清末，受到東西洋文學作品之影響，我國的文體論也起了變化，有分為記事文、敘事文、解釋文、議論文的（龍伯純、湯若常），也有概括為應用文與美術文的（蔡元培），更有根據心理現象分為理智文為與情念文的（施畸）；以上則屬「新派文體論」[26]。而現在所通行的記敘（含描寫）、論說、抒情、應用等四類，就是受了新派文體論的影響。這涉及了辭章的各方面，是合形象思維與邏輯思維而為一的。

　　最後是風格學，一般說來，風格是多方面的，而文學風格更是如此，有文體、作家、流派、時代、地域、民族和作品等風格之異[27]。即以一篇作品而言，又有內容與形式（藝術）風格的不同，即以內容來說，就關涉到主題（主旨、意象），而形式（藝術），則與文（語）法、修辭和章法等有關。而一篇作品之風格，就是結合內容與形式（藝術）所產生有整個機體所顯示的審美風貌[28]，這是合作者之形象思維與邏輯思維為一而形成，可以統攝主題、文（語）法、修辭和章法等種種個別風格，呈現整體風格之美。如果從根本來說，風格離不開「剛」與

26　蔣伯潛：《文體論纂要》（臺北市：正中書局，1979 年 5 月臺二版），頁 1-12。

27　黎運漢：《漢語風格學》（廣州市：廣東教育出版社，2000 年 2 月一版一刷），頁 3。

28　顧祖釗：「風格的成因並不是作品中的個別因素，而是從作品中的內容與形式的有機整體的統一性中所顯示的一種總體的審美風貌。」見《文學原理新釋》（北京市：人民文學出版社，2001 年 5 月一版二刷），頁 184。

「柔」，而這種由「陰陽二元對待」所形成之「剛」與「柔」，可說是各種風格之母。而我國涉及此「剛」與「柔」的特性來談風格的，雖然很早，但真正明明白白地提到「剛」與「柔」，而又強調用它們來概括各種風格的，首推清姚鼐的〈復魯絜非書〉。它「把各種不同風格的稱謂，作了高度的概括，概括為陽剛、陰柔兩大類。像雄渾、勁健、豪放、壯麗等都歸入陽剛類，含蓄、委曲、淡雅、高遠、飄逸等都可歸入陰柔類。」[29] 由於「剛」與「柔」之呈現，主要靠同樣由「陰陽二元對待」所形成章法與章法結構[30]，因此透過章法結構分析，是可以看出「剛」與「柔」之「多寡進絀」（姚鼐〈復魯絜非書〉）的。

　　以上就是辭章的主要內涵，都與形象思維、邏輯思維或綜合思維有著密切的關係。其中有偏於字句範圍的，主要為詞彙、修辭、文（語）法與意象（個別）；有偏於章與篇的，主要為意象（整體）與章法；有偏於篇的，主要為主旨、文體與風格。因此辭章的篇章，是主要以意象（個別到整體、狹義到廣義）與章法為其內涵，而以主旨與風格來「一以貫之」的。

　　而這種「思維系統」或「意象系統」以及它表現在辭章上的內涵，如對應於「多」、「二」、「（0）一」的螺旋結構，則落在辭章上言，其中「意象」（個別）、「詞彙」、「修辭」、「文（語）法」、「章法」是「多」，「形象思維」與「邏輯思維」為「二」，「主題」（含整體「意象」）、「文體」、「風格」為「一（0）」。其中「意象」（個別）、「詞彙」與「修辭」關涉「意象」之形成與表現；「文（語）法」與「章法」關涉「意象」

29　周振甫：《文學風格例話》（上海市：上海教育出版社，1989 年 7 月一版一刷），頁13。

30　章法可分陰陽剛柔，而由章法結構，藉其移位、轉位、調和、對比等變化，可粗略透過公式推算出其陰陽剛柔消長之「勢」，以見其風格之梗概。見陳滿銘：〈論辭章的章法風格〉，《修辭論叢》五輯（臺北市：洪葉文化事業公司，2003 年 11 月初版一刷），頁 1-51。

之組織；「主題」（含整體「意象」）、「文體」與「風格」關涉「意象」之統合。如此在「形象思維」、「邏輯思維」與「綜合思維」之相互作用下，由「（0）一」而「二」而「多」，凸顯的是「寫」（創作）的順向過程；而由「多」而「二」而「（0）一」，凸顯的則是「讀」（鑑賞）的逆向過程[31]。

　　它們的關係可明白呈現如下列辭章的意象結構圖：

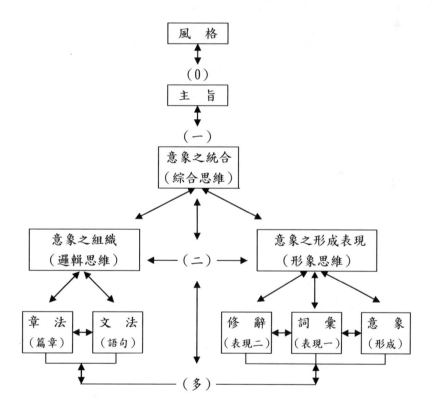

31　〈論語文能力與辭章研究——以「多」、「二」、「一（0）」螺旋結構作考察〉，頁67-
　　102。

由此可知，辭章是離不開「意象」的，就是主旨與風格，也是如此。因為「主旨」是核心之「意」，而「風格」是以主旨統合各「意象」之形成、表現與組織所產生之一種整體性的「審美風貌」[32]。因此可以這麼說，如離開了「意象系統」就沒有辭章，當然也不可能形成「章法結構」，其地位之重要，可想而知。

第三節　綜合能力與意象（思維）系統

　　「綜合能力」包含「一般能力」與「特殊能力」，將它們綜合在一起，可形成下列「意象（思維）系統」圖：

32　《文學原理新釋》，頁 184。

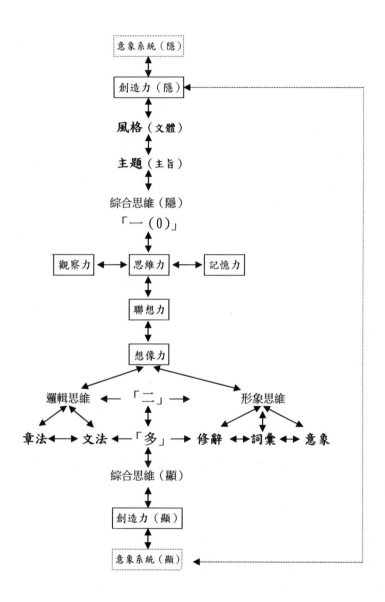

　　可見辭章乃以「意象」為內容，而「意象」又「是聯想與想像的前提與基礎，沒有意象就不可能進行聯想與想像。」[33] 因此如從辭章中抽離出「意象系統」，那就空無一物了。

　　在此須作補充說明的是：在哲學或美學上，對所謂「對立的統一」、「多樣的統一」，即「二而一」、「多而一」之概念，都非常重視，一向被目為事物最重要的變化規律或審美原則，似乎已沒有進一步探討之空間。不過，「對立的統一」，指的只是「一」與「二」；而「多樣的統一」指的則是「多」與「一」。這樣分別著眼於局部，雖凸顯出焦點之所在，卻往往讓人忽略了徹上徹下之「二」（陰陽）的居間作用，與其一體性之完整結構。若從《周易》（含《易傳》）與《老子》等古籍中去考察，則可使它更趨於精密、周遍，不但可由「有象」而「無象」，找出「多、二、一（0）」之逆向結構；也可由「無象」而「有象」，尋得「（0）一、二、多」之順向結構；並且透過《老子》「反者道之動」（四十章）、「凡物芸芸，各復歸其根」（十六章）與《周易‧序卦》「既濟」而「未濟」之說，將順、逆向結構不僅前後連接在一起，更形成循環不已的螺旋結構，以反映宇宙萬物生生不息的基本規律[34]，可適用於事事物物。這樣，此種規律、結構，用於「寫」（創作）一面，自然可呈現「（0）一、二、多」；而落到「讀」（鑑賞）一面，則自然可呈現「多、

---

33 《邏輯與知識創新》第二十章，頁 431。

34 〈論「多」、「二」、「一（0）」的螺旋結構——以《周易》與《老子》為考察重心〉，而此「螺旋」一詞，本用於教育課程之理論上，早在十七世紀，即由捷克教育家夸美紐思所提出，乃「根據不同年齡階段（或年級），遵循由淺入深，由簡單到複雜，由具體而抽象的順序，用循環、往復螺旋式提高的方法排列德育內容。螺旋式亦稱圓周式」，見《簡明國際教育百科全書》（北京市：新華書局北京發行所，1991 年 6 月一版一刷），頁 611。又，相對於人文，科技界亦發現生命之「基因」和「DNA」等都呈現螺旋結構。參見約翰‧格里賓著、方玉珍等譯：《雙螺旋探密——量子物理學與生命》（上海市：上海科技教育出版社，2001 年 7 月），頁 271-318。

二、一（0）」[35]。而由於「讀」（鑑賞）與「寫」（創作）是互動的，當然就形成「多」、「二」、「（0）一」的螺旋結構了。

　　而這種以「多」、「二」、「（0）一」螺旋結構所形成之「意象（思維）系統」，若單著眼於「寫」（創作），所呈現的是「（0）一、二、多」，而單著眼於「讀」（鑑賞），則所呈現的是「多、二、一（0）」。這在同一作品而言，作者由「意」而「象」地在從事順向（「（0）一、二、多」）創作的同時，也會一再由「象」而「意」地如讀者作逆向（「多、二、一（0）」）之檢查；同樣地，讀者由「象」而「意」地作逆向（「多、二、一（0）」）鑑賞（批評）的同時，也會一再由「意」而「象」地如作者在作順向（「（0）一、二、多」）之揣摩。這樣順逆互動、循環而提升，形成螺旋結構，而最後臻於至真、至善、至美，自然使得「讀」（鑑賞）與「寫」（創作）能合為一軌[36]，以呈現「真、善、美」之螺旋系統[37]。

　　由此可見這種以「思維力」將各種能力「一以貫之」而形成的辭章螺旋結構，是可用「讀」（鑑賞）與「寫」（創作）之互動來印證的。由於「創作」（寫）乃由「意」而「象」，靠的是先天（先驗）自然而然的能力，這多半是不自覺的；而「讀」（鑑賞）則由「象」而「意」，靠的是後天研究所推得的結果，用科學的方法分析作品，自覺地將先天（先驗）自然而然的能力予以確定。因此「寫」（創作）是先天能力的順向發揮、是後天研究的逆向（歸根）努力，兩者可說互動而不能分割，而「創造力」（隱意象→顯意象）在「思維力」之推動下，就將「意

---

35 陳滿銘：〈辭章章法的哲學思辨〉，《辭章學論文集》（福州市：海潮攝影藝術出版社，2002 年 12 月），頁 40-67。
36 〈談思維力與語文螺旋結構的關係〉，頁 79-86。
37 陳滿銘：〈「真、善、美」螺旋結構論──以章法「多」、「二」、「一（0）」螺旋結構作對應考察〉，福州：《閩江學院學報》2005 年第 3 期、總 89 期（2005 年 6 月），頁 96-101。

象系統」由「隱」而「顯」地表現出來了。

第四節　章法結構與意象（思維）系統

　　這樣歸本於語文能力，來探討它與「意象（思維）系統」的密切關係，最足以呈現核心之「讀（聽）寫（說）互動原理」，而「章法結構教學」之理論基礎就堅實地建立在這裡，也由此可見「章法結構原理與教學」，與其他「意象（個別）原理與教學」、「詞彙原理與教學」、「修辭原理與教學」、「文（語）法原理與教學」、「主題（義旨）原理與教學」、「文體原理與教學」、「風格原理與教學」，是息息相關、牽一髮而動全身的。也就是說，「章法結構」的教學，絕不是孤立的，乃「意象（思維）系統」之一環，是必須和其他「意象」（個別）、「詞彙」、「修辭」、「文（語）法」、「主題」（義旨）、「文體」與「風格」之原理與教學呼應配合，以環環相扣，達於國語文教學最高之效果的。

　　如此確定「章法結構」在意象（思維）系統與辭章內涵中之地位，於微觀之「求異」中，不忽略宏觀之「求同」，才能使「章法結構」教學臻於「真、善、美」的理想境域。而「章法結構」與「真、善、美」，雖然落到一篇辭章上，以「主題」（主旨）為「真」，以「藝術技巧」（含詞彙、修辭、文〔語〕法、章法）為「善」、以「風格」為「美」[38]，但是就本書內容而言，則大體說來，除第一章緒論與第七章結論外，先於第二章論「章法結構之邏輯層次」、第三章論「章法結構之相關理論」，就是以求「真」為主，而以求「善」、求「美」為輔；再於第四章論「章法結構之藝術表現」，就是以求「美」為主，而以求「真」、

---

38 陳滿銘：〈章法結構與真、善、美──以「多」、「二」、「一（0）」螺旋結構切入作考察〉，收入辭章章法學會籌備會編：《章法論叢》第一輯（臺北市：萬卷樓圖書公司，2006 年 9 月），頁 1-31。

求「善」為輔；於第五章論「章法結構之教學應用」、第六章論「章法結構與新式寫作」，就是以求「善」為主，而以求「真」、求「美」為輔。這樣就形成本書如下之主體架構：

一、章法結構之邏輯層次
　　（一）章法的包孕式結構
　　（二）章法的多二一〇螺旋結構
二、章法結構之相關理論
　　（一）章法是客觀之存在
　　（二）章法之零點與偏離
　　（三）章法之潛顯與兼格
三、章法結構之藝術表現
　　（一）章法三疊結構的類型及其節奏美
　　（二）章法多二一〇結構的節奏與韻律
　　（三）章法多二一〇結構與真、善、美
四、章法結構之教學應用
　　（一）章法結構在思考教學上的應用
　　（二）章法結構在閱讀教學上的應用
　　（三）章法結構在寫作教學上的應用
五、章法結構與新式寫作
　　（一）以時間類章法結構為例
　　（二）以空間類章法結構為例
　　（三）以泛具類章法結構為例
　　（四）以映襯類章法結構為例

這樣以求真、求善、求美為目標，隨時照應「辭章內涵」與「意象

（思維）系統」，進行教學，儘量使得先驗之各層能力與後天之辭章研
究能疊為一軌[39]，則由此而產生「拋磚引玉」之功能，以逐步提升「讀」
與「寫」教學之品質，應該是可以預期的。

第二章
章法結構之邏輯層次

　　「章法」對應於自然規律而言，是「客觀的存在」，乃由「陰陽二元」為基礎，經「移位」與「轉位」之過程，以形成「多」、「二」、「一（0）」之螺旋結構；而在此形成之過程中，又完全離不開「陰中有陽」、「陽中有陰」之包孕作用，因此本節先探討「章法的包孕式結構」，再探討「章法的「多、二、一（0）」結構」，以概見章法結構所呈現之邏輯層次。

第一節　章法的包孕式結構

　　「章法」所探討的，是篇章內容的邏輯結構。由於這種邏輯結構，乃對應於自然由「陰陽二元對待」為基礎而形成細緻、複雜、多變的邏輯系統，足以反映出宇宙創生、含容萬物在時空歷程上那種細緻、複雜與多變之層次邏輯；並且又由於此基礎之「陰陽二元」，往往是「陰中有陽」、「陽中有陰」的；所以就使得對應於自然規律的各種章法，往往形成各種包孕式之邏輯結構，造成層次、映襯、和諧之美感。本節即鎖定這種結構，先探討其哲學義涵，再對應於此，歸結出其重要類型，並舉詩、詞或散文為例，略作說明，以見這種包孕式結構之奧妙。

一　章法包孕式結構的哲學義涵

　　在哲學或美學上，對所謂「對立的統一」、「多樣的統一」，即「多而一」、「二而一」之概念，都非常重視，一向被目為事物最重要的變

化規律或審美原則，似乎已沒有進一步探討之空間。不過，若從《周易》（含《易傳》）與《老子》等古籍中去考察，則可使它更趨於精密、周遍，不但可由「有象」而「無象」，找出「多、二、一（0）」之逆向結構；也可由「無象」而「有象」，尋得「（0）一、二、多」之順向結構；並且透過《老子》「反者道之動」（四十章）、「凡物芸芸，各復歸其根」（十六章）與《周易・序卦》「既濟」而「未濟」之說，將順、逆向結構不僅前後連接在一起，更形成循環、提升不已的螺旋結構，以反映宇宙人生生生不息的基本規律[1]。而其中之「二」，指的就是「陰陽二元」。《老子》四十二章云：

> 道生一，一生二，二生三，三生萬物。萬物負陰而抱陽，沖氣以為和。

又《周易・繫辭上》云：

> 一陰一陽之謂道，繼之者善也，成之者性也。
> 是故易有太極，是生兩儀，兩儀生四象，四象生八卦。

對這《老子》「一生二，二生三」的「二」，雖然歷代學者有不同的說法，但大致說來，有認為只是「數字」而無特殊意思的，如蔣錫昌、任繼愈等便是；有認為是「天地」的，如奚侗、高亨等便是，有認為是「陰陽」的，如河上公、吳澄、朱謙之、大田晴軒等便是[2]。其中以最後

1　陳滿銘：〈論「多」、「二」、「一（0）」的螺旋結構——以《周易》與《老子》為考察重心〉，臺灣師大《師大學報・人文與社會類》48 卷 1 期（2003 年 7 月），頁1-20。

2　黃釗：《帛書老子校注析》（臺北市：學生書局，1991 年 10 月初版），頁 231。

一種說法，似較合於原意，因為老子既說「萬物負陰而抱陽」，看來指的雖僅僅是「萬物的屬性」，但萬物既有此屬性，則所謂有其「委」（末）就有其「源」（本），作為創生源頭之「一」或「道」，也該有此屬性才對，所差的只是，老子沒有明確說出而已。所以陳鼓應解釋《老子》「道生一」章說：

> 本章為老子宇宙生成論。這裡所說的「一」、「二」、「三」乃是指「道」創生萬物時的活動歷程。「混而為一」的「道」，對於雜多的現象來說，它是獨立無偶，絕對對待的，老子用「一」來形容「道」向下落實一層的未分狀態。渾淪不分的「道」，實已稟賦陰陽兩氣；《易經》所說「一陰一陽之謂『道』」；「二」就是指「道」所稟賦的陰陽兩氣，而這陰陽兩氣便是構成萬物最基本的原質。「道」再向下落漸趨於分化，則陰陽兩氣的活動亦漸趨於頻繁。「三」應是指陰陽兩氣互相激盪而形成的均適狀態，每個新的和諧體就在這種狀態中產生出來。[3]

而馮友蘭也針對《易傳》解釋說：

> 「一陰一陽之謂道」這句話固然是講的宇宙，可是它可以與「易有太極，是生兩儀」這句話互換。「道」等於「太極」，「陰」、「陽」相當於「兩儀」。[4]

3　陳鼓應：《老子今注今譯及評介》（臺北市：商務印書館，1985 年 2 月修訂十版），頁 106。
4　馮友蘭：《馮友蘭選集》上卷（北京市：北京大學出版社，2000 年 7 月一版一刷），頁 286。

可見這所謂「二」，即「兩儀」，也就是「陰陽」。而此「陰陽」，不僅是互相對待而且是互相統一、互相含融的。《老子》所謂「萬物負陰而抱陽，沖氣以為和」，就是這個意思。而在《周易》六十四卦中，除「乾」、「坤」兩卦，一為陽之元，一為陰之元外，其他的六十二卦，全是陰陽互相對待而含融而統一的。《周易·繫辭下》說：

　　陽卦多陰，陰卦多陽。其故何也？陽卦奇，陰卦偶。

清焦循注云：

　　陽卦之中多陰，則陰卦之中多陽。兩相孚合擇多益寡之義也。如〈萃〉陽卦也，而有四陰，是陰多於陽，則以〈大畜〉孚之。〈大有〉陰卦也，而有五陽，是陽多於陰，則以〈比〉孚之。設陽卦多陽，則陰卦必多陰，以旁通之；如〈姤〉與〈復〉、〈遯〉與〈臨〉是也。聖人之辭，每舉一隅而已。……奇偶指五，奇在五則為陽卦，宜變通於陰；偶在五則為陰卦，宜進為陽。[5]

可見《周易》六十四卦，有陽卦與陰卦之分，而要分辨陽卦與陰卦，照焦循的意思，是要看「奇在五」或「偶在五」來決定，意即每卦以第五爻分陰陽，如是陽爻則為陽卦，如為陰爻則是陰卦[6]。用這種分法，《周易》六十四卦剛好陰陽個半，屬於陽卦的是：

5　陳居淵：《易章句導讀》（濟南市：齊魯書社，2002 年 12 月一版一刷），頁 209。
6　鄧球柏：《帛書周易校釋》（長沙市：湖南人民出版社，2002 年 6 月三版一刷），頁536。

乾（下乾上乾）　　　屯（下震上坎）

需（下乾上坎）　　　訟（下坎上乾）

比（下坤上坎）　　　小畜（下乾上巽）

履（下兌上乾）　　　否（下坤上乾）

同人（下離上乾）　　隨（下震上兌）

觀（下坤上巽）　　　無妄（下震上乾）

大過（下巽上兌）　　習（下坎上坎）

咸（下艮上兌）　　　遯（下艮上乾）

家人（下離上巽）　　蹇（下艮上坎）

益（下震上巽）　　　夬（下乾上兌）

姤（下巽上乾）　　　萃（下坤上兌）

困（下坎上兌）　　　井（下巽上坎）

革（下離上兌）　　　漸（下艮上巽）

巽（下巽上巽）　　　兌（下兌上兌）

渙（下坎上巽）　　　節（下兌上坎）

中孚（下兌上巽）　　既濟（下離上坎）

在此三十二卦中，除〈乾〉卦是「全陽」外，屬「多陰」而形成「陽中陰」的包孕式結構的，有六卦，即：

〈屯〉、〈比〉、〈觀〉、〈習〉、〈蹇〉、〈革〉。

屬「多陽」而形成「陽中陽」的包孕式結構的，有十五卦，即：

〈需〉、〈訟〉、〈小畜〉、〈履〉、〈同人〉、〈無妄〉、〈大過〉、〈遯〉、〈家人〉、〈夬〉、〈姤〉、〈革〉、〈巽〉、〈兌〉、〈中孚〉。

屬「陰陽多寡相當」而形成「並列」關係的包孕式結構的，有十卦，即：

　　〈否〉、〈隨〉、〈咸〉、〈益〉、〈困〉、〈井〉、〈漸〉、〈渙〉、〈節〉、
　　〈既濟〉。

據此，可依序用下圖來表示三種不同的包孕式結構：

```
                        ┌── 陽（少）
（一）      陽 ─────┤
                        └── 陰（多）
                        ┌── 陰（少）
（二）      陽 ─────┤
                        └── 陽（多）
                   ┌── 陰（3）                 ┌── 陽（3）
（三）      陽 ─┤              或    陽 ─┤
                   └── 陽（3）                 └── 陰（3）
```

　　屬於陰卦的是：

坤（坤下坤上）	蒙（下坎上艮）
師（下坎上坤）	泰（下乾上坤）
大有（下乾上離）	謙（下艮上坤）
豫（下坤上震）	蠱（下巽上艮）
臨（下兌上坤）	噬嗑（下震上離）
賁（下離上艮）	剝（下坤上艮）
復（下震上坤）	大畜（下乾上艮）
頤（下震上艮）	離（下離上離）

恆（下巽上震）　　大壯（下乾上震）

晉（下坤上離）　　明夷（下離上坤）

睽（下兌上離）　　解（下坎上震）

損（下兌上艮）　　升（下巽上坤）

鼎（下巽上離）　　震（下震上震）

艮（下艮上艮）　　歸妹（下兌上震）

豐（下離上震）　　旅（下艮上離）

小過（下艮上震）　　未濟（下坎上離）

在此三十二卦中，除〈坤〉卦是「全陰」外，屬「多陰」而形成「陰中陰」的包孕式結構的，有十五卦，即：

　　〈蒙〉、〈師〉、〈謙〉、〈豫〉、〈臨〉、〈剝〉、〈復〉、〈頤〉、〈晉〉、〈明夷〉、〈解〉、〈升〉、〈震〉、〈艮〉、〈小過〉。

屬「多陽」而形成「陰中陽」的包孕式結構的，有六卦，即：

　　〈大有〉、〈大畜〉、〈離〉、〈大壯〉、〈睽〉、〈鼎〉。

屬「陰陽多寡相當」而形成「並列」關係的包孕式結構的，有十卦，即：

　　〈泰〉、〈蠱〉、〈噬嗑〉、〈賁〉、〈恆〉、〈損〉、〈歸妹〉、〈豐〉、〈旅〉、〈未濟〉。

據此，可依序用下圖來表示三種不同的包孕式結構：

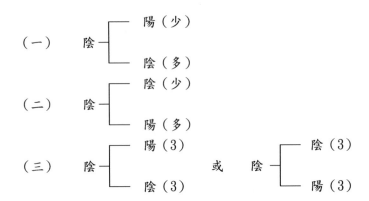

而這些「陽卦」與「陰卦」，是可兩兩相對待，而「捄多益寡」或「旁通」，以達於統一的。它們是：

乾和坤	屯和鼎	蒙和革	需和晉	訟和明夷
師和同人	比和大有	小畜和豫	履和謙	泰和否
隨和蠱	臨和遯	觀和大壯	噬嗑和井	賁和困
剝和夬	復和姤	无妄和升	大畜和萃	頤和大過
習和離	咸和損	恆和益	家人和解	睽和蹇
震和巽	艮和兌	漸和歸妹	豐和渙	旅和節
中孚和小過	既濟和未濟			

可見「陰」和「陽」雖兩相對待，卻可以彼此含融而形成統一。

二　章法包孕式結構的主要內容

　　辭章是結合「形象思維」、「邏輯思維」[7]與綜合思維而形成的。這

7　吳應天：《文章結構學》（北京市：中國人民大學出版社，1989 年 8 月一版三刷），

兩種思維，各有所司。一般說來，如果是將一篇辭章所要表達之「情」或「理」，訴諸各種主觀聯想，和所選取之「景（物）」或「事」結合在一起，或者是專就個別之「情」、「理」、「景」（物）、「事」等材料本身設計其表現技巧的，皆屬「形象思維」；這涉及了「立意」、「取材」與「措詞」等問題，而主要以此為研究對象的，就是詞彙學、意象學（個別）與修辭學等。如果是專就「景（物）」或「事」等各種材料，對應於自然規律，結合「情」與「理」，訴諸客觀聯想，按秩序、變化、聯貫與統一之原則，前後加以安排、布置，以成條理的，皆屬「邏輯思維」；這涉及了「運材」、「布置」與「構詞」等問題，而主要以此為研究對象的，就字句言，即文（語）法學；就篇章言，就是章法學。至於合「形象思維」與「邏輯思維」而為一，探討其整個情意與體性的，則為綜合思維，而主要以此為研究對象的，即主題學、文體學、風格學等。

由於章法是屬於邏輯思維之範疇，講求者乃篇章之條理或結構，而此條理或結構，又對應於宇宙規律，是人生來即具存於心的，所以人類自有辭章開始，即毫無例外地被應用來安排篇章。雖然作者對此，大都是日用而不知、習焉而不察的，但無損於它的存在與重要性。經過多年的努力，在前人的有限基礎上，用「發現現象以求得通則、規律」的方式，爬羅剔抉，到目前為止，一共確定了約四十種的章法類型，從而找出各自之心理基礎與美感效果，並尋得四大規律加以統合，終於形成完整之體系，建立了一個新的學門，而獲得「空前」成就[8]。就在這些章

頁345。

8　鄭頤壽：「臺灣建立了『辭章章法學』的新學科，成果豐碩，代表作是臺灣師大博士生導師陳滿銘教授的《章法學新裁》（以下簡稱「新裁」）及其高足仇小屏、陳佳君等的一系列著作。……臺灣的辭章章法學體系完整、科學，已經具備成『學』的資格。它研究成果豐碩，已經『集樹而成林了』；培養鍛鍊了研究的『生力軍』，學術梯隊後勁很大；研究計畫宏偉，且具可操作性。」見〈中華文化沃土，辭章學圃奇

法類型中，往往出現包孕式結構，而這種結構因有進一步認識之必要，因此特分「陰陽流動」、「基本類型」與「舉隅說明」等三項，分別探討如下：

（一）章法包孕式結構的陰陽流動

　　人對章法的注意，相當地早。劉勰《文心雕龍・章句》篇即有篇法、章法、句法、字法之說，而後來呂東萊的《古文關鍵》、謝枋得的《文章軌範》、託名歸有光的《文章指南》和劉熙載的《藝概》……等，也都或多或少地涉及章法，只可惜，都「但見其樹而不見其林」。於是在偶然的機緣下，從三十多年前開始，兼顧理論與應用，經由廣搜旁推的功夫，終於找出約四十種章法，而完成「集樹成林」的工作。這些章法是：今昔、久暫、遠近、內外、左右、高低、大小、視角轉換、知覺轉換、時空交錯、狀態變化、本末、淺深（輕重）、因果、眾寡、並列、情景、論敘、泛具、虛實（時間、空間、假設與事實、虛構與真實）、凡目、詳略、賓主、正反、立破、抑揚、問答、平側（平提側注、平提側收）、縱收、張弛、插補、偏全、點染、天（自然）人（人事）、圖底、敲擊等[9]。它們用在「篇」或「章」（節、段），都可以擔負組織材料、貫通情意之作用。

範——讀陳滿銘《章法學新裁》及其相關著作〉，《海峽兩岸中華傳統文化與現代化研討會文集》（蘇州市：「海峽兩岸中華傳統文化與現代化研討會」，2002 年 5 月），頁 131-139。又王希杰：「章法學作為一門學問，不是有關部門章法的個別知識，而是章法知識的總和，是一種概念的系統。章法學是一門實用性很強的學問，也有極高的學術價值。……章法學已經初步形成了一門科學。陳滿銘教授初步建立了科學的章法學體系。……如果說唐鉞、王易、陳望道等人轉變了中國修辭學，建立了學科的中國現代修辭學，我們也可以說，陳滿銘及其弟子轉變了中國章法學的研究大方向，建立了科學的章法學，把漢語章法學的研究轉向科學的道路。」見〈章法學門外閒談〉，《國文天地》18 卷 5 期（2002 年 10 月），頁 92-95。

9　陳滿銘：《章法學綜論》（臺北市：萬卷樓圖書公司，2003 年 6 月），頁 17-32。

　　由於這些章法，是建立在「陰陽二元對待」之基礎上的，每一章法本身即自成陰陽、剛柔。大抵而論，屬於本、先、靜、低、內、小、近……的，為「陰」為「柔」，屬於末、後、動、高、外、大、遠……的，為「陽」為「剛」。而《周易‧繫辭上》所謂「天尊地卑，乾坤定矣；卑高以陳，貴賤位矣；動靜有常，剛柔斷矣」，雖然沒有明說何者為「剛」？何者為「柔」？然而從其整個陰陽、剛柔學說看來，卻可清楚地加以辨別。陳望衡說：

> 《周易》中的剛柔也不只是具有性的意義，它也用來象徵或概括天地、日月、晝夜、君臣、父子這些相對立的事物。而且，剛柔也與許多成組相對立的事物性質相連屬，如動靜、進退、貴賤、高低……剛為動、為進、為貴、為高；柔為靜、為退、為賤、為低。[10]

這樣以「陰陽」或「剛柔」來看章法，則所有以《周易》（含《易傳》）與《老子》之「陰陽二元」為基礎而形成的章法，都可辨別它們的陰陽或剛柔。譬如：

> 賓主法：以「主」為陰為柔、「賓」為陽為剛。
> 正反法：以「正」為陰為柔、「反」為陽為剛。
> 凡目法：以「凡」為陰為柔、「目」為陽為剛。
> 圖底法：以「圖」為陰為柔、「底」為陽為剛。
> 因果法：以「因」為陰為柔、「果」為陽為剛。

---

10 陳望衡：《中國古典美學史》（長沙市：湖南教育出版社，1998 年 8 月，一版一刷），頁 184。

以此為基礎，就可以因「移位」如「凡（陽）→目（陰）」或「圖（陰）→底（陽）」、又可因「轉位」[11] 如「因（陰）→果（陽）→因（陰）」或「果（陽）→因（陰）→果（陽）」而形成各種結構類型了。

（二）章法包孕式結構的基本類型

　　辭章章法是以「邏輯思維」為主、「形象思維」為輔的，因此簡單地說，它所探討的主要是內容的深層邏輯，也就是篇章的「條理」，而此「條理」乃源自於人之心理，從內在應接萬事萬物，所呈顯的共通理則。而這共通的理則，落到章法之上，便成為「秩序」、「變化」、「聯貫」、「統一」等四大規律，以反映作者之邏輯思維。其中「秩序」、「變化」與「聯貫」三者，主要著重於個別材料（景與事）之布置，以梳理各種章法結構，所重在分析思維；而「統一」則主要著眼於核心情、理之上凝成主旨，或統合材料形成綱領，以貫穿全篇[12]，所重在綜合思維。

　　所謂「秩序」，是將材料依序加以整齊安排的意思。任何章法都可依循此律，形成其先後順序。茲舉較常見的幾種章法來看，它們可就其先後順序，形成如下結構：

　　（一）賓主法：「賓→主」、「主→賓」。

　　（二）正反法：「正→反」、「反→正」。

　　（三）凡目法：「凡→目」、「目→凡」。

　　（四）圖底法：「圖→底」、「底→圖」。

11　仇小屏：〈論章法的移位、轉位及其美感〉，《辭章學論文集》上冊（福州市：海潮攝
　　影藝術出版社，2002 年 12 月一版一刷），頁 98-122。
12　陳滿銘：〈論辭章法的四大律〉，《國文天地》，17 卷 4 期（2001 年 9 月），頁 101-
　　107。

（五）因果法：「因→果」、「果→因」。

這些「順」（「陰→陽」）或「逆」（「陽→陰」）所形成的「移位」結構，隨處可見。

　　所謂「變化」，是把材料的次序加以參差安排的意思。每一章法依循此律，也都可造成順逆交錯的效果。同樣以上舉幾種常見章法來看，可形成如下結構：

（一）賓主法：「賓→主→賓」、「主→賓→主」。
（二）正反法：「正→反→正」、「反→正→反」。
（三）凡目法：「凡→目→凡」、「目→凡→目」。
（四）圖底法：「圖→底→圖」、「底→圖→底」。
（五）因果法：「因→果→因」、「果→因→果」。

這些「順」和「逆」交錯（「陰→陽→陰」或「陽→陰→陽」）的「轉位」結構，也隨處可見。

　　所謂「聯貫」，是就材料先後的銜接或呼應來說的，也稱為「銜接」。無論是哪一種章法，都可以由局部的「調和」與「對比」，形成銜接或呼應，而達到聯貫的效果。在約四十種章法中，大致說來，除了貴與賤、親與疏、正與反、抑與揚、立與破、眾與寡、詳與略、張與弛……等，比較容易形成「對比」外，其他的，如今與昔，遠與近、大與小、高與低、淺與深、賓與主、虛與實、平與側、凡與目、縱與收、因與果……等，都極易形成「調和」的關係。一般說來，辭章裡全篇純然形成「對比」者較少，而在「對比」（主）中含有「調和」（輔）者則較常見；至於全篇純然形成「調和」者則較多；而在「調和」（主）中含有「對比」（輔）者，雖然也有，卻較少見；這種情形，尤以古典

詩詞為然。不過，無論怎樣，都可以收到前後呼應、聯貫為一的效果[13]。

　　所謂的「統一」，是就材料情意的通貫來說的。這裡所說的「統一」，乃側重於內容（包含內在的情理與外在的材料）而言，與前三個原則之側重於形式（條理）者，有所不同。也就是說，這個「統一」，和聯貫律中由「調和」所形成的「統一」，所指非一。因此要達成內容的「統一」，則非訴諸主旨（情意）與綱領（大都為材料的統合）不可。而綱領既有單軌、雙軌或多軌的差別，就是主旨也有置於篇首、篇腹、篇末與篇外的不同。一篇辭章都可以由此「一以貫之」。

　　章法四大律，如對應於《周易》（含《易傳》）與《老子》所含藏之「多」、「二」、「一（0）」的螺旋結構來說，其「秩序」、「變化」二律中的順或逆（秩序）的「移位」與變化的「轉位」結構，都可以呈現這種「多樣對待」（「多」）的條理；而章法中「移位」所形成之變化，也與此「多樣對待」（「多」）的條理不謀而合。當然，這裡所說的「秩序」，也含有「變化」的成分，而「變化」，同樣含有「秩序」的成分，只是為了說明方便，就有所偏重地予以區隔而已。總結起來說，這個部分所呈現的是「多而二」或「二而多」（多樣的二元對待）的結構。而以章法之「聯貫」、「統一」二律而言，則所呈現的是「二而一（0）」或「（0）一而二」（剛柔的統一）的結構：首先是非對比式章法或結構單元「同類相從」所造成的「聯貫」，其次是以「調和」（柔）與「對比」（剛）統合各章法或結構單元，由局部（章）趨於全體（篇）的「聯貫」，又其次是章法或結構單元之「移位」、「轉位」所造成局部「節奏」趨於整篇「韻律」[14]的「聯貫」；這說的都是「二」。然後是以主旨（情、

---

13 仇小屏：《古典詩詞時空設計美學》（臺北市：文津出版社，2002 年 12 月初版一刷），頁 323-331。

14 陳滿銘：〈論辭章章法「多、二、一（0）」結構的節奏與韻律〉，臺灣師大《國文學報》

理）或綱領貫穿各個部分（含剛柔、移位、轉位、節奏、韻律等）而凝為一體的「統一」（調和性或對比性）；這說的是「一（0）」或「（0）一」。

這樣看來，如單著眼於鑑賞面，則上述章法的四大規律，恰恰切合於「多、二、一（0）」的順序。其中「秩序與變化」，相當於「多」（多樣），即「多樣的二元對待」；「聯貫」，以其根本而言，相當於「二」（陽剛、陰柔）；而「統一」則相當於「一（0）」。如此由「多樣」（多樣的二元對待）而「二」（剛柔互濟）而「統一」，凸顯了章法的四大規律所形成的，不是平列的關係，則是「多、二、一（0）」的邏輯結構。

而這種「多、二、一（0）」如落到章法結構來說，則核心結構以外的所有其他結構，都屬於「多」；而核心結構所形成之「二元對待」，自成陰與陽而「相反相成」，以徹下徹上，形成結構之「調和性」（陰）與「對比性」（陽）的，是屬於「二」；至於辭章之「主旨」或由「統一」所形成之風格、韻味、氣象、境界等，則屬於「一（0）」。值得一提的是，以（0）來指風格、韻味、氣象、境界等辭章之抽象力量，是相當合理的。

由此可見，若與《周易》「陽中陽」、「陽中陰」與「陰中陰」、「陰中陽」與《老子》「負陰抱陽」的義理邏輯兩相對應，則這種「多、二、一（0）」的邏輯結構，往往是會在「多而二」的上下兩層（或兩層以上）部分，由各種章法形成包孕式結構，而其中由同一章法所形成的，是最為突出的。

就在這種包孕式結構中，係陽剛屬性的有兩種類型：其一是「陽中陽」的結構類型：這種類型，以凡目法為例，形成的是「目中目」的結構；以圖底法為例，形成的是「底中底」的結構；以因果法為例，形成的是「果中果」的結構。其二是「陽中陰」的結構類型：這種類型，就

凡目法而言，形成的是「目中凡」的結構；就圖底法而言，形成的是「底中圖」的結構；就因果法而言，形成的是「果中因」的結構。而這「陽中陽」與「陽中陰」的結構類型，是緊密地結合在一起，不可分割的。茲以「凡目」、「圖底」與「因果」等章法為例，分舉如下：

（一）凡目法：其陽剛屬性的包孕式結構為：

```
        ┌── 目                    ┌── 凡
  目 ───┤          或        目 ───┤
        └── 凡                    └── 目
```

（二）圖底法：其陽剛屬性的包孕式結構為：

```
        ┌── 底                    ┌── 圖
  底 ───┤          或        底 ───┤
        └── 圖                    └── 底
```

（三）因果法：其陽剛屬性的包孕式結構為：

```
        ┌── 果                    ┌── 因
  果 ───┤          或        果 ───┤
        └── 因                    └── 果
```

而陰柔屬性的也有兩種：其一是「陰中陰」的結構類型：這種類型，就凡目法而言，形成的是「凡中凡」的結構；就圖底法而言，形成的是「圖中圖」的結構；就因果法而言，形成的是「因中因」的結構。其二是「陰中陽」的結構類型：這種類型，就凡目法而言，形成的是「凡中

目」的結構；就圖底法而言，形成的是「圖中底」的結構；就因果法而言，形成的是「因中果」的結構。而這「陰中陰」與「陰中陽」的結構類型，也一樣是緊密地結合在一起，不可分割的。再此一樣以「凡目」、「圖底」與「因果」等章法為例，分舉如下：

（一）凡目法：其陰柔屬性的包孕式結構為：

凡┌─凡
　└─目　　或　　凡┌─目
　　　　　　　　　　└─凡

（二）圖底法：其陰柔屬性的包孕式結構為：

圖┌─圖
　└─底　　或　　圖┌─底
　　　　　　　　　　└─圖

（三）因果法：其陽剛屬性的包孕式結構為：

因┌─因
　└─果　　或　　因┌─果
　　　　　　　　　　└─因

而其他的章法，也一樣可形成這些類型，而且相當常見。至於由不同章法所形成的包孕式結構，那就更加普遍了。

（三）章法包孕式結構的類型舉隅

　　這種陰柔或陽剛屬性的章法結構類型，是十分常見的。茲單以因果法為例，舉例說明如次：

　　首先看列子的〈愚公移山〉：

　　　太形、王屋二山，方七百里，高萬仞，本在冀州之南、河陽之北。北山愚公者，年且九十，面山而居。懲北山之塞，出入之迂也，聚室而謀曰：「吾與汝畢力平險，指通豫南，達於漢陰，可乎？」雜然相許。
　　　其妻獻疑曰：「以君之力，曾不能損魁父之丘，如太形、王屋何？且焉置土石？」雜曰：「投諸渤海之尾、隱土之北。」遂率子孫荷擔者三夫，叩石墾壤，箕畚運於渤海之尾；鄰人京城氏之孀妻有遺男，始齔，跳往助之；寒暑易節，始一反焉。
　　　河曲智叟笑而止之曰：「甚矣，汝之不慧！以殘年遺力，曾不能毀山之一毛，其如土石何？」北山愚公長息曰：「汝心之固，固不可徹，曾不若孀妻弱子。雖我之死，有子存焉；子又生孫，孫又生子；子又有子，子又有孫；子子孫孫，無窮匱也。而山不增，何苦而不平？」河曲智叟亡以應。
　　　操蛇之神聞之，懼其不已也，告之於帝，帝感其誠，命夸娥氏二子負二山，一厝朔東，一厝雍南。自此冀之北、漢之陰，無隴斷焉。

　　這是藉一則寓言故事，以說明有志竟成、人助天助的道理。作者在此，直接以開端四句，交代這個故事發生的地點與原因，屬此文之「引子」，為「因」；而以結尾二句，才應起交代這個故事的結局，乃本文

之「收尾」，為「果」。至於「北山愚公者」句起至「一厝雍南」句止，
則正式用具體的情節來呈現這件故事發生的經過；這對開端四句的
「因」而言，是「果」的部分。這個部分，作者用「先因後果」的順序
加以組合：其中「北山愚公者」句起至「河曲智叟亡以應」句止，敘述
愚公決意「移山」，贏得家人、鄰居的贊可與幫助，無視於河曲智叟之
嘲笑，努力率眾去「移山」的始末，此為「因」；而「操蛇之神聞之」
起至「一厝雍南」句止，敘述愚公的這番努力，終於感動了天帝，而命
大力神去助其完成「移山」的最後結果；此為「果」。由這個角度切入，
來看它的篇章，則其結構表是這樣子的：

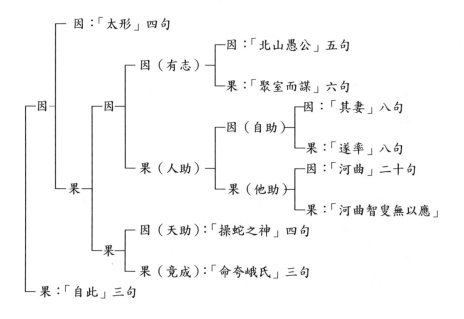

可見此文共用六層「因果」法來組合其篇章結構。如配合其陰陽之流動

（移、轉位）來表示，則如下圖：

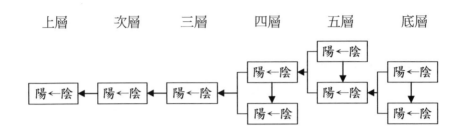

由圖可知此文以包孕式結構而言，共有五層，雖有陰陽屬性之不同，卻一律形成「先陰（因）後陽（果）」之移位結構，此文之所以呈現強烈之陽剛風格，由此可覘得一二。

其次看杜甫的〈曲江〉詩：

> 一片花飛減卻春，風飄萬點正愁人。且看欲盡花經眼，莫厭傷多酒入唇。江上小堂巢翡翠，苑邊高塚臥麒麟。細推物理須行樂，何用浮榮絆此身？

這是歌詠及時行樂的作品。作者先在首、頷兩聯，藉飛花減春、翡翠巢堂、麒麟臥塚的殘敗景象，暗寓萬物好景無常的盛衰道理，為第一軌。而在頸聯表出其珍惜光陰、及時行樂的思想，為第二軌；這是「因」的部分，而這個「因」的部分，又以「果、因、果」之條理加以安排。然後以「細推物理須行樂」一句，將上六句的意思作個總括，這是「果」的部分；又由此引出「何用浮榮絆此身」一句，發出感慨收束。針對「浮榮絆此身」這一事，霍松林在《唐詩大觀》中說：「絆此身的浮榮何所指？指的就是『左拾遺』那個從八品上的諫官。因為疏救房琯，觸怒了肅宗，從此為肅宗疏遠。作為諫官，他的意見卻不被採納，還蘊含

著招災惹禍的危機。這首詩就是乾元元年（758）暮春任『左拾遺』時寫的。到了這年六月，果然受到處罰，被貶為華州司功參軍。從寫此詩到被貶，不過兩個多月的時間。明乎此，就會對這首詩有比較確切的理解。」[15] 這樣詠來，真是一筆兜裏全篇，律法精嚴極了。附結構分析表如下：

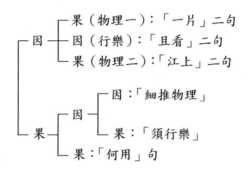

可見作者在此詩，將主旨「細推物理（因）須行樂（果）」安置於篇末，採「先因後果」的移位與「果、因、果」的轉位結構，以參層、雙軌（因果）貫穿全詩，其「邏輯思維」，十分清晰。如配合其陰陽之流動（移、轉位）來表示，則如下圖：

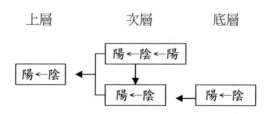

15 霍松林評析，見《唐詩大觀》（香港：商務印書館香港分館，1986 年 1 月一版二刷），頁 470。

由圖可知此詩以包孕式結構而言，共有兩層，既有陰陽屬性之不同，又形成「先陰（因）後陽（果）」之移位結構與「陽（果）、陰（因）、陽（果）」之轉位結構，此詩之所以呈現極為強烈之陽剛風格，大約可由此窺知。

　　然後看蘇軾的〈醉落魄〉詞：

　　　分攜如昨。人生到處萍飄泊。偶然相聚還離索。多病多愁，須信
　　　從來錯。　　　尊前一笑休辭卻。天涯同是傷淪落。故山猶負平生
　　　約。西望峨，長羨歸飛鶴。

這首詞也作於宋神宗熙寧七年（1074），題作「席上呈楊元素」。楊元素，即楊繪，時任杭守，和東坡不但是舊識，而且也一樣是失意者。這一次，東坡正要離京口赴密州，和楊元素不得不匆匆作別，很自然地引生了濃烈的淪落之心。因此，蘇軾在此篇之腹，就有「天涯同是傷淪落」之句，這可說是作者傷別離、動歸思的根本原因。而這首詞自篇首起至「須信」句止，主要就是針對「傷別離」來寫；至於「故山」三句，則完全針對「動歸思」來寫。所以便形成「果、因、果」之「篇」結構。附結構分析表：

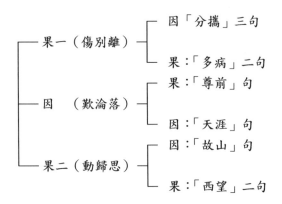

可見作者此詞，結構極簡單，只有兩層，其第二層以兩疊「先因後果」
與一疊「先果後因」之移位結構互相呼應而形成，而第一層則呈現
「果、因、果」之轉位結構，真是秩序中有變化、變化中有秩序。如配
合其陰陽之流動（移、轉位）來表示，則如下圖：

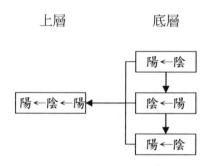

由圖可知此詞以包孕式結構而言，雖僅有一層，卻除了有陰陽屬性之不
同外，又形成「先陰（因）後陽（果）」（兩疊）、「先陽（果）後陰（因）」
（一疊）之移位結構與「陽（果）、陰（因）、陽（果）」之轉位結構；
而其主旨由於由「先陽（果）後陰（因）」的結構加以呈現，因此它所
呈現之陽剛風格，比起上兩首來，是沒那麼強烈的。

　　以上所舉全篇由因果章法所形成包孕式結構的例子，最能凸顯這種
包孕式結構環環相扣的特色。

　　總結上述，可知無論「篇」或「章」，章法的這種包孕式類型，不
僅普遍存在於由不同章法所形成的各層結構，也同樣會出現於由相同章
法所形成的某些結構，以造成篇章之間層層相涵的效果。而又由於其陰
陽流向有移位與轉位的不同，會影響一篇風格之剛柔強度，而使人獲得
不同之美感。因此探討它的哲學義涵及其相關問題，多少可藉以增進我
們對這種包孕式結構，甚至整個辭章的了解。

第二節　章法的多二一〇螺旋結構

　　在哲學或美學上，對所謂「對立的統一」、「多樣的統一」，即「多而一」之概念，都非常重視，一向被目為事物最重要的變化規律或審美原則，似乎已沒有進一步探討之空間。不過，若從《周易》（含《易傳》）與《老子》等古籍中去考察，則可使它更趨於精密、周遍，不但可由「有象」而「無象」，找出「多、二、一（0）」之逆向結構；也可由「無象」而「有象」，尋得「（0）一、二、多」之順向結構；並且透過《老子》「反者道之動」（四十章）、「凡物芸芸，各復歸其根」（十六章）與《周易‧序卦》「既濟」而「未濟」之說，將順、逆向結構不僅前後連接在一起，更形成循環不已的螺旋結構，以反映宇宙人生生生不息的基本規律[16]。而這種規律、結構，如落到文學的創作與鑑賞之上，則「（0）一、二、多」可呈現創作的順向過程、「多、二、一（0）」可呈現鑑賞的逆向過程。本節即以章法為範圍，單就鑑賞之「多、二、一（0）」結構，先找出它的理論基礎，再以散文、詩詞為例，分別予以說明，並探討其美感效果，以見「多、二、一（0）」結構在辭章章法分析、鑑賞上的妙用。

---

16 〈論「多」、「二」、「一（0）」的螺旋結構——以《周易》與《老子》為考察重心〉。而所謂「螺旋」，是指形成二元對待的兩者，如仁與智、明明德與親民、天（自誠明）與人（自明誠）等，都會產生互動、循環而提升的作用，而形成螺旋結構。參見陳滿銘：〈談儒家思想體系中的螺旋結構〉，臺灣師大《國文學報》，29 期（2000 年 6 月），頁 1-36。而此「螺旋」一詞，本用於教育課程之理論上，早在十七世紀，即由捷克教育家夸美紐思所提出，乃「根據不同年齡階段（或年級），遵循由淺入深，由簡單到複雜，由具體而抽象的順序，用循環、往復螺旋式提高的方法排列德育內容。螺旋式亦稱圓周式」，見《簡明國際教育百科全書》（北京市：新華書局北京發行所，1991 年 6 月一版一刷），頁 611。又，相對於人文，科技界亦發現生命之「基因」和「DNA」等都呈現螺旋結構。參見約翰‧格里賓著、方玉珍等譯：《雙螺旋探密——量子物理學與生命》（上海市：上海科技教育出版社，2001 年 7 月），頁 271-318。

一 章法多二一0螺旋結構的理論基礎

章法「多、二、一（0）」螺旋結構的理論基礎，可就哲學與章法兩層面予以探討：

（一）就哲學層面言

古代賢哲所直接接觸的，是在神權籠罩下紛紜萬狀的大千世界，而它是「多」變而「多」樣的。他們就在這麼「多」變「多」樣的現象與神權色彩之迷惑下，不知道經過了多少歲月，藉由「有象而無象」、「無象而有象」的互動、循環探究，才逐漸地化去了神權的色彩、理出了現象的本質，對應於順向的「（0）一、二、多」，而呈現了「多、二、一（0）」之逆向結構，以凸顯「有象而無象」的「歸根」歷程。

這種「多、二、一（0）」逆向結構，其形成是漸進的。而它的雛形，在《周易》（含《易傳》）與《老子》之前，見於古籍的雖多，如《尚書‧洪範》的五行說「認知事物簡單的多樣性」和《管子‧地水》「水作為世界多樣性統一」[17]的說法就是；但多停留在非哲學的階段，所以在此略而不談，而僅著眼於從非哲學過渡到哲學的這一階段。如此則不得不注意到春秋時史伯與晏嬰所體認之「和」與「同」的兩個範疇了。史伯生在晏嬰之前，擴充了《尚書‧洪範》之五行說，從四支（肢）、五味、六律、七體（竅）、八索（體）、九紀（臟）到十數、百體、千品、萬方、億事、兆物、經入（經常的收入）、姟極（最大的極數），在具象之外，加入了抽象思維，提煉出「和」的觀點[18]，「作為對事物

---

17 張立文：《中國哲學邏輯結構論》（北京市：中國社會科學出版社，2002 年 1 月一版一刷），頁 110-114。

18 《國語‧鄭語》，易中天：《新譯國語讀本》（臺北市：三民書局，1995 年 11 月初版），頁 707-708。

的多樣性、多元性衝突融合的體認」[19]，而四支、五味、六律、七體、八索、九紀到十數、百體、千品、萬方、億事、兆物、經入、姟極，即「多」（多樣），而「和」，就是「一」（統一）；顯然所形成的是「多而一」的結構。後來晏嬰論「同」，是「同一物的加多或重複，如『以水濟水』、『琴瑟之專壹』等」[20]，與史伯之說沒什麼不同。而論「和」，則不但已由史伯之「四、五、六、七、八、九、十、百、千、萬、億、兆」溯源到「一、二、三」之「相成」，以呈現「多」，並且又進一步地推展到「清濁、小大、短長、疾徐，哀樂、剛柔，遲速、高下，出入、周疏」之「相濟」，以呈現多樣性之「二」；而此多樣性之「二」，所謂「濟其不及，以洩其過」，是彼此互動、對待的[21]。從史的觀點看，這種互動、對待觀念之出現，對《周易》（《易傳》）與《老子》「二元對待」說之成熟，以及進一步用「陰陽」（剛柔）來統合「多樣性之『二』」而言，實有著過渡作用。

　　以《周易》（《易傳》）來看，它以陰陽為其一對基本概念，是由此陰陽二爻而衍為四象，再由四象而衍為八卦、六十四卦的。而八卦之取象，是兩相對待的，即乾（天）為「三連」而坤（地）為「六斷」、震（雷）為「仰盂」而艮（山）為「覆碗」、離（火）為「中虛」而坎（水）為「中滿」、兌（澤）為「上缺」而巽（風）為「下斷」，而所謂「三連」與「六斷」、「仰盂」與「覆碗」、「中虛」與「中滿」、「上缺」與「下斷」，正好形成四組兩相對待之關係，以呈現其簡單的「二元對待」之邏輯結構。後來將此八卦重疊，推演為六十四卦，雖更趨複雜，卻依然存有這種「二元對待」的關係，以象徵或反映宇宙人生之種種事物，也

19　《中國哲學邏輯結構論》，頁 22。

20　《中國哲學邏輯結構論》，，頁 23。

21　《左傳‧昭公二十年》，楊伯峻：《春秋左傳注》（臺北市：源流文化公司，1982 年 4 月再版），頁 1429-1420。

為人生行為找出準則，來適應宇宙自然之規律[22]。

以六十四卦而言，所形成之「二元對待」關係如：

屯（坎上震下）　　和解（震上坎下）

蒙（艮上坎下）　　和蹇（坎上艮下）

需（坎上乾下）　　和訟（乾上坎下）

師（坤上坎下）　　和比（坎上坤下）

睽（離上兌下）　　和革（兌上離下）

困（兌上坎下）　　和節（坎上兌下）

井（坎上巽下）　　和渙（巽上坎下）

既濟（坎上離下）和未濟（離上坎下）

這些卦都是二二相偶的，如「坎上震下」（屯）與「震上坎下」（解）、「艮上巽下」（蠱）與「巽上艮下」（漸）、「乾上兌下」（履）與「兌上乾下」（夬）、「離上坤下」（晉）與「坤上離下」（明夷）……等，都很明顯地形成了二元對待的關係。此外，〈雜卦〉又云：

---

22 徐復觀：「古人大概是以這六十四卦，三百八十四爻的相互衍變，來象徵甚至反映宇宙人生的變化；在這種變化中，找出一種規律，以成立吉凶悔吝的判斷，因而漸漸找出人生行為的規律。」見《中國人性論史・先秦篇》（臺北市：臺灣商務印書館，1978 年 10 月四版），頁 202。又陳望衡：「在《易傳》中，陰陽概念運用得很多：〈說卦傳〉云：『觀變於陰陽而立卦』，說八卦、六十四卦是以陰陽的各種變化為基本建立起來的。〈繫辭上傳〉云：『《易》有太極，是生兩儀，兩儀生四象，四象生八卦，八卦定吉凶，吉凶生大業。』太極是宇宙未分的混沌狀態，相當於『氣』，『兩儀』即為陰陽，是太極初分的形態。就人類來說，就意味著人的產生；就宇宙來說，則意味著人的活動空間的誕生。〈繫辭上傳〉還說：『一陰一陽謂之道。』人類社會、宇宙自然的根本規律就在這陰陽的相對、相交、相和的關係中。」見《中國古典美學史》（長沙市：湖南教育出版社，1998 年 8 月一版一刷），頁 179-180。

　　乾，剛；坤，柔。比，樂；師，憂。臨、觀之意，或與或
求。……震，起也；艮，止也。損、益，衰盛之始也。大畜，時
也；無妄，災也。萃，聚，而升，不來也。謙，輕；而豫，怡
也。……兌，見；而巽，伏也。隨，無故也；蠱，則飭也。剝，
爛也；復，反也。晉，晝也，明夷，誅也。井，通；而困，相遇
也。咸，速也；恆，久也。渙，離也；節，止也。解，緩也；
蹇，難也。睽，外也；家人，內也。否、泰，反其類也。……
革，去故也；鼎，取新也。小過，過也；中孚，信也。豐，多故
也；親寡，旅也。離，上；而坎，下也。……大過，顛也；頤，
養正也。既濟，定也；未濟，男之窮也。姤，遇也，柔遇剛
也；……夬，決也；剛決柔也。君子道長，小人道憂也。

這些卦的要義或特性，都兩兩相待，如剛和柔、樂與憂、與和求、起和
止、衰和盛、時和災、見和伏、速和久、離和止、外和內、否和泰、去
故和取新、多故和親寡、上和下……等等，都可輕易從字面上看出其對
待關係來；而這種對待，無論是性屬「對比」（如樂與憂）或「調和」（如
上與下），都可稱之為「異類相應的聯繫」[23]。

　　相對於「異類相應的聯繫」，當然也有「同類相從的聯繫」。這種
「同類相從的聯繫」，是由史伯、晏嬰「同」的觀念發展出來的。原來
的「同」，指「同一物的加多或重複」，到了《周易》、《老子》，則指
同類事物的「相從」；這類「相從」，乃著眼於「調和性」，與「相應」
的「對比性」，又形成「二元對待」的關係。以《周易》而言，它有六
十四卦，每卦在形成「秩序」與「變化」之同時，也使卦卦「聯繫」在

---

23 戴璉璋：「以上各卦所標示的特性或要義：剛和柔、樂和憂、與和求、起和止、盛和
　　衰等等，都是異類相應的聯繫。」見《易傳之形成及其思想》（臺北市：文津出版社，
　　1989 年 6 月臺灣初版），頁 196。

一起，成為一個「統一」的整體。而形成「聯繫」，最明顯的，是使兩
相對待者以「對比」（正反）或「調和」（正正、反反）方式連結在一起。
如見於〈雜卦〉的剛和柔、樂與憂、與和求、起和止、衰和盛、時和
災、見和伏、速和久、離和止、外和內、否和泰、去故和取新、多故和
親寡、上和下……等等，其中除了起和止、速和久、外和內、上和下
等，未必形成「對比」而有「調和」可能性外，其餘的都比較偏向於「對
比」，而都產生「聯繫」的作用[24]。可見在六十四卦的排序與變化裡，
可看出「異類相應」[25] 和「同類相從」兩種聯繫，也凸顯了由互相「聯
繫」而形成「統一」的整體結構。其中「異類相應的聯繫」，也就是「對
比性對待」的部分，已論述如上文；而「同類相從的聯繫」，則指的是
「調和性對待」，如〈家人・彖傳〉所說的「父父，子子，兄兄，弟弟，
夫夫，婦婦，而家道正，正家而天下定矣」，又〈繫辭上〉所謂「天尊
地卑，乾坤定矣。卑高以陳，貴賤位矣」，將「天高地低比附為天尊地
卑」[26]，即屬此類；這在《周易》裡，是頗值得注意的。譬如它的八卦：

乾（乾上乾下）、坤（坤上坤下）　坎（坎上坎下）、離（離上離下）
震（震上震下）、艮（艮上艮下）　巽（巽上巽下）、兌（兌上兌下）

這是以乾與乾、坤與坤、坎與坎、離與離、震與震、艮與艮、巽與巽、
兌與兌等的重疊而形成了「同類相從的聯繫」。除此之外，〈雜卦〉云：

屯，見而不失其居；蒙，雜而著。……大壯，則止；遯，則退
也。大有，眾也；同人，親也。……小畜，寡也；履，不處也。

24　《中國哲學邏輯結構論》，頁 72-73。
25　《易傳之形成及其思想》，頁 196。
26　《中國哲學邏輯結構論》，頁 73。

> 需，不進也；訟，不親也。……歸妹，女之終也；漸，女歸待男
> 行也。

這是以「止」和「退」、「眾」和「親」、「寡」和「不處」、「不進」和「不
親」、「女之終」和「女歸待男行」等的相類而形成「同類相從的聯
繫」[27]，亦即「調和性」的「二元對待」。

　　而這兩種「聯繫」或「對待」，在《老子》中也處處可見。先拿「異
類相應的聯繫」而言，強調「二元對待」者，如：

> 天下皆知美之為美，斯惡已；皆知善之為善，斯不善已。故有無
> 相生，難易相成，長短相較，高下相傾，音聲相和，前後相隨。
> （二章）
> 寵辱若驚，貴大患若身。何謂寵辱若驚？寵為上，辱為下，得之
> 若驚，失之若驚，是謂寵辱若驚。（十三章）
> 曲則全，枉則直，窪則盈，敝則新，少則得、多則惑，是以聖人
> 抱一，為天下式。（二十二章）
> 知其雄，守其雌，為天下谿；常德不離，復歸於嬰兒。知其白，
> 守其黑，為天下式；為天下式，常德不忒，復歸於無極。知其
> 榮，守其辱，為天下谷；為天下谷，常德乃足，復歸於樸。（二
> 十八章）

---

27 戴璉璋：「依〈序卦傳〉，屯與蒙都是代表事物始生、幼稚時期的情況，〈雜卦傳〉作
　者用「見而不失其居」、「雜而著」來描述屯、蒙兩卦的特性，也都是就始生的事物
　而言。此外引大壯以下各卦的「止」和「退」、「眾」和「親」、就始生的事物而言。
　此外引大壯以下各卦的「止」和「退」、「眾」和「親」、「寡」和「不處」、「不進」
　和「不親」、「女之終」和「女歸待男行」，都是同類相從的聯繫。」見《易傳之形成
　及其思想》，頁 195。

如上所引，「美」（喜）與「惡」（怒）、「善」（是）與「不善」（非）[28]、
「有」與「無」、「難」與「易」、「長」與「短」、「高」（上）與「下」、
「前」與「後」、「寵」（榮）與「辱」、「得」與「失」、「曲」（偏）與「全」、
「枉」（曲）與「直」、「窪」與「盈」、「敝」與「新」、「少」與「多」、
「重」與「輕」、「靜」與「躁」、「雄」與「雌」、「白」與「黑」等，
都是兩相對待的。而這種多樣的「二」，就藉由「運動」而「互相轉
化」，而形成「異類相應的聯繫」，並由局部逐步擴展到整體，以至於
形成「統一」。

次由「同類相從的聯繫」來看，如：

> 道可道，非常道；名可名，非常名。（一章）
> 是以聖人處無為之事，行不言之教；萬物作焉而不辭，生而不
> 有；為而不恃，功成而不居。夫唯弗居，是以不去。（二章）
> 不尚賢，使民不爭；不貴難得之貨，使民不為盜；不見可欲，使
> 民心不亂。（三章）

以上都是呈現「同類相從的聯繫」的例子，如一章的「常道」與「常
名」，二章的「無為之事」與「不言之教」、「作焉」與「生焉」、「不辭」
與「不有」與「不恃」與「弗居」，三章的「不尚賢」與「不貴難得之貨」
與「不見可欲」、「不爭」與「不為盜」與「心不亂」等，皆以「同類
相從」而聯繫在一起。此類例子，在《老子》一書裡，也是不勝枚舉的。

這種「同類相從的聯繫」與屬於「對比」性的「異類相應的聯繫」，

---

28 王弼注二章：「美者，人心之所進樂也；惡者，人心之所惡疾也。美、惡，猶喜、怒
　也；善、不善，猶是、非也。喜、怒同根，是、非同門；故不得而偏舉也。此六
　者，皆陳自然不可偏舉之名數。」見《老子王弼注》（臺北市：河洛圖書出版社，
　1974 年 10 月臺景印初版），頁 3。

都會由於互動，以形成「調和」的作用。而「調和」與「調和」、「調和」與「對比」、「對比」與「對比」的結構，又可以相互產生「同類相從」或「異類相應」的聯繫，形成另一層「二元對待」，而由局部擴及整體，趨於最後的「統一」。而這種「統一」，在《周易》（《易傳》）來說，即「一」，指的是「太極」（「道」或「易」）；在《老子》而言，即「一（0）」，指的是「道生一」[29]。

　　一般而論，所謂「調和」，是對應於「陰」與「柔」來說的；而所謂「對比」，是對應於「陽」與「剛」而言的[30]。如說得徹底一點，即一切「調和」與「對比」，都是由於陰（柔）陽（剛）相對、相交、相和的結果。《易傳》云：

　　　　一陰一陽之謂道。（〈繫辭上〉）
　　　　剛柔者，立本者也；變通者，趣時者也。（〈繫辭下〉）
　　　　剛柔相推而生變化。……變化者，進退之象也；剛柔者，晝夜之象也。（〈繫辭上〉）
　　　　窮則變，變則通，通則久。（〈繫辭上〉）

---

29 「道生一」的「道」，既是「創生宇宙萬物的一種基本動力」，而它「本身又體現了無（无）」，那麼正如王弼所注「欲言無耶，而物由以成；欲言有耶，而不見其形」，老子的「道」可以說是「無」，卻不等於實際之「無」（實零），而是「恍惚」的「无」（虛零），以指在「一」之前的「虛理」。這種「虛理」，如勉強以「數」來表示，則可以是「（0）」。這樣，「一、二、多」的順向結構，就可調整為「（0）一、二、多」或「（0）、一、二、多」，以補《周易》（含《易傳》）之不足，這就使得宇宙萬物創生、含容的順向歷程，更趨於完整而周延。見〈論「多」、「二」、「一（0）」的螺旋結構——以《周易》與《老子》為考察重心〉，頁1-20。

30 仇小屏：「造成最明顯、最大美感的，還是『對比』與『調和』兩種型態，因為『對比』會形成極大的反差，因此有強健、闊達、華美之感，所以趨向於『陽剛』；而『調和』則因質性之相近，產生優美、融洽、鎮靜、深沉等情緒，因此自然趨向於『陰柔』。」見《古典詩詞時空設計之研究》（臺北市：臺灣師大國文研究所博士論文，2001年2月），頁329。

乾坤其易之門邪！乾，陽物也；坤，陰物也。陰陽合德而剛柔有
體，以體天地之撰，以通神明之德。（〈繫辭下〉）

天地絪縕，萬物化醇，男女構精，萬物化生。（〈繫辭下〉）

天尊地卑，乾坤定矣；卑高以陳，貴賤位矣；動靜有常，剛柔斷
矣。（〈繫辭上〉）

《周易》（含《易傳》）的作者，就在前人「有象而無象」、「無象而有象」
之努力基礎下，終於確認陰陽乃一切變化，形成多樣對待之根源。就拿
八卦與由八卦重疊而成的六十四卦來說，即全由陰陽二爻所構成，以象
徵並概括宇宙人生的各種變化，〈說卦〉說的「觀變於陰陽而立卦」，
就是這個意思。他以為宇宙之源，就在這種陰陽的相對、相交、相合之
作用下，變而通之，通而久之，於是創造了天地萬物（含人類），達於
「統一」（和諧）的境地[31]。而這種「統一」（和諧），可說是剛柔（陰陽）
之統一，是剛柔（陰陽）相濟的，如以上述的天地（乾坤）、晝夜、高
低、男女、尊卑、進退、貴賤、動靜而言，天（乾）、晝、高、男、
尊、進、貴、動等為剛，地（坤）、夜、低、女、卑、退、賤、靜等為
柔，它們是相應地相對而為一的。

　　而《老子》直接談到「陰陽」或「剛柔」的地方雖不多，卻有幾處
是值得注意的：

萬物負陰而抱陽。（四十二章）

---

31 陳望衡：「《周易》中的陰陽理論強調的不是相反事物的對立，而是相反事物的相
　　交、相和。《周易》認為，陰陽相交是生命之源，新生命的產生不在於陰陽的對立，
　　而在陰陽的交感、統一。因此陰陽的相合不是量的增加，而是新質的產生，是創
　　造。因此，陰陽相交、相合的規律就是創造的規律。」見《中國古典美學史》，頁
　　182。

柔弱勝剛強。（三十六章）

弱者，道之用。天下萬物生於有，有生於无。（四十章）

堅強者，死之徒；柔弱者，生之徒。（七十六章）

強大處下，柔弱處上。（七十六章）

弱之勝強，柔之勝剛，天下莫不知、莫能行。（七十八章）

老子談到陰陽的，僅一見，在此，他雖然只落到「萬物」（多）上來說，卻該推本到「一生二」以尋其根。而談到「剛柔」的，則往往牽「強」牽「弱」，也落到「多」（萬物）上加以發揮，但「剛」為「陽」、「柔」為「陰」，是同樣該歸根於「一生二」予以確認的；因為這是老子觀察自然現象（萬物）時，從現象（萬物）中所抽離出來的二元對待之基本範疇；而所謂「弱者，道之用」，是以「道」（無）為「體」，而以「弱上剛下」（「強大處下，柔弱處上」），針對著「有生於無」之「有」，來說其「用」的[32]。可見老子的「二」，就「同」的觀點而言，與《周易》是彼此相容的。

如此從多數對待的「兩樣」（二）中提煉出根源的「剛柔」（陰陽），而成為「剛柔（陰陽）的統一」，呈現的是「『多』（多樣事物、多樣對待）→『二』（剛柔、陰陽）→『一』（0）（統一）」的過程，這是逐漸由「有象」（委）而追溯到「無象」（源）的，很合於歷史發展的軌跡。

這種「剛柔（陰陽）之統一」，指的既然是剛柔（陰陽）之相濟、適中，好像只能容許剛柔（陰陽）各半以相濟，達於絕對「適中」，亦即「大統一」（「中和」）的地步，但是天地之運，一刻不息，以致剛柔（陰陽）隨時都在互相滲透、互相轉化之中，所謂「陽卦多陰，陰卦

---

32 陳鼓應：「『弱者道之用』：『道』創生萬物輔助萬物時，萬物自身並沒有外力降臨的感覺，『柔弱』即是形容『道』在運作時並不帶有壓力感的意思。」見《老子今注今譯及評介》，頁 155。

多陽」（〈繫辭下〉）、「剛柔相推而生變化」（〈繫辭上〉）、「剛柔相易」
（〈繫辭下〉），這樣往往就產生「剛中寓柔」（偏剛、剛中）或「柔中
寓剛」（偏柔、柔中）的「小統一」情況；而「剛中寓柔」所造成的是「對
比式統一」，亦即「對比」中有「調和」，《周易》（含《易傳》）的主
張即偏於此；「柔中寓剛」所造成的是「調和式統一」[33]，亦即「調和」
中有「對比」，《老子》的主張即偏於此。這樣的「統一」思想，不但
對中國哲學有影響，就是對文學、美學，也影響極深遠[34]。

（二）就章法層面言

　　辭章是結合「形象思維」與「邏輯思維」而形成的[35]。這兩種思維，
各有所主。一般說來，如果是將一篇辭章所要表達之「情」或「理」，

---

33 夏放：「從構成形式美的物質材料的總體關係來說，最基本的規律是『多樣的統一』，
平時所謂的『和諧美』，意即是『多樣的統一』。……『多樣的統一』包括兩種基本
類型：一種是多種非對立因素相互聯繫的統一，形成一種不太顯著的變化，謂之『調
和式統一』；一種是各種對立因素之間的相反相成，造成和諧，形成『對立式統一』。」
見《美學——苦惱的追求》（福州市：海峽文藝出版社，1988 年 5 月一版一刷），頁
108。

34 陳望衡：「《周易》強調的不是陰陽、剛柔之分，而是陰陽、剛柔之合。這一點同樣
在中國美學、藝術中留下深廣的影響。中國美學向來視剛柔相濟的和諧為最高理
想。中國的藝術批評學也總是以剛柔相濟作為一條最高的審美標準。於是，中國的
藝術家們也都自覺地去追求剛柔的統一，並不一味地去追求純剛或純柔，而總是或
柔中寓剛或剛中寓柔。劉熙載是我國清代卓越的藝術批評家，他的《藝概》一書，
涉及文、詩、賦、詞、曲、書法等藝術領域，有不少精闢的論斷，他最為推崇的藝
術審美理想就是剛柔相濟。」見《中國古典美學史》，頁 186-187。

35 吳應天：「人們的思維既有形象性，也有邏輯性，所以既可寫成形象體系，也可寫成
邏輯體系。前者是文學作品，後者是科學理論。這樣劃分，同樣也是客觀事物的反
映，但是這仍然是片面的看法。如果辯證地看問題，那就知道形象體系中寓有邏輯
性，邏輯體系中也包含著形象性，兩者不僅互相聯繫、互相滲透，而且還互相結
合、互相轉化。原因在於形象性和邏輯性具有對立統一關係。正由於這個緣故，由
於簡明扼要的邏輯系統很容易為人們所理解，而生動具體的形象體系更容易使人感
動，所以許多文學作品往往是形象性和邏輯性結合的複合文。」見《文章結構學》，
頁 345。

訴諸各種主觀聯想，和所選取之「景（物）」或「事」接合在一起[36]，或者是專就個別之「情」、「理」、「景」（物）、「事」等材料本身設計其表現技巧的，皆屬「形象思維」；這涉及了「立意」、「取材」與「措詞」等問題，而主要以此為研究對象的，就是主題學、意象學與修辭學等。如果是專就「景（物）」或「事」等各種材料，對應於自然規律，結合「情」與「理」，訴諸客觀聯想，按秩序、變化、聯貫與統一之原則，前後加以安排、布置，以成條理的，皆屬「邏輯思維」；這涉及了「運材」、「布置」與「構詞」等問題，而主要以此為研究對象的，就字句言，即文（語）法學；就篇章言，就是章法學。至於合「形象思維」與「邏輯思維」而為一，探討其整個體性[37]的，則為文體學、風格學。

　　由於章法是屬於邏輯思維之範疇，講求者乃篇章之條理或結構，而此條理或結構，又對應於宇宙規律，是人生來即具存於心的[38]，換句話說，章法乃「客觀的存在」，是與「文章同時出現的」[39]。所以人類自

---

36 彭漪漣：「形象思維需要遵守聯想律，也就是形象結合的方式。具體一點說，人們在文藝創作中，必須從對象中選取最足以揭示其本質的形象，用聯想律（如時空上的接近聯想、現象上的相似聯想、事件間的因果聯想和對立面的對比聯想等）來把握形象的內在聯繫，形成具體的詩的意境，或構想出典型環境中的典型性格。」見《古典詩詞邏輯趣談》（上海市：上海人民出版社，2001年9月一版一刷），頁13。

37 陳望道：「語文的體式很多，……表現上的分類，就是《文心雕龍》所謂的『體性』的分類，如分為簡約、繁豐、剛健、柔婉、平淡、絢爛、謹嚴、疏放之類。」見《修辭學發凡》（香港：大光出版社，1961年2月版），頁250。

38 吳應天：「文章結構規律作為文章本質的關係，恰好跟人類的思維形式相對應，而思維形式又是客觀事物本質關係的反映。」見《文章結構學》，頁359。

39 王希杰：「『章法』一詞是多義的。『章法』是文章之法，但是，有兩種『章法』。一種是客觀存在的『章法』，它顯然是與文章同時出現的。有文章就有章法，不同的文章有不同的章法，但是沒有完全沒有章法的文章，不過是章法的好和壞罷了。另一種『章法』，是研究者的認識或主張，是知識和理論，是文章的研究者的辛勤勞動的成果，它當然是文章出現後的事情。後一種『章法』，即對章法的研究，也是早就有了的，中國古人對章法的論述很多，但是『章法學』的誕生是比較晚的事情。章法學作為一門學問，不是有關部門章法的個別知識，而是章法知識的總和，是一種概念的系統。章法學是一門實用性很強的學問，也有極高的學術價值。它同文章學、修辭學、語用學、文藝學、美學、邏輯學等都具有密切關係。章法學已經初步形成

有辭章開始，即毫無例外地被應用來安排篇章。雖然作者對此，大都是日用而不知、習焉而不察的，但無損於它的存在與重要性。經過多年的努力，在前人的有限基礎上，用「發現現象以求得通則、規律」的方式，爬羅剔抉，到目前為止，一共確定了約四十種的章法類型，從而找出各自之心理基礎與美感效果，並尋得四大規律加以統合，形成完整之體系，建立了一個新的學門[40]。

　　人對章法的注意，相當地早。劉勰《文心雕龍・章句》篇即有篇法、章法、句法、字法之說，而後來呂東萊的《古文關鍵》、謝枋得的《文章軌範》、託名歸有光的《文章指南》和劉熙載的《藝概》……等，也都或多或少地涉及章法，只可惜，都「但見其樹而不見其林」。於是在偶然的機緣下，從三十多年前開始，兼顧理論與應用，經由廣搜旁推的功夫，終於找出約四十種章法，而完成「集樹成林」的工作。這些章法是：今昔、久暫、遠近、內外、左右、高低、大小、視角轉換、知覺轉換、時空交錯、狀態變化、本末、淺深（輕重）、因果、眾寡、並列、情景、論敘、泛具、虛實（時間、空間、假設與事實、虛構與真實）、凡目、詳略、賓主、正反、立破、抑揚、問答、平側（平提側

了一門科學。陳滿銘教授初步建立了科學的章法學體系。……如果說唐鉞、王易、陳望道等人轉變了中國修辭學，建立了學科的中國現代修辭學，我們也可以說，陳滿銘及其弟子轉變了中國章法學的研究大方向，建立了科學的章法學，把漢語章法學的研究轉向科學的道路。」見《章法學門外閒談》，頁 92-95。

40 鄭韶風：「陳滿銘教授及其研究生仇小屏、夏薇薇、陳佳君、黃淑貞等為主幹，推出了漢語辭章章法學的論著；開了『章法』論的專門辭章學先河。此類論著，從其研究的深度與廣度、科學性與實用性來講，雖非『絕後』，實屬『空前』。」（《國文天地》17 卷 2 期，2001 年 7 月），頁 96。又鄭頤壽：「臺灣建立了「辭章章法學」的新學科，成果豐碩，代表作是臺灣師大博士生導師陳滿銘教授的《章法學新裁》（以下簡稱「新裁」）及其高足仇小屏、陳佳君等的一系列著作。……臺灣的辭章章法學體系完整、科學，已經具備成『學』的資格。它研究成果豐碩，已經『集樹而成林了』；培養鍛鍊了研究的『生力軍』，學術梯隊後勁很大；研究計畫宏偉，且具可操作性。」見〈中華文化沃土，辭章學圃奇葩——讀陳滿銘《章法學新裁》及其相關著作〉，《海峽兩岸中華傳統文化與現代化研討會文集》，頁 131-139。

注、平提側收[41]）、縱收、張弛、插補[42]、偏全、點染、天（自然）人（人事）、圖底、敲擊[43] 等。它們用在「篇」或「章」（節、段），都可以擔負組織材料情意之作用。

　　所有的章法及其所形成之結構，都可由四大律加以統合，即「秩序」、「變化」、「聯貫」（局部）和「統一」（整體）。其中「秩序」、「變化」與「聯貫」三者，主要著重於個別材料（景與事）之布置，以梳理各種章法結構，重在分析思維；而「統一」則主要著眼於情、理或統合材料，凝成主旨或綱領，以貫穿全篇[44]，重在綜合思維。從根源上說，這四大原則（條理），乃經由人心之邏輯思考而得以呈顯，可說貫通了人我、物我，是完全合於天理人情的。

　　首先是秩序律：所謂「秩序」，是將材料依序加以整齊安排的意思。任何章法都可依循此律，形成其先後順序。茲舉較常見的十幾種章法來看，它們可就其先後順序，形成如下結構：（一）今昔法：「先今後昔」、「先昔後今」；（二）遠近法：「先近後遠」、「先遠後近」；（三）大小法：「先大後小」、「先小後大」；（四）本末法：「先本後末」、「先末後本」；（五）虛實法：「先虛後實」、「先實後虛」；（六）賓主法：「先

---

41 所謂「平提側收」，是將所要論說或敘述之幾個重點，以同等之地位加以提明，而特別側於其中之一點或兩點來收結，卻有回繳整體功用的一種章法。見陳滿銘：〈談平提側收的篇章結構〉，《第二屆中國修辭學術研討會論文集》（高雄市：「第二屆中國修辭學術研討會」，2000 年 6 月），頁 193-213。

42 以上章法，見陳滿銘：〈談辭章章法的主要內容〉，《章法學新裁》（臺北市：萬卷樓圖書公司，2001 年 1 月初版），頁 319-360。又見仇小屏：《篇章結構類型論》上、下（臺北市：萬卷樓圖書公司，2000 年 2 月初版），頁 1-620。

43 以上五種章法，見陳滿銘：〈論幾種特殊的章法〉，臺灣師大《國文學報》31 期（2002 年 6 月），頁 193-222。已收入《章法學論粹》（臺北市：萬卷樓圖書公司，2002 年 7 月初版），頁 68-112。

44 〈論辭章章法的四大律〉，頁 101-107。又參見仇小屏：《文章章法論》（臺北市：萬卷樓圖書公司，1998 年 11 月初版），頁 510；及《篇章結構類型論》上、下，頁 1-620。

賓後主」、「先主後賓」；（七）正反法：「先正後反」、「先反後正」；（八）抑揚法：「先抑後揚」、「先揚後抑」；（九）立破法：「先立後破」、「先破後立」；（十）平側法：「先平後側」、「先側後平」；（十一）凡目法：「先凡後目」、「先目後凡」；（十二）因果法：「先因後果」、「先果後因」；（十三）情景法：「先情後景」「先景後情」；（十四）論敘法：「先論後敘」、「先敘後論」；（十五）底圖法：「先底後圖」、「先圖後底」。這些「順」或「逆」[45] 所形成的結構，隨處可見[46]。

　　其次是變化律：所謂「變化」，是把材料的次序加以參差安排的意思。每一章法依循此律，也都可造成順逆交錯的效果。同樣以上舉十幾種常見章法來看，可形成如下結構：（一）今昔法：「今、昔、今」、「昔、今、昔」；（二）遠近法：「遠、近、遠」、「近、遠、近」；（三）大小法：「大、小、大」、「小、大、小」；（四）本末法：「本、末、本」、「末、本、末」；（五）虛實法：「虛、實、虛」、「實、虛、實」；（六）賓主法：「賓、主、賓」、「主、賓、主」；（七）正反法：「正、反、正」、「反、正、反」；（八）抑揚法：「抑、揚、抑」、「揚、抑、揚」；（九）立破法：「立、破、立」、「破、立、破」；（十）平側法：「平、側、平」、「側、平、側」；（十一）凡目法：「凡、目、凡」、「目、凡、目」；（十二）因果法：「因、果、因」、「果、因、果」；（十三）情景法：「情、景、情」、「景、情、景」；（十四）論敘法：「論、敘、論」、「敘、論、敘」；（十五）底圖法：「底、圖、底」、「圖、底、圖」。這些「順」和「逆」

---

45 所謂的順逆，是指本末、淺深（就事理言）、今昔（就時間言）、遠近、大小（就空間言）……等的配排而言。作者創作的時候，如是採由本及末、由淺及深、由昔及今、由遠及近、由大及小……等的次序來安排的，叫做「順」；則採由末而本、由深而淺、由今而昔、由近而遠、由小而大……等的次序來安排的，則稱「逆」。參見陳滿銘：〈談運用辭章材料的幾種基本手段〉，《國文教學論叢》（臺北市：萬卷樓圖書公司，1991 年 1 月初版），頁 386-396。

46 〈論辭章章法的四大律〉，頁 101-107。

交錯的結構，也到處可以見到[47]。

又其次是聯貫律：所謂「聯貫」，是就材料先後的銜接或呼應來說的，也稱為「銜接」。無論是哪一種章法，都可以由局部的「調和」與「對比」，形成銜接或呼應，而達到聯貫的效果。在約四十種章法中，大致說來，除了貴與賤、親與疏、正與反、抑與揚、立與破、眾與寡、詳與略、張與弛……等，比較容易形成「對比」外，其他的，如今與昔，遠與近、大與小、高與低、淺與深、賓與主、虛與實、平與側、凡與目、縱與收、因與果……等，都極易形成「調和」的關係。通常「前者會因此而產生對比美，後者則會產生調和美；不過第三種情形是：有一些章法所組織起來的內容材料，並非絕對會形成對比或調和的關係，而是必須視個別篇章的情況來判定，因此它可能產生對比美，也可能產生調和美。」[48]

最後是統一律：所謂的「統一」，是就材料情意的通貫來說的。這裡所說的「統一」，乃側重於內容（包含內在的情理與外在的材料）之整體而言，與前三律之側重於個別或部分內容材料者，有所不同。也就是說，這個「統一」，和聯貫律中由「調和」所形成的「統一」，所指非一。因此要達成內容的「統一」，則非訴諸主旨（情意）與綱領（大都為材料的統合）[49] 不可。而綱領既有單軌、雙軌或多軌的差別，就是主旨（含綱領）也有置於篇首、篇腹、篇末與篇外的不同[50]，這就必須

47　〈論辭章章法的四大律〉，頁 101-107。

48　仇小屏：〈論章法的對比與調和之美〉，《第四屆中國修辭學國際學術研討會論文集》（臺北縣：輔仁大學，「第四屆中國修辭學國際學術研討會」，2002 年 5 月），頁118。

49　一篇辭章中，作者真正要表達的思想為主旨，它可以也是綱領，也可不是；而所用的內容材料，與主旨、綱領間的關係固然密切，卻不等於是主旨或綱領。見陳滿銘：〈談辭章主旨、綱領與內容的關係〉，《章法學新裁》，頁 194-204。

50　〈談辭章章法的主要內容〉，《章法學新裁》，頁 351-359。

主要由「邏輯思維」，而輔以「形象思維」來加以完成。一篇辭章，無論是何種類型，都可以由此「一以貫之」，以呈現其特殊條理[51]。

　　對應於《周易》（含《易傳》）與《老子》有關的論述，章法「秩序」、「變化」二律中的順或逆（秩序）與變化的結構，如「先正後反」、「先凡後目」、「先立後破」、「先點後染」……等順向結構，以及「先反後正」、「先目後凡」、「先破後立」、「先染後點」……等逆向結構，加上「正、反、正」、「反、正、反」、「凡、目、凡」、「目、凡、目」、「立、破、立」、「破、立、破」、「點、染、點」、「染、點、染」……等變化結構，都可以呈現這種「多樣對待」（「多」）的條理；而章法中「移位」（章法單元如「正→反」、「目→凡」，結構單元如「先立後破→先染後點」、「先點後染→先破後立」）所形成之秩序與「轉位」（章法單元如「破→立→破」、「染→點→染」，結構單元如「正→反」與「反→正」、「目→凡」與「凡→目」）所形成之變化[52]，也與此「多樣對待」（「多」）的條理不謀而合。當然，這裡所說的「秩序」，也含有「變化」的成分，而「變化」，同樣含有「秩序」的成分，只是為了說明方便，就有所偏重地予以區隔而已。總結起來說，這個部分所呈現的是「多而二」（多樣的二元對待）的結構。

　　而以章法之「聯貫」、「統一」二律而言，則所呈現的是「二而一（０）」（剛柔的統一）的結構：首先是非對比式章法或結構單元「同類相從」（如「平列結構」、「凡目結構」之「目」所形成之平列組織以及「正變正」、「反變反」之材料聯繫）所造成的「聯貫」，其次是以「調和」（柔）與「對比」（剛）統合各章法或結構單元，由局部（章）趨於全體（篇）的「聯貫」，又其次是章法或結構單元之「移位」、「轉位」所

51　陳滿銘：〈論章法與邏輯思維〉，《第四屆中國修辭學國際學術研討會論文集》，頁19。
52　〈論章法的移位、轉位及其美感〉，頁98-122。

造成局部「節奏」趨於整篇「韻律」的「聯貫」；這說的都是「二」。然後是以主旨（情、理）或綱領貫穿各個部分（含剛柔、移位、轉位、節奏、韻律等）而凝為一體的「統一」（調和性或對比性）；這說的是「一（0）」。

這樣看來，上述章法的四大規律，恰恰切合於「多、二、一（0）」的順序。其中「秩序與變化」，相當於「多」（多樣），即「多樣的二元對待」；「聯貫」，以其根本而言，相當於「二」（陽剛、陰柔）；而「統一」則相當於「一（0）」。如此由「多樣」（多樣的二元對待）而「二」（剛柔互濟）而「統一」，凸顯了章法的四大規律所形成的，不是平列的關係，則是「多、二、一（0）」的邏輯結構。

如果這種「多、二、一（0）」落到章法結構來說，則所有主結構以外的其他結構，都屬於「多」；而主結構所形成之「二元對待」，自成陰與陽而「相反相成」，以徹下徹上，形成結構之「調和性」（陰）與「對比性」（陽）的，是屬於「二」；至於辭章之「主旨」或由「統一」所形成之風格、韻味、氣象、境界等，則屬於「一（0）」。值得一提的是，以（0）來指風格、韻味、氣象、境界等辭章之抽象力量，是相當合理的。

二　散文章法的多二一0結構

本來章法之「多、二、一（0）」結構，是不會因為文體之不同而有所改變的。但為了凸顯這一特點，特地就散文與詩詞兩種，分別舉一些例子來加以探討，以見章法「多、二、一（0）」結構的不變性。在此，先從散文來看：

首先看《孟子・梁惠王下》的一段文字：

齊人伐燕，勝之。宣王問曰：「或謂寡人勿取，或謂寡人取之。

以萬乘之國，伐萬乘之國，五旬而舉之，人力不至於此。不取，必有天殃。取之何如？」

孟子對曰：「取之而燕民悅，則取之；古之人有行之者，武王是也。取之而燕民不悅，則勿取；古之人有行之者，文王是也。以萬乘之國，伐萬乘之國，簞食壺漿以迎王師，豈有他哉？避水火也。如水益深，如火益熱，亦運而已矣。」

　　此章文字說明征伐之道，趙岐注：「言征伐之道，當順民心。民心悅，則天意得，天意得，然後乃可以取人之國也。」其中先以「點」交代齊人伐燕得勝，續以一問一答形成「染」的結構。而在齊宣王與孟子的問答中，又各自形成「先平後側」的結構。問題中齊宣王以平等地位提明「勿取」、「取之」兩種面對燕國的可能選擇，之後側重「取之」，可看出兩者在齊宣王心中的先後。而面對齊宣王的詢問與表態，孟子並未直接作答，他依著齊宣王的詢問，將「勿取」、「取之」兩種可能，同以「平提」結構呼應，談及古之賢君文王、武王分別作出「勿取」或「取之」的不同決定，藉以釐清決定事情的依據應是民心之所嚮。之後，孟子再側重於「取之」之上，談到百姓簞食壺漿樂於「取之」的舉動實乃避水火的表現，從中凸顯順應民心的重要，提醒著齊宣王其實需要思考的不是「取之」或「勿取」，只有民心向背才是關鍵，正如朱熹注所云：「言齊若更為暴虐，則民將轉而望救於他人矣」。

　　文中兩次「平提」到「側注」的結構轉換中，看到齊宣王的問與孟子的答都在「勿取」與「取之」間，對於「取之」的凸顯。其中孟子乃採取與齊宣王相同的「平側」篇章結構進行回答，除了可以確實地回應齊宣王的提問之外，更重要的是同樣地以平等地位列出「勿取」、「取之」，再側重於「取之」的回答將順應著齊宣王的思維模式而來。雖然，齊宣王偏重的是「取之」一事本身，而孟子偏重的是「取之」一事

背後所代表的民心向背，但如此一來，齊宣王接受民心向背才是事情關
鍵的程度便大為提高，孟子的回答顯得既含蓄又具有說服力。則在兩次
「平提側注」一前一後的搭配下，順應民心的重要得到最大的發揮。附
其結構分析表如下：

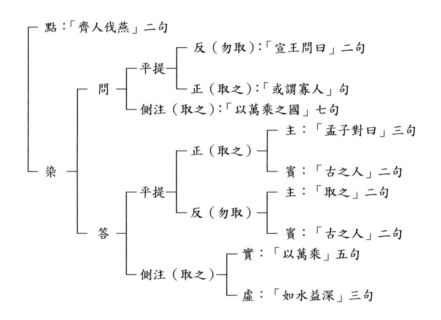

由以上之分析，可知就章法而言，此文總共用了「點染」、「問答」、「平
側」（二疊）、「正反」（二疊）、「虛實」與「賓主」（二疊）等章法，
以形成其層層結構。如對應於「多、二、一（0）」來看，則處於第一、
二層的「點染」、「問答」，或第四層以下的「正反」（二疊）、「虛實」
與「賓主」（二疊）為「多」；居於第三層的「平側」（二疊）自成陰陽，
以徹下徹上的，為「二」；而「一（0）」，則指「征伐之道，當順民心」

之一篇主旨與「雄偉奔放」[53] 的風格來，以讓人產生美感，而「引起心理上的喜悅」。

又如《史記·孔子世家贊》：

> 太史公曰：《詩》有之：「高山仰止，景行行止。」雖不能至，然心鄉往之。余讀孔氏書，想見其為人。適魯，觀仲尼廟堂，車服、禮器，諸生以時習禮其家，余低回留之，不能去云。天下君王至於賢人眾矣，當時則榮，沒則已焉。孔子布衣，傳十餘世，學者宗之。自天子王侯，中國言六藝者，折中於夫子，可謂至聖矣！

這篇贊文，採「先點後染」的「篇」結構寫成，「點」指「太史公曰」；而「染」則自「《詩》有之」起至篇末，乃用「凡」（綱領）、「目」、「凡」（主旨）的「章」結構寫成。其中頭一個「凡」（綱領）的部分，自篇首至「然心鄉往之」止，引《詩》虛虛籠起，以「高山仰止，景行行止」兩句語典領出「鄉往」兩字，作為綱領，以統攝下文。「目」的部分，自「余讀孔氏書」至「折中於夫子」止，以「由寡及眾」的方式，含三節來寫：首節寫自己「讀孔氏書」與「觀仲尼廟堂」之所見、所思，以「想見其為人」與「低回留之，不能去云」句，表出自己對孔子的「鄉往」之情；次節特將孔子與「天下君王至於賢人」作一對照，以「一反一正」形成對比，以「學者宗之」表出孔門學者對孔子的「鄉往」之情（理），並暗示所以將孔子列為世家的理由；三節寫各家以孔子的學說為截長補短的標準，而以「折中於夫子」表出全天下讀書人對孔子的

---

53 郭預衡：「有了這樣（遠大）的志氣，發為文辭，也就有一種雄偉之氣、奔放之勢。這樣的例子在《孟子》一書中俯拾皆是。」見《中國散文史》上（上海市：上海古籍出版社，2000年3月一版一刷），頁138。

「鄉往」之情（理）。後一個「凡」（主旨）的部分，即末尾「可謂至聖矣」一句，拈出主旨，以回抱前文之意（情、理）作收。附結構表如下：

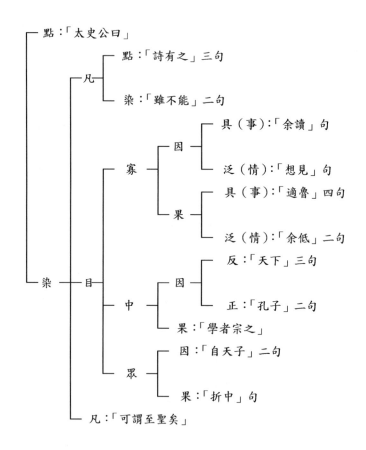

這種結構，如對應於「多」、「二」、「一（0）」來看，篇中那些「點染」、「因果」、「泛（情）、具（事）」與「正反」等結構，為「多」；「凡、

目、凡」的核心結構[54]，可撤下以統合「多」、撤上以歸根於「一（0）」的，為「二」；而一篇之主旨「至聖」與「虛神宕漾」[55]之風格，則為「一（0）」。就這樣，太史公此文，握定「鄉往」作為綱領，以作者本身、孔門學者以及全天下讀書人對孔子「鄉往」的事實為內容，層層遞寫，結出「至聖」（嚮往到了極點的稱號）的一篇主旨，以讚美孔子。文雖短而意特長，令人讀了，也不禁湧生無限的「仰止」之情來，久久不止。

再如王安石的〈讀孟嘗君傳〉一文：

> 世皆稱孟嘗君能得士，士以故歸之，而卒賴其力，以脫於虎豹之秦。
> 嗟呼！孟嘗君特雞鳴狗盜之雄耳，豈足以言得士！不然，擅齊之強，得一士焉，宜可以南面而制秦，尚何取雞鳴狗盜之力哉！雞鳴狗盜之出其門，此士之所以不至也。

這篇翻案文章，一開頭就直接以「世皆稱」四句，先立一個案，採「先因後果」的條理，藉世人之口，對孟嘗君之「能得士」，作一讚美，並從中拈出「卒賴其力，以脫於虎豹之秦」，隱含「雞鳴狗盜」之意，以作為「質的」，以引出下文之「弓矢」。再以「嗟呼」句起至末，在此用「實、虛、實」的條理，針對「立」的部分，以「雞鳴狗盜」扣緊「卒賴其力，以脫於虎豹之秦」，予以攻破。所謂「質的張而弓矢至」，真是一箭而貫紅心，雖文不滿百字，卻有極強的說服力。

---

54 陳滿銘：〈論章法「多、二、一（0）」的核心結構〉，臺灣師大《師大學報‧人文與社會類》48 卷 2 期（2003 年 12 月），頁 71-94。
55 吳楚材、王文濡：《精校評注古文觀止》卷 5（臺北市：臺灣中華書局，1972 年 11 月臺六版），頁 8。

附結構分析表如下：

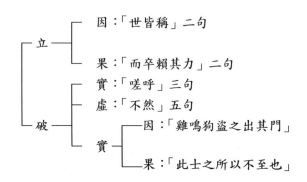

立 ┬ 因：「世皆稱」二句
　 └ 果：「而卒賴其力」二句
破 ┬ 實：「嗟呼」三句
　 ├ 虛：「不然」五句
　 └ 實 ┬ 因：「雞鳴狗盜之出其門」
　　　　└ 果：「此士之所以不至也」

可見此文在「篇」的部分，以「先立後破」的主結構，形成對比。但一樣的在對比中卻含有調和的成分，因為就「章」而言，在「立」的部分，既以「先因後果」的條理形成了調和；在「破」的部分，又先以「實、虛、實」的條理形成對比與調和，再以「先因後果」的條理形成調和。這樣，對應於「多、二、一（0）」而言，此文以兩層的「先因後果」與「實、虛、實」的結構，形成了「多」；以「先立後破」的主結構，自為陰陽對比，形成了「二」，以徹下徹上；而以孟嘗君「未足以言得士」之主旨與所形成的毗剛風格，所謂「筆力簡而健」[56]，則形成了「一（0）」。這篇短文之所以有極強之氣勢與說服力，與這種「邏輯思維」有著密切之關係[57]。

---

56 郭預衡：「全文不過百字，《藝概》引謝疊山所謂『筆力簡而健』者，本文似可當之。」見《中國散文史》中，頁485。

57 全岳春：「雖然，前文『世皆稱』，已使人意識到作者將對『孟嘗君能得士』的習慣說法有所非議，卻沒料到作者的斷語如此突兀而來。緊接著一句『豈足以言得士』，既與上一句一氣呵成，又延伸了上句的氣勢。既然孟嘗君是雞鳴狗盜之雄，他的門客就是雞鳴狗盜之徒，得士之說，也就順理成章地駁倒了。然而，這還只是邏輯意義上的駁倒。靠邏輯取勝，並不是件困難的事。孰是孰非，還需要具體的分析。」見《古文鑑賞大辭典》（杭州市：浙江教育出版社，1996年3月二版四刷），頁959-

然後如李文炤的〈儉訓〉：

> 儉，美德也，而流俗顧薄之。
>
> 貧者見富者而羨之，富者見尤富者而羨之。一飯十金，一衣百金，一室千金，奈何不至貧且匱也？每見閭閻之中，其父兄古樸質實，足以自給，而其子弟羞向者之為鄙陋，盡舉其規模而變之，於是累世之藏，盡費於一人之手。況乎用之奢者，取之不得不貪，算及錙銖，欲深谿壑；其究也，諂求詐騙，寡廉鮮恥，無所不至；則何若量入為出，享恆足之利乎？且吾所謂儉者，豈必一切捐之？養生送死之具，吉凶慶弔之需，人道之所不能廢，稱情以施焉，庶乎其不至於固耳。

　　此文旨在勉人養成節儉美德，以免因奢侈浪費而寡廉鮮恥，無所不至，是用「先凡後目」的結構寫成的。「凡」的部分為起段，採開門見山的方式，提明「儉」是美德（正），而流俗卻反而輕視它（反），作為全篇總冒，以統攝下文。而「目」的部分，則先從反面論「流俗顧薄之」，即次段；然後回到正面來論「儉美德也」，即末段。就在論「流俗顧薄之」的次段，作者首以「貧者見富者」五句，泛論因奢侈而致「貧且匱」的道理；次以「每見閭閻之中」七句，舉常例來說明因奢侈而致敗家的必然後果；末則依序以「況乎用之」四句，指出「奢者」之慾望無窮，以「其究也」四句，指出這樣的結果是「寡廉鮮恥，無所不至」，以「則何若」二句，由反面轉到正面，勸人節儉以享恆足之利。至於論

960。而周明以為此文有三方面的特色，其三即：「嚴密的邏輯方法。……本文首先在概念的內涵上與敵論劃清界線。……其次是運用矛盾律，並貫徹全篇，使論證縝密嚴謹，無懈可擊。」見《古文鑑賞辭典》（南京市：江蘇文藝出版社，1987 年 11 月一版一刷），頁 963-964。

「儉美德也」的末段，作者特以「且無所謂」二句作一激問，帶出「養生送死」四句的回答，指明「儉」不是要捐棄一切，而是要在「人道」上「稱情以施」，以免流於固陋。

附結構分析表如下：

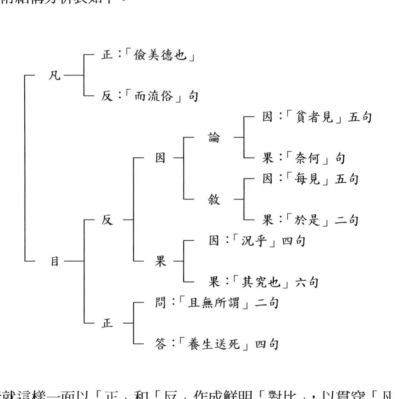

作者就這樣一面以「正」和「反」作成鮮明「對比」，以貫穿「凡」和「目」，一面又以「因」和「果」、「敘」和「論」、「問」和「答」，兩兩呼應，形成「調和」，使得此文在「對比」中帶有「調和」，將全文聯貫成一個整體，成功地闡發了「儉美德也」的道理。如對應於「多、二、一（0）」來看，以「因果」（四疊）、「敘論」（一疊）、「問答」（一疊）和「正反」（二疊）所形成之結構，是屬於「多」；

以「凡目」自成陰陽所形成的主結構，以徹下徹上，是屬於「二」；以結合形象思維與邏輯思維所凸顯的「儉美德也」的主旨與趨於嚴整雅

健之風格，是屬於「一（0）」。

三　詩詞章法的多二一0結構

　　「多、二、一（0）」的結構，不但出現在篇幅較長的散文，也一樣出現在短幅的詩詞裡。如杜甫的〈旅夜書懷〉詩：

> 細草微風岸，危檣獨夜舟。星垂平野闊，月湧大江流。名豈文章著，官應老病休。飄飄何所似？天地一沙鷗。

此詩為泊舟江邊、觸景生情之作。起聯藉孤舟、風岸、細草，寫江邊的寂寥；頷聯藉星月、平野、江流，寫天地的高曠；這是寫景的部分，為「實」。頸聯就文章與功業，寫自己事與願違、老病交迫的苦惱；尾聯就旅舟與沙鷗，寫自己到處飄泊的悲哀；這是抒情的部分，為「虛」。就這樣一實一虛地產生相糅相襯的效果，使得滿紙盈溢著悲愴的情緒[58]。其結構分析表為：

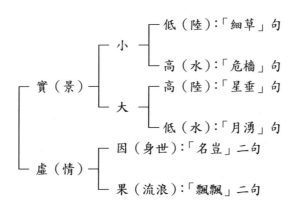

58　傅思均評析，見《唐詩大觀》（香港：商務印書館香港分館，1986 年 1 月香港一版二刷），頁 564。

由上表可看出，作者寫這首詩，主要是用「虛（情）實（景）」、「大小」、「因果」、「高低」（二疊）等章法來組織其內容材料，以形成其篇章結構的。如對應於「多、二、一（0）」來看，以「大小」、「因果」、「高低」（二疊）所形成之結構，是屬於「多」；以「虛（情）實（景）」自成陰陽所形成的主結構，以徹下徹上，是屬於「二」；以結合形象思維與邏輯思維所凸顯的「身世之感與流浪之苦」的主旨與「含蓄不露，律細筆深，情景交融，渾然一體」[59]之風格，是屬於「一（0）」。

又如文天祥的〈正氣歌〉：

> 天地有正氣，雜然賦流形；下則為河嶽，上則為日星，於人曰浩然，沛乎塞蒼冥。皇路當清夷，含和吐明庭；時窮節乃見，一一垂丹青。在齊太史簡，在晉董狐筆，在秦張良椎，在漢蘇武節；為嚴將軍頭，為嵇侍中血，為張睢陽齒，為顏常山舌；或為遼東帽，清操厲冰雪；或為出師表，鬼神泣壯烈；或為渡江楫，慷慨吞胡羯；或為擊賊笏，逆豎頭破裂。
> 是氣所磅礡，凜烈萬古存。當其貫日月，生死安足論？地維賴以立，天柱賴以尊。三綱實繫命，道義為之根。

這是〈正氣歌〉的前三段文字，主要在論正氣在扶持倫常綱紀、延續宇宙生命上的莫大價值。其中首段共十句，首先以「天地」二句，拈出「正氣」（浩然之氣），作一總括，以引出下面的議論；這是「凡」的部分。然後以「下則」八句，採「先平提、後側注」的順序，先平提天、地、人，以正氣之無所不在，說明其重要，再側注到「人」身上，指出

---

59 劉風萍評析，見《唐詩鑑賞辭典》（北京市：北京燕山出版社，2000 年 11 月一版三刷），頁 439-440。

它是人類氣節的根源，以見其影響之大；這是前一個「全」的部分。次段共十六句，承上段之「側注」（人），舉出因發揮浩然正氣而「一一垂丹青」之十二件古哲的忠烈節義事蹟，以為例證；這是「偏」的部分。三段共八句，先以「是氣」四句，由十二古哲之正氣擴大到全人類，由時空的當下擴大到無限的時空，依然側注於「人」，肯定「正氣」的存在與作用；次以「地維」四句，推及於「地」、「天」，作進一層的說明；末以「三綱」二句，總括上面六句，指出「正氣」是維繫天、地、人生命的根源力量；這是後一個「全」的部分。依此看，其結構表可畫成這樣：

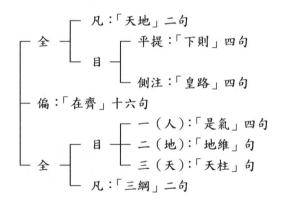

由上述可知這篇詩歌共用了「偏全」、「凡目」（二疊）、「平提側注」、「平列」等章法，以形成其篇張結構。如對應於「多、二、一（0）」來看，則由「凡目」（二疊）、「平提側注」、「平列」章法所形成之調和性結構，可視為「多」、由「偏全」自為陰陽徹下徹上所形成之轉位性結構，可視為「二」，而由此呈現的「褒揚正氣，抒懷明志」之一篇主旨與「豪

邁雄放，氣勢磅礡」[60]的風格，則可視為「一（0）」。

次如歐陽脩〈采桑子〉詞：

春深雨過西湖好，百卉爭妍，蝶亂蜂喧，晴日催花暖欲然。
蘭橈畫舸悠悠去，疑是神仙。返照波間，水闊風高颭管絃。

這是作者詠西湖十三調中的一首，旨在詠雨過春深的潁州西湖好景，以襯托作者閑適的心情。作者在此，先以起句「春深雨過西湖好」作一總敘，再以「百卉爭妍」三句，藉花卉、蜂蝶、晴日等自然景物，寫西湖堤上的春深好景，然後以「蘭橈畫舸悠悠去」四句，以畫船、返照、水闊、風高與管絃等揉合自然與人事的景物，寫西湖水上的春深好景。敘次由凡而目，將西湖的春深好景，描寫得異常生動。其結構分析表為：

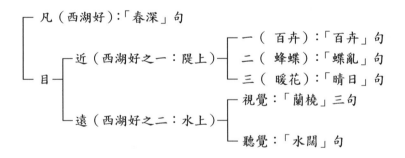

由上表可看出，作者寫潁州西湖「春深」好景，主要用了「凡目」、「遠近」、「並列」、「知覺轉換」[61]章法來組織其內容材料，以形成它的篇

60　徐軍評析，見《中國歷代詩歌名篇鑑賞辭典》（北京市：農村讀物出版社，1989 年 12 月一版一刷），頁 1095-1096。

61　《篇章結構類型論》上，頁 148-161。

章結構。如對應於「多、二、一（0）」來看，則由「遠近」、「並列」、「知覺轉換」等章法所形成之調和性結構，可視為「多」、由「凡目」自為陰陽徹下徹上所形成之調和性結構，可視為「二」，而由此呈現的「遊賞之樂」之一篇主旨與「清淡平和」[62]的風格，則可視為「一（0）」。

　　然後如辛棄疾的〈賀新郎〉詞：

> 綠樹聽鵜鴂，更那堪、鷓鴣聲住，杜鵑聲切！啼到春歸無尋處，苦恨芳菲都歇。算未抵人間離別：馬上琵琶關塞黑，更長門翠輦辭金闕。看燕燕，送歸妾。　　將軍百戰身名裂，向河梁回頭萬里，故人長絕。易水蕭蕭西風冷，滿座衣冠似雪。正壯士、悲歌未徹。啼鳥還知如許恨，料不啼清淚長啼血。誰共我，醉明月。

　　這闋詞題作「別茂嘉十二弟。鵜鴂、杜鵑實兩種，見《離騷補註》」，是用「先賓後主」（此對題目而言，若就主旨而言，則是「先主後賓」）的順序寫成的。

　　其中的「賓」，先以「綠樹」句起至「苦恨」句止，從側面切入，用鵜鴂、鷓鴣、杜鵑等春鳥之依序啼春，啼到春歸，以寫「苦恨」；這是頭一個「敲」的部分。再以「算未抵」句起至「正壯士」句止，由「鳥」過渡到「人」，採「先平提後側收」[63]的技巧，舉古代之二女〔昭君、歸妾〕二男〔李陵、荊軻〕為例，用「先反後正」的形式，來寫人間離別的「苦恨」，暗涉慶元黨禍，將朝臣之通敵與志士之犧牲，構成強烈的對比，以抒發家國之恨[64]；這是「擊」的部分，也是本詞的主結構所

62　邱少華新釋輯評，見葉嘉瑩主編：《歐陽修詞新釋輯評‧前言》（北京市：中國書店，2001 年 1 月一版一刷），頁 3-4。

63　〈談「平提側收」的篇章結構〉，《章法學新裁》，頁 435-459。

64　犖本棟：「鄧小軍先生所撰〈辛棄疾〈賀新郎‧別茂嘉弟〉詞的古典與今典〉一文……

在。末以「啼鳥」二句，又應起回到側面，用虛寫（假設）方式，推深一層寫啼鳥的「苦恨」；這是後一個「敲」的部分。

　　而「主」，則正式用「誰共我」二句，表出惜別「茂嘉十二弟」之意，以收拾全篇。所謂「有恨無人省」[65]，作者之恨在其弟離開後，將要變得更綿綿不盡了。附結構分析表如下：

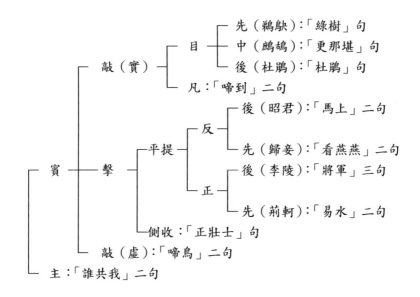

如此，既以「賓」和「主」、「敲」和「擊」、「虛」和「實」、「凡」和

認為辛棄疾〈賀新郎〉詞的主要結構，『乃是古典字面，今典實指。即借用古典，以指靖康之恥、岳飛之死之當代史。從而亦寄託了稼軒自己遭受南宋政權排斥之悲憤，及對南宋政權對金妥協投降政策之判斷。』」見《辛棄疾評傳》（南京市：南京大學出版社，1998 年 12 月一版一刷），頁 400-401。另見陳滿銘：〈唐宋詞拾玉〔四〕──辛棄疾的〈賀新郎〉〉，《國文天地》12 卷 1 期（1996 年 6 月），頁 66-69。

65 蘇軾題作「黃州定慧院寓居作」之〈卜算子〉詞下片：「驚起卻回頭，有恨無人省。揀盡寒枝不肯棲，寂寞沙洲冷。」見《東坡樂府箋》（臺北市：華正書局，1978 年 9 月初版），頁 168。

「目」、「平提」和「側收」、「先」（昔）和「後」（今）等結構，形成「調和」，又以「正」和「反」形成「對比」、「敲」和「擊」形成「變化」；也就是說，在「調和」中含有「對比」，在「順敘」中含有「變化」。而這「變化」的部分，既佔了差不多整個篇幅，其中「對比」又出現在篇幅正中央，形成主結構，且用「擊」加以呈現，這樣在「變化」的牢籠之下，特用「對比」結構來凸顯其核心內容，使得其他「調和」的部分，也全為此而服務，所以這種安排，對此詞風格之趨於「沉鬱蒼涼，跳躍動盪」[66]，是大有作用的。掌握了這一點，則此詞「多、二、一（0）」之結構，就可以知道了，那就是：「多」指的是用「平側」（一疊）、「凡目」（一疊）、「正反」（一疊）、「先後（今昔）」（三疊）等所形成的結構，「二」指的是「敲擊」（含賓主）自為陰陽徹下徹上所形成的結構，「一（0）」指的是「家國之恨」的主旨與「沉鬱蒼涼，跳躍動盪」之風格。

四　章法多二一0螺旋結構的美感效果

要深入了解章法現象，以呈現其整體內容，除了須探討其哲學源頭外，也有結合其心理基礎，進一步探析其美感效果的必要。由於章法所講求的是邏輯思維，是「二元對待」，而「二元對待」的結構（含章法單元與結構單元）所形成之節奏（局部）和韻律（整體），是最容易感動人的。宗白華在其《藝術學》中說：「有謂節奏為生理、心理的根本感覺，因人之生理，均兩兩相對，故於對稱形體，最易感人。」[67]說的就是這個道理。而李澤厚也在其《美學四講》中說：「（審美注意）長

66　陳廷焯：《白雨齋詞話》卷一，《詞話叢編》4（臺北市：新文豐出版公司，1988 年 2
　　月臺一版）頁 3791。
67　林同華主編：《宗白華全集》1（合肥市：安徽教育出版社，1994 年 12 月一版二刷），
　　頁 506。

久地停留在對象的形式結構本身，並從而發展其心理功能如情感、想像的滲入活動。因之其特點就在各種心理因素傾注在、集中在對象形式本身，從而充分感受形式。線條、形狀、色彩、聲音、時間、空間、節奏、韻律、變化、平衡、統一、和諧或不和諧等形式、結構的方面，便得到了充分的『注意』。讓感覺本身充分地享受對對象形式方面的這些東西，並把主觀方面的各種心理因素如感情、想像、意念、願望、期待等等，自覺或不自覺地投入其中。」[68] 這雖然是針對造型藝術來說，卻一樣適用於章法結構與規律之上，其中所謂「時間、空間、節奏、韻律」，便涉及到章法結構，而「變化、平衡、統一、和諧」，則涉及到章法的四大律（秩序、變化、聯貫、統一）。

既然章法結構或規律，是容易引起人之「審美注意」的，那就必然也可容易地獲得美感效果。邱明正在其《審美心理學》中說：「在這（審美心理活動）一過程中，主體通過求同、求異性探究，把握對象審美特性，使主客體之間、主體審美心理要素之間的矛盾、差異達於和諧、統一，獲得美感；或保持主客體的差異、矛盾、對立，以確保自己審美、創造美的獨立性、自主性和獨特個性。這一過程，是種有著內在節奏的的有序運動的過程。」[69] 經過這種「有著內在節奏的的有序運動的過程」，人（主體）之對於章法（客體），自然可以「獲得美感」。如以其「多」、「二」、「一（0）」的結構而言，就可以獲得如下之美感效果：

（一）「多」的美感效果

所謂的「多」，就是「多樣」。歐陽周、顧建華、宋凡聖等在其《美學新編》中說：

68 李澤厚：《美學四講》（天津市：天津社會科學院出版社，2001 年 11 月一版一刷），頁 158-159。
69 邱明正：《審美心理學》（上海市：復旦大學出版社，1993 年 4 月一版一刷），頁 92。

所謂「多樣」，是指整體中所包含的各個部分在形式的區別和差
異性，前面所舉各種法則（整齊一律、對稱與均衡、比例與尺
度、節奏與韻律）都包含在這一總的形式美總法則中，成為其一
個組成部分或一個側面。[70]

　　這種「多樣」，對章法而言，凡是主結構以外的各個局部性結構，
都在它的範圍內。其中的每一章法或結構單元，無論是順或逆、調和性
或對比性，都可以因為「移位」（章法單元如「由正而反」、結構單元
如由「先賓後主」而「先凡後目」）或「轉位」（章法單元如「正、反、
正」、結構單元如由「先賓後主」而「先主後賓」），而產生變化，形成
節奏與秩序。所以對應於章法四大律，「　多」就是指「產生變化，形成
節奏與秩序」的多種結構，而可由此獲得「秩序美」與「變化美」。
　　一般說來，「秩序」是由形式之「齊一」或「反復」而呈現。陳望
道在其《美學概論》中說：

　　　　形式中最簡單的，是反復（Repetition）。反復就是重複，也就是
　　　　同一事物的層見疊出。如從其他的構成材料而言，其實就是齊
　　　　一。所以反復的法則同時又可稱為齊一（Uniformity）的法則。
　　　　這種齊一或反復的法則，原本只是一個極簡單的形式，但頗可以
　　　　隨處用它，以取得一種簡純的快感。[71]

對這種「反復」或「齊一」，歐陽周、顧建華、宋凡聖等在其《美學新編》

---

70 歐陽周、顧建華、宋凡聖等：《美學新編》（杭州市：浙江大學出版社，2001 年 5 月
　　一版九刷），頁 80。
71 陳望道：《美學概論》（臺北市：文鏡文化事業公司，1984 年 12 月重排初版），頁
　　61-62。

中則稱為「整齊一律」，結合「節奏與秩序」，作了如下說明：

> 又稱單純一致、齊一、整一，是一種最常見、最簡單的形式美。
> 它是單一、純淨、重複的，不包含差異或對立的因素，給人一種
> 秩序感。顏色、形體、聲音的一致或重複，就會形成整齊一律的
> 美。農民插秧，株距相等，橫直成行；建築物採用同樣的規格，
> 長短高矮相同，門窗排列劃一；在軍事檢閱中，戰士們排成一個
> 個人數相等的方陣，戰士的身材、服裝、步伐、敬禮的動作、歡
> 呼的口號聲完全一致，都表現了一種整齊一律的美。我們常見的
> 二方或多方連續的花邊圖案，在反復中體現出一定的節奏感，也
> 屬於齊一的美。這種形式美給人一種質樸、純淨、明潔和清新的
> 感受。[72]

可見「多」（多樣），是會因其形式之「齊一」或「反復」而形成簡單「節
奏」，而「給人一種秩序感」的。

至於「變化」，乃一種動力作用不已之結果，也是形成「多樣」的
根本原因。《周易·繫辭上》說：「剛柔相推而生變化。……變化者，
進退之象也。」而〈繫辭下〉又說：「易，窮則變，變則通，通則久。」
可見「窮」是變化的條件，而變化又與象不可分割。對此，陳望衡在其
《中國古典美學史》中闡釋說：

> 《周易》的這些關於變的觀念對中國文化包括中國美學影響深
> 遠。……「象」最大的功能就是能變。……「變」既是空間性的，
> 表現為物體位置的變異；又是時間性的，表現為時光的線性流

72　《美學新編》，頁 76。

程。〈繫辭上傳〉云:「法象莫大乎天地,變通莫大乎四時。」
最大的象是天地,最大的變通應是春下秋冬四時的更迭。這實際
上是提出,我們視察事物應該有兩種相交叉:空間的——天地
(自然、社會);時間的——四時(歷史)。[73]

既然「變化」是時、空交叉的,而章法又離不開時空,所以這種「變化」
的觀點,用於章法,不但可以解釋章法或結構單元之「移位」(齊一、
反復)與「轉位」(往復)與時空交叉之關係,也可以和人之心理緊密
地接軌。陳望道在其《美學概論》中說:

> 人類心理卻都愛好富於變化的刺激,大抵喚取意識須變化,保持
> 意識的覺醒狀態也是需要變化的。若刺激過於齊一無變化,意識
> 對它便將有了滯鈍、停息的傾向。在意識的這一根本性質上,反
> 復的形式實有顯然的弱點。反復到底不外是同一(縱非嚴格的同
> 一,也是異常的近似)狀態之齊一地刺激著我們的事。反復過
> 度,意識對於本刺激也便逐漸滯鈍停息起來,移向那有變化有起
> 伏的別一刺激去的趨勢。[74]

由上述可知,章法之「多樣」美,是由其結構之「秩序」(順或逆)與「變
化」(順與逆),引生時間或空間性之節奏而呈現的。

(二)「二」的美感效果

所謂的「二」,是「陰」(柔)與「陽」(剛)。由於事事物物,都

73　《中國古典美學史》,頁 188。
74　《美學概論》,頁 63-64。

可形成「二元對待」，而分陰分陽。因此陰陽可說是層層對待，且一直
互動、循環的。就以章法單元或結構單元而言，除了本身自成陰陽之
外，又可以其他結構形成「二元對待」，而形成另一層陰陽。其中屬於
陰性的，便成調和性結構，而造成陰柔之美；屬於陽性的，則成對比性
結構，而造成陽剛之美。陳望道於其《美學概論》裡說：

> 兩個極相接近的東西並列在一處，其間相差很微，便多成為調和
> （Harmony）的形式。兩個極不相同的東西並列在一處，其間相
> 去很遠，便多成為對比（Contrast）的形式。例如從正黑色，漸
> 次淡薄到正白色的一列中，取正黑色和其次的但黑色相並列時就
> 是調和；取兩端的黑白兩色相並列時就是對比。……凡是調和的
> 兩件東西，總是互相類似的，並無甚麼觸目的變化。所以接觸到
> 它時，也就每每覺得它有融洽、優美、鎮靜、深沉等情趣。……
> 對比的形式，因為變化極明顯，每每帶有華美、鮮活、健強及闊
> 達等情趣，與調和所隨有的情調，差不多相反。[75]

他用顏色為例來說明，很能凸顯「調和」與「對比」的不同，而由此所
引生的「情趣」，又以「融洽、優美、鎮靜、深沉」與「華美、鮮活、
健強及闊達」加以區別，也很能分出「陰柔之美」與「陽剛之美」之差
異來。而歐陽周、顧建華、宋凡聖等在其《美學新編》中，也對這種
「調和」與「對比」因素之造成及其所引生之美，提出如下說明：

> 對比，指的是具有顯著差異的形式因素的對立統一。如色彩的濃
> 與淡、冷與暖，光線的明與暗，線條的粗和細、直與曲，體積的

---

[75] 《美學概論》，頁 70-72。

大與小，體量的重與輕，聲音的長與短、強與弱等，有規則地組合排列，就會相互對照、比較，形成變化，又相互映襯、協調一致。這種對立因素的統一，可收到相反相成、相得益彰的效果。色彩學上的對比色就是這個道理。如紅與綠互為補色，可產生強烈的色對比和反差。「桃紅柳綠」、「紅花綠葉」、「紅肥綠瘦」、「萬綠叢中一點紅」等，使人感到特別鮮明、醒目，富有動感。所以民間有俗話說：「紅配綠，花簇簇」，「紅間綠，看不足」。由對立因素的統一造成的形式美，一般屬於陽剛之美。調和，指的是沒有顯著差異的形式因素之間的對立統一。它只有量的區別，是一種漸變的協調，並不構成強烈的對比。如果說，對比是差異中趨向於「異」，那麼，調和則是在差異中趨向於「同」。以色彩為例，紅與橙、橙與黃、黃與綠、綠與藍、藍與青、青與紫、紫與紅，都是相似色，在同一色中又有濃淡、深淺的層次變化，如綠有深綠、淺綠、暗綠、墨綠、嫩綠、翠綠、碧綠等。這種相似或相近的顏色相互配合協調，在變化中保持大體一致，就會給人一種融和、寧靜的感覺。……由非對立因素的統一造成的形式美，一般屬於陰柔美。[76]

他們不但把事物「調和」與「對比」之差異與各自所造成的美感，都說明得很清楚，也把「調和」一般屬於「陰柔美」、「對比」一般屬於「陽剛美」的不同，明白地指出來[77]，有助於了解「陰柔美」與「陽剛美」產生的一般原因。

76　《美學新編》，頁 81。
77　《古典詩詞時空設計之研究》，頁 329。

（三）「一（0）」的美感效果

　　所謂的「一（0）」，籠統地說，就是「統一」，也可說是「和諧」。這是統括「多」與「二」所獲致的結果，如就章法來說，則是聯結在時、空結構中，由「反復」（秩序）與「往復」（變化）所引起之「節奏」、「調和」與「對比」所呈顯之「剛柔」（陰陽），以串成整體「韻律」、突出情理（主旨）、形成風格、氣象，而達於「和諧」的一個境界。而這種「統一」或「和諧」，可以從「形式原理」方面來探討。陳望道在其《美學概論》裡說：

　　　　所謂形式原理，就是繁多的統一。我們對於美的形式，雖不一定其如此如彼，只是四分五裂、雜亂無章，總覺得是與審美的心情不合的。所以第一，「統一」實為對象所不可不具的一個要質。而且它所統一的又該不只是簡單的一、二個要素。如只是一、二個要素，則統一固易成就，卻頗不免使人覺得單調。所以第二，繁多又為對象所不可不具的一個要質。我們覺得美的對象最好一面有著鮮明的統一，同時構成它的要素又是異常的繁多。卻又不是甚麼統一與否定了統一的繁多相並列，而是統一即現在繁多的要素之中的。如此，則所謂有機的統一就成立。能夠「統一為繁多的統一，而繁多又為統一的分化」。既沒有統一的流弊的單調板滯，也沒有繁多的流弊的厭煩與雜亂。所以古來所公認的形式原理，就是所謂繁多的統一（Unity in Variety），或譯為多樣的統一，亦稱變化的統一。[78]

　　所謂「統一為繁多的統一，而繁多又為統一的分化」，將「多」與

---

[78] 《美學概論》，頁 77-78。

「一（0）」不可分的關係，說得很明白。而這「多」與「一（0）」，是要徹下徹上的「二」來作橋樑的。對這「多樣的統一」，歐陽周、顧建華、宋凡聖等在其《美學新編》裡，也加以闡釋說：

> 所謂統一，是指各個部分在形式上的某些共同特徵以及它們之間的某種關聯、呼應、襯托、協調的關係，也就是說，各個部分都要服從整體的要求，為整體的和諧、一致服務。有多樣而無統一，就會使人感到支離破碎、雜亂無章、缺乏整體感；有統一而無多樣，又會使人感到刻板、單調和乏味，美感也難以持久。而在多樣與統一中，同中有異，異中求同，寓「多」於「一」，「一」中見「多」，雜而不越，違而不犯；既不為「一」而排斥「多」，也不為「多」而捨棄「一」；而是把兩個對立方面有機結合起來，這樣從多樣中求統一，從統一中見多樣，追求「不齊之齊」、「無秩序之秩序」，就能造成高度的形式美。……多樣與統一，一般表現為兩種基本型態：一是對比，二是調和。…… 無論對比還是調和，其本身都要要求在統一中有變化，在變化中求統一，把兩者巧妙地結合在一起，就能顯示出多樣與統一的美來。[79]

可見「一（0）」與「多」也形成了「二元對待」，有機地結合在一起。也就是說，「一（0）」之美，需要奠基在「多」之上；而「多」之美，也必須仰仗「一（0）」來整合。在此，最值得注意的是，歐陽周他們特將這種屬於「二元對待」的「調和」（陰）與「對比」（陽），結合「多」（多樣）與「一（0）」（統一）作說明，凸顯出「二」（「調和」（陰）與「對比」（陽））徹下徹上的居間作用。這對章法「多、二、一（0）」

---

[79] 《美學新編》，頁 80-81。

結構及其所產生美感方面的認識而言，有相當大的幫助。

　　而這個「一」中的（0），簡單地說，在辭章中指的是風格、韻味、氣象、境界等辭章之抽象力量。這些抽象力量，是與「剛」（對比）、「柔」（調和）息息相關的。就以風格而言，即可用「「剛」（對比）、「柔」（調和）」來概括。關於這點，姚鼐在其〈復魯絜非書〉中就已提出，大致是「姚鼐把各種不同風格的稱謂，作了高度的概括，概括為陽剛、陰柔兩大類。像雄渾、勁健、豪放、壯麗等都可歸入陽剛類；含蓄、委曲，淡雅、高遠、飄逸等都可歸入陰柔類。就這兩類看，認為『為文者之性情形狀舉以殊焉』」，性情指作者的性格，跟陽剛、陰柔有關；形狀指作品的文辭，跟陽剛、陰柔有關。又指出這兩者『糅而氣有多寡進絀』，即陽剛和陰柔可以混雜，在混雜中，陰陽之氣可以有的多有的少，有的消，有的長，這就造成風格的各種變化」[80]。據此，則陽剛（對比）和陰柔（調和），不但與風格有關，而為各種風格之母；也一樣與作者性情與作品文辭有關，而為韻味、氣象、境界等的決定因素。

　　這樣看來，這（0）之美，是統合了「多」、「二」、「一」所形成的；而「多」、「二」、「一」之美，則依歸了（0）所呈現的，這就說明了此種「多、二、一（0）」結構美之一體性。

　　經由上述，可以看出「多、二、一（0）」結構的普遍性，它不但是屬於哲學、美學的，也是屬於文學的。而落於辭章的章法上，則既適用於解釋章法之四大律：「秩序」（移位）與「變化」（轉位）為「多」、「聯貫」（由剛柔形成調和與對比，以徹下徹上）為「二」、「統一」（主旨與風格、韻味、氣象、境界等）為「一（0）」；而章法及其結構，也由於它們是一律由「二元對待」所形成的，非屬於「調和」（陰柔），

80　周振甫：《文學風格例話》（上海市：上海教育出版社，1989 年 7 月一版一刷），頁
　　13。

即屬於「對比」（陽剛），可徹下徹上，是為「二」，而以主結構以外之結構為「多」、統合全文之主旨與所形成之整體風格、韻味、氣象、境界等為「一（0）」；所以也一樣適用而無所牴觸。這些都可從所舉散文或詩詞的諸多例子中，獲得充分之證明。而由此「異」中求「同」，特用「多、二、一（0）」的結構加以貫串，嘗試著將哲學、美學、文學等冶為一爐，以見「天下一致而百慮，殊塗而同歸」（《周易·繫辭下》）的道理；尤其是特地從多樣的「二元對待」中提煉出「剛柔（陰陽、仁義）」[81] 來統合，在「多樣」與「統一」之間，搭起一座「二」（二元對待—剛柔、陰陽、仁義）以徹下徹上的橋樑，來發揮居間收、散之樞紐作用，開拓了一些「有理可說」的空間，這對文學、美學與哲學的研究而言，或許會是有一點點參考價值的。

81　《周易·說卦傳》：「昔者聖人之作易也，將以順性命之理，立天之道曰陰與陽，立地之道曰剛與柔，立人之道曰仁與義。兼三才而兩之，故易六畫而成卦，分陰分陽，迭用剛柔，故易六位而成章。」見李鼎祚：《周易集解》（臺北市：世界書局，1963 年 5 月初版），頁 404-405。

第三章
章法結構之相關理論

　　辭章章法學之研究，在努力耕耘三十多年後，終於受到辭章學界之肯定，以為「其研究的深度廣度、科學性與實用性來講，雖非『絕後』，實屬『空前』」[1]，進而指出「臺灣的辭章章法學體系完整、科學，已經具備成『學』的資格。它的研究成果豐碩，以經『集樹而成林了。』」[2] 並且認為「章法學已經初步形成了一門科學，……如果說唐鉞、王易、陳望道等人轉變了中國修辭學，建立了學科的中國現代修辭學，我們也可以說，陳滿銘及其弟子轉變了中國章法學的研究大方向，建立了科學的章法學，把漢語章法學的研究轉向科學的道路。」[3] 其中王希杰教授不但肯定對臺灣辭章章法學之研究作持續之肯定，更進一步為章法學注入了活力，打從二〇〇一年起，先後寫了多篇有關章法學的論文，較著名的有〈章法學門外閒談〉[4]、〈章法三論〉[5] 與〈陳滿銘教授和章法學〉[6] 等三篇。本章即以此為基礎，分「章法是客觀之存在」、「章法之零度與偏離」與「章法之潛顯與兼格」等三點，依序進行論述，

1　鄭頤壽：〈漢語辭章學四十年述評〉，《國文天地》17 卷 2 期（2001 年 7 月），頁96。

2　鄭頤壽：〈中華文化沃土，辭章學圃奇葩──讀陳滿銘《章法學新裁》及其相關著作〉，《海峽兩岸中華傳統文化與現代化研討會文集》（蘇州市：「海峽兩岸中華傳統文化與現代化研討會」，2002 年 5 月），頁 131-139。

3　王希杰：〈章法學門外閒談〉，《國文天地》18 卷 5 期（2002 年 10 月），頁 92-101。

4　同前註。

5　王希杰：〈章法三論〉，《國文天地》20 卷 9 期（2005 年 2 月），頁 84-89。

6　王希杰：〈陳滿銘教授和章法學〉，《陳滿銘教授七秩榮退志慶論文集》（臺北市：萬卷樓圖書公司，2005 年 7 月），頁 31。

以概見章法結構之相關理論。

第一節　章法是客觀之存在

　　對王希杰教授「章法是客觀存在」之論點，可分如下幾方面加以探討：

一　「客觀存在」觀點之提出

　　「章法學」是探討「辭章內容邏輯結構」的一門學問，而辭章的「內容邏輯結構」又與「自然規律」相對應，因此表現「辭章內容邏輯結構」之「章法」，和「自然規律」分不開，為「客觀之存在」，與「人為研究」之「章法學」是有所不同的。

　　對此，王希杰教授就闡釋得相當清楚。他首先認為：「章法」一詞是多義的。「章法」，是文章之法，但是，有兩種「章法」：一種是客觀存在的「章法」，它顯然是與文章同時出現的。有文章就有章法，不同的文章有不同的章法，但是沒有完全沒有章法的文章，不過是章法的好和壞罷了。另一種「章法」是研究者的認識和主張，是知識和理論，是文章的研究者的辛勤勞動的成果，它當然是文章出現之後的事情。後一種「章法」，即對章法的研究也是早就有了的，中國古人對章法的論述很多。但是「章法學」的誕生是比較晚的事情。章法學作為一門學問，不是有關部門章法的個別的知識，而是章法知識的總和，是一種概念的系統。章法學是一門實用性很強的學問，也有極高的學術價值。它同文章學、修辭學、語用學、文藝學、美學、邏輯學等都具有密切關係。章法學已經初步形成了一門科學。陳滿銘教授初步建立了科學的章

法學體系[7]。

　　然後指出：章法是客觀存在的。例如人類生活在時空中，人類不能夠超時空而生存。章法就是建立在無聊世界的時空基礎之上的。例如：

　　　時間：今昔法，久暫法；時間虛實法……
　　　空間：遠近法，左右法，高低法，空間虛實法……

　　章法的客觀性，是特定文化的選擇。例如空間的大和小是物理世界中的一種存在，然而不同文化可以有不同的選擇。大小法，中華文化是從大到小，例如：

　　　中國江蘇南京江甯岔路口金盛路碧水灣 15 棟二單元 603 室

而某些西文化中，選擇的卻是從小到大的[8]。

　　最後強調：章法的客觀性也有心理世界的繼承。例如，古代東方很強調人的各種器官的交互、融合現象——通感。滿銘教授提出的時空交錯法，就是建立在心理世界上的一種章法規則。現代的意識流小說、荒誕牌詩歌，從傳統眼光看，荒謬無理，但是就超常心態而言，是合理的，換句話說，它是建立在超常的心理世界的繼承之上的[9]。

　　可見他這種「章法是客觀存在」的觀點，主要是建立在「時空」之基礎之上的，無論從「特定文化的繼承」或「心理世界的繼承」來看，都是如此。

7　〈章法學門外閒談〉，頁 95。
8　〈陳滿銘教授和章法學〉，頁 31。
9　同前註。

二　「客觀存在」之哲學考察

　　這種觀點，如果進一步地推原於哲學之層面，以宇宙萬物創生、含容的歷程來看，則更為清楚。而宇宙萬物創生、含容的歷程，是可以用「多」、「二」、「一（0）」的螺旋結構來呈現的。

　　大致說來，古代的聖賢是先由「有象」（現象界）以探知「無象」（本體界），逐漸形成「多、二、一（0）」的逆向結構；再由「無象」（本體界）以解釋「有象」（現象界），逐漸形成「（0）一、二、多」的順向結構的。就這樣一順一逆，往復探求、驗證，久而久之，終於確認了兩者是互動、循環而提升的螺旋關係。

　　而這種結構形成之過程，在〈序卦傳〉裡就約略地加以交代，但由於卦、爻，均為象徵之性質，乃一種概念性符號，即一般所說的「象」，象徵著宇宙人生之變化與各種物類、事類。就以《周易》而言，它的六十四卦，從其排列次序看，就粗具這種特點。而各種物類、事類在「變化」中，循「由天（天道）而人（人事）」來說，所呈現的是「（一）二、多」的結構，這可說是〈序卦傳〉上篇的主要內容；而循「由人（人事）而天（天道）」來說，則所呈現的是「多、二（一）」的結構，這可說是〈序卦傳〉下篇的主要內容。再看《易傳》：

　　　　一陰一陽之謂道，繼之者善也，成之者性也。……生生之謂易，
　　　　成象之謂乾，效法之謂坤。（《周易·繫辭上》）
　　　　是故易有太極，是生兩儀，兩儀生四象，四象生八卦。（同上）

在這些話裡，《易傳》的作者用「易」、「道」或「太極」來統括「陰」（坤）與「陽」（乾），作為萬物生生不已的根源。而此根源，就其「生生」這一含意來說，即「易」，所以說「生生之謂易」；就其「初始」這一

象數而言，是「太極」，所以《說文解字》於「一」篆下說「惟初太極，道立於一，造分天地，化成萬物」；就其「陰陽」這一原理來說，就是「道」，所以說「一陰一陽之謂道」。分開來說是如此，若合起來看，則三者可融而為一。這樣，其順向歷程就可用「一、二、多」的結構來呈現，其中「一」指「太極」、「道」、「易」，「二」指「陰陽」、「乾坤」（天地），「多」指「萬物」（含人事）。如果對應於〈序卦傳〉由天而人、由人而天，亦即「既濟」而「未濟」之的循環來看，則此「一、二、多」，就可以緊密地和逆向歷程之「多、二、一」接軌，形成其螺旋結構。

　　這種螺旋結構，在《老子》一書中，不但可以找到，而且更完整：

　　無，名天地之始；有，名萬物之母。（一章）
　　致虛極，守靜篤，萬物並作，吾以觀復。凡物芸芸，各復歸其根。歸根曰靜，是謂復命，復命曰常。知常曰明。（十六章）
　　道生一，一生二，二生三，三生萬物。萬物負陰而抱陽，沖氣以為和。（四十二章）

從上引文字裡，不難看出老子這種由「無」而「有」而「無」的主張。所謂「道生一，一生二，二生三，三生萬物」，是就「由無而有」，亦即「一而多」的順向過程來說的。而所謂「各復歸其根」，是就「有」而「無」，亦即「多而一」的逆向過程來說的。而在此兩者之間，老子是以「反」作橋樑加以說明的。而這個「反」，除了「相反」、「返回」之外，還有「循環」的意思。如此「相反相成」、循環不已，說的就是「變化」，而「變化」的結果，就是「返回」至「道」的本身，這可說是變化中有秩序、秩序中有變化之一個循環歷程。

　　這樣，結合《周易》和《老子》來看，在「由一而多」（順）、「多

而一」（逆）的循環過程中，是有「二」介於中間，以產生承「一」啟「多」的作用的。而這個「二」，該就是「一生二，二生三」的「二」。而此「二」，乃指「陰陽二（兩）氣」。如此，老子的「一」該等同於《易傳》之「太極」、「二」該等同於《易傳》之「兩儀」（陰陽），因此所呈現的，和《周易》一樣，是「一、二、多」與「多、二、一」之原始結構。

　　不過，值得注意的是：「道生一」的「道」，既是創生宇宙萬物的一種基本動力，那麼老子的「道」可以說是「無」，卻不等於實際之「無」〔實零〕，而是「恍惚」的「無」（虛零），以指在「一」之前的「虛理」。這種「虛理」，如勉強以「數」來表示，則可以是「（0）」。這樣，順、逆向的結構，就可調整為「（0）一、二、多」（順）與「多、二、一（0）」（逆），以補《周易》之不足，這就使得宇宙萬物創生、含容的順、逆向歷程，更趨於完整而周延了[10]。

　　就這樣，在「天」、「人」互動之作用下，形成各種事物、各個層面之「多」、「二」、「一（0）」螺旋結構，而章法就在其中，成為「客觀存在」之一環。

三　「客觀存在」與「知識、理論」之融合

　　既然這種結構，可完整呈現宇宙萬物創生、含容的順、逆向歷程，如將它落於「章法」上看，當然也是可以完全適用的。而王希杰教授所謂的「客觀存在」的章法，主要著眼於「寫」，是指「（0）一、二、多」的順向結構而言，這在很多時候，作者本人是毫不自覺的，是習焉不察的。而所謂的「知識和理論」的章法，則除了主要著眼於「讀」，以指

---

10 陳滿銘：〈論「多」、「二」、「一（0）」的螺旋結構——以《周易》與《老子》為考察重心〉，臺灣師大《師大學報·人文與社會類》48 卷 1 期（2003 年 7 月），頁 1-20。

「多、二、一（0）」的逆向結構之外，有時也合「讀」與「寫」作觀察研究，來指「多」、「二」、「一（0）」的往復結構，這可說是完全自覺的，是科學化的[11]。

就在章法「多」、「二」、「一（0）」的螺旋結構中，所謂的「一（0）」，指主旨與風格（含韻律、境界等）；「二」指多樣「二元」的核心，即核心結構（通常為第一層，即「篇」結構），可徹下以統合「多」、徹上以歸根於「（0）」；而「多」則指核心結構以外的多樣結構。它們的關係可用表呈現如下：

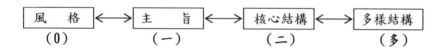

風　格	主　旨	核心結構	多樣結構
（0）	（一）	（二）	（多）

如此由「多」而「二」而「一（0）」來呈現「章法結構」，可完全地凸顯其蘊藏於辭章內容材料深處的邏輯關係[12]。茲舉詩文為例加以說明，先看杜甫的〈聞官軍收河南河北〉詩：

> 劍外忽傳收薊北，初聞涕淚滿衣裳。卻看妻子愁何在，漫捲詩書喜欲狂。白日放歌須縱酒，青春作伴好還鄉。即從巴峽穿巫峽，便下襄陽向洛陽。

這首詩旨在寫「聞官軍收河南河北」時「喜欲狂」之情，是以「目（實）、凡、目（虛）」的結構寫成的。

---

11 陳滿銘：〈辭章章法的「多」、「二」、「一（0）」螺旋結構〉，《國文天地》21 卷 11 期（2006 年 4 月），頁 88-94。

12 同前註。

作者「首先在起聯，針對題目，寫『聞官軍收河南河北』（因）時自己（主）喜極而泣的情形（果），藉『忽傳』、『初聞』寫事出突然，藉『涕淚滿衣裳』具寫喜悅；接著在頷聯，採取設問的形式，由自身移至妻子（賓）身上，寫妻子聞後狂喜的情狀，很技巧地以『卻看』作接榫，帶出『漫捲詩書』作具體之描寫。以上全用以實寫『喜欲狂』，為『目一』的部分。而緊接著『漫捲詩書』而來的『喜欲狂』三字，正是一篇的主旨所在，為『凡』部分。繼而在頸聯，由實轉虛，以『放歌縱酒』上承『喜欲狂』、『作伴好還鄉』上承『妻子』，寫春日攜手還鄉的打算（時）；最後在結聯，緊接上聯『還鄉』之打算，一口氣虛寫還鄉所準備經過的路程（空）。以上全用以虛寫『喜欲狂』，為『目二』的部分。如此，由『忽傳』而『初聞』、『卻看』而『漫捲』、『即從』而『便下』，以單軌一氣奔注，將自己與妻子『喜欲狂』的心情，描摹得真是生動極了。」[13]。附結構分析表如下：

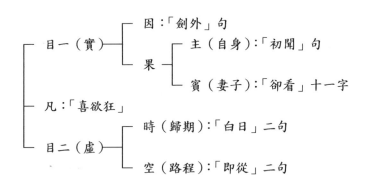

由此看來，此詩結構，主要除了用「目（實）、凡、目（虛）」（篇）的轉位結構外，也用「先因後果」、「先時後空」（章）等的移位結構，以組合篇章，使全詩前後呼應，亦即「目」（實）與「目」（虛）、「因」

---

13 陳滿銘：《章法學新裁》（臺北市：萬卷樓圖書公司，2001 年 1 月初版），頁 383。

與「果」、「賓」與「主」、「時」與「空」作局部之呼應，而以「凡」（喜欲狂）統攝一「實」一「虛」的兩個「目」，以統一全詩的情意。其分層簡圖如下：

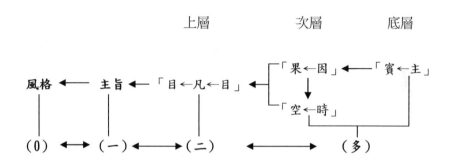

上層　　　　　　次層　　　　底層

風格 ← 主旨 ← 「目←凡←目」← 「果←因」← 「賓←主」
　　　　　　　　　　　　　　　　↓
　　　　　　　　　　　　　　「空←時」

（0）←→（一）←→（二）←→　　（多）

如對應於「多、二、一（0）」來看，則由「因果」、「時空」、「賓主」各一疊所形成之移位性調和結構與節奏（韻律），可視為「多」、由「凡」自為陰陽徹下徹上所形成之變化（轉位）性結構與節奏（韻律），可視為「二」，而由此呈現的「喜欲狂」之主旨與「酣暢飽滿」[14] 的風格，則可視為「一（0）」。

再看王安石的〈讀孟嘗君傳〉一文：

世皆稱孟嘗君能得士，士以故歸之，而卒賴其力，以脫於虎豹之秦。

嗟呼！孟嘗君特雞鳴狗盜之雄耳，豈足以言得士！不然，擅齊之強，得一士焉，宜可以南面而制秦，尚何取雞鳴狗盜之力哉！雞鳴狗盜之出其門，此士之所以不至也。

---

14 趙山林：《詩詞曲藝術論》（杭州市：浙江教育出版社，1998 年 6 月一版一刷），頁 241。

　　這篇翻案文章，一開頭就直接以「世皆稱」四句，先立一個案，採「先因後果」的條理，藉世人之口，對孟嘗君之「能得士」，作一讚美，並從中拈出「卒賴其力，以脫於虎豹之秦」，隱含「雞鳴狗盜」之意，以作為「質的」，以引出下文之「弓矢」。再以「嗟呼」句起至末，在此用「實、虛、實」的條理，針對「立」的部分，以「雞鳴狗盜」扣緊「卒賴其力，以脫於虎豹之秦」，予以攻破。所謂「質的張而弓矢至」，真是一箭而貫紅心，雖文不滿百字，卻有極強的說服力。附結構分析表如下：

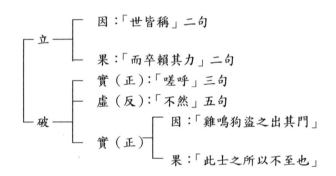

　　可見此文在「篇「的部分，以「先立後破」的移位性核心結構，形成對比。但一樣的在對比中卻含有調和的成分，因為就「章」而言，在「立」的部分，既以「先因後果」的移位性結構形成了調和；在「破」的部分，又先以「實（正）、虛（反）、實（正）」的轉位性結構形成對比，再以「先因後果」的移位性結構形成調和。這樣以「對比」、「移位」為主、「調和」、「轉位」為輔，其節奏（韻律）、風格自然趨於強烈、陽剛。其分層簡圖如下：

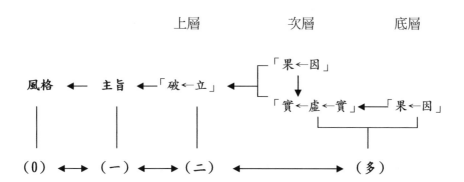

如此由底層而次層而上層，以兩疊「因果」、一疊「虛（反）實（正）」，
來支撐一疊「立破」，其結構雖僅有四個，卻十分完整。如對應於
「多、二、一（0）」而言，則此文以兩層移位性的「先因後果」與轉位
性的「實、虛、實」結構與節奏（韻律），形成了「多」；以「先立後破」
的移位性核心結構與節奏（韻律），自為陰陽對比，形成了「二」，以
徹下徹上；而以孟嘗君「未足以言得士」之主旨與所形成的毗剛風格、
韻律，所謂「筆力簡而健」[15]，則形成了「一（0）」。

　　這篇短文之所以有極強之氣勢與說服力，與這種邏輯結構有著密切
之關係。

　　如此融合「客觀存在」（天）與「知識和理論」（人），以「多」、
「二」、「一（0）」來呈現篇章結構，很能凸顯「章法是客觀存在」（天）
與「章法是知識和理論」（人）之道理。

　　由此看來，王希杰教授這種「章法是客觀存在」的觀點，無論從文
化、心理、哲學層面來看，都是確切不移的。也由此可以很有力地破除
一直以來「章法無用」、「章法僵化」、「章法莫須有」、「章法庸人自擾」

---

15 郭預衡：《中國散文史》（上海市：上海古籍出版社，2000 年 3 月一版一刷），頁
485。

的種種誤會。

第二節　章法之零度與偏離

對王希杰教授「章法之零度與偏離」之觀點，可分如下幾方面加以探討：

一　「零度與偏離」理論之提出

語言學裡的偏離理論，是由比利時列日大學的學者所提出的。它引進中國後，由南京大學的王希杰教授加以擴展，應用於修辭學上，形成零度和偏離之觀念，注意到零度和偏離、正偏離和負偏離之間的轉化問題。這種成就已很了不起，而現在又加以延伸，應用到章法學上，更令人敬佩。

王希杰教授指出：章法學的對象是文章，其任務是從眾多的文章中尋找到章法的規範形式，用我的話來說，其實就是：從眾多的具體的多種多樣的文章中歸納抽象出掌法的零度形式。章法學的功用就是，用這種規範的章法模式來指導文章的創作活動。

章法學能夠給人以規矩，但熟練地運用章法學規則的技巧、獨自匠心地創造出別具一格的藝術化的文章來，這還得依靠個人的才華和實踐。僅僅依照章法學的規則只能製作出合乎常規的四平八穩的文章，這就如同工廠裡所生產出來的工業品一樣，現代化大工廠是生產不出手工藝品的。文章歸根到柢是個人的心靈的創造，單單靠章法學的規則，還是不能創造出藝術化的文章來的。當然不同體裁的文章情況是不一樣的，對公文、法令、條約、各種應用文來說，章法的功能大一些，而對詩歌小說來說，章法規則只是一個起點而已，很難真正地解決創作中的問題。

如果把章法的規範形式叫做「零度章法」或「章法的零度」，那麼不符合這一規範的文章都是對零度章法的一種偏離，可以叫做「章法的偏離」或「偏離的章法」。事實上，章法學上的章法都是章法學家所歸納出來的、某種模式，是章法的理想形態。任何一篇具體的文章的結構方式都是對這種理想模式的或多或少的偏離。章法學家所用的例子其實只是理想章法的一個代表，最接近於理想模式的範例。掌法的偏離也有兩種，一種是負面的，消極的，壞的；另一種是好的，正面的，積極的，藝術的。

章法是人類思維的產物，它建立在客觀世界的邏輯規則的基礎上。章法是一種文化現象，公認的理想的規範化的章法是一種文化的認同，是文章的創作和流傳過程中所逐步形成起來的。所以章法也是民族文化傳統的一個組成部分。

符合客觀世界運動規律的結構方式，可以看作是零度章法。例如在時間上，以過去—現在—未來順序排列的文章，是零度的章法。例如李白的〈長干行〉：

十四為君婦，羞顏未嘗開。低頭向暗壁，千喚不一回。
十五始展眉，願同塵與灰。常存抱柱信，豈上望夫台。
十六君遠行，瞿唐灩澦堆。五月不可觸，猿聲天上哀。……
八月蝴蝶黃，雙飛西園草。感此傷妾心坐愁紅顏色老。

打亂了這樣的順序，就是「不.講章法」或「沒有章法」，也就是一種章法的偏離現象。例如，我們把李白的這些詩句變動一下順序：

五月不可觸，猿聲天上哀。……
十五始展眉，願同塵與灰。常存抱柱信，豈上望夫台。

十六君遠行，膽唐灩澦堆。八月蝴蝶黃，雙飛西園草。感此傷妾心，坐愁紅顏老。

十四為君婦，羞顏未嘗開。低頭向暗壁，千喚不一回。

讀者絕不會認可的。校刊學家就會努力重新編排順序。換句話說，章法學也是校刊學家手中有權的重要武器。或者說，章法還具有校刊功用。出土文物中的竹簡，經常是錯落的，章法就整理校刊專家整理校刊這些古代文獻時飛黃騰達游泳的工具。他們的操作規程是先有一個零度的章法，然後按照零度章法重新排列，空缺的，或補充添加，或用□□□□之類代替（中學語文課作業中有一類是，把名作明篇中的某個段落中的句子打散——無序狀態，讓學生重新排列。目的是要求學生掌握章法常規——恢復有序狀態。有序就是章法的常規。這裡最重要的條件是，所選擇範文必須是符合章法常規的）。

章法的偏離如果沒有必要和充分的理由，是讀者所不能接受的，就會被指責為「不講章法」或「沒有章法」，這可叫做「章法的負偏離」。如果具有必要而充分的理由，得到了讀者的認可，甚至受到讚美，這就是「章法的正偏離」。如果這種正偏離得到了廣泛的認同，並流行了，不斷地被重複著，就是一種新的章法格式。它就從章法的正偏離轉化為章法的常規格式了，例如：倒敘、插敘等。

列舉分承，前面提出兩個以上的項目，後面分別一一進行敘述。這是零度章法。例如《西遊記》第七十二回中寫道：「飄揚翠袖，搖曳緗裙。飄揚翠袖，低籠著玉筍纖纖。搖曳緗裙，半露出金蓮狹窄」、「石橋高聳，古木森齊。石橋高聳，潺潺流水接長溪。古木森齊，聒聒幽禽鳴遠岱」，如果前面提出多個項目，後面只敘述其中的一部分，少了、漏掉了一些項目，如果這樣做沒有必要而充分的理由，讀者拒絕接受，這就是「文病」，就是「不講章法」或「沒有章法」。如果它是有必要

而充分的理由的，能給人以美感，讀者樂意接受，而且能夠按照這一方式製作出好的文章來，這就是正的偏離，章法學家就給它一個名稱，叫做「列舉單承」。例如陸機的〈猛虎行〉：

> 渴不飲盜泉水，熱不息惡木陰。
> 惡木豈無隱，志士多苦心。

前面並提盜泉和惡木，後面只說惡木，卻丟掉了盜泉，但讀者和評論家都不認為是毛病。章法學家歸納為「多提單承」式。

空間是文章結構的一個重要的依據。按照「東——西——南——北」，或「東——南——西——北」的順序來排列句子和段落，是中國人所習慣的。而「東——西——北——南」或「西——東——北——南」的順序，之所以很難被接受，也很少出現，就因為它是一種偏離的形式。這種空間的順序是一種習慣，是民族文化現象。

沒有必要而充分的理由，背離了物理世界中的時空關係，這是文章之病。但在現代的和後現代的文學作品中，這種時空錯亂成了一種重要的表現手段，甚至很有可能逐漸形成為一種新的章法[16]。

二　「零度、偏離」與「原型、變型」

王希杰教授這種「零度」與「正偏離」的觀點，恰好與臺灣章法研究所謂的「原型」與「變型」可互相呼應。仇小屏在〈論章法的原型與變型〉裡認為：

章法四大律：統一、聯貫、變化、秩序，與「（0）一、二、多」邏輯結構即可嚴密地對應起來。首先以章法之「聯貫」、「統一」二律

---

16 〈章法三論〉，頁 84-89。

而言，則所體現的是「由（0）一而二」：因為「（0）一」體現在篇章中，就會凝成「主旨」或「綱領」以貫穿各個節段（此為「一」），並成為辭章整體風格（此為「（0）」），這就是章法中的統一律；而結構單元彼此之間的呼應會造成聯貫的效果，這就是「二」。章法中的另外二律：「秩序」、「變化」，則會體現為秩序（順向或逆向）與變化種種不同的結構，如「先正後反」、「先凡後目」、「先立後破」、「先點後染」……等合乎秩序之順向結構，以及「先反後正」、「先目後凡」、「先破後立」、「先染後點」……等合乎秩序之逆向結構，加上「正、反、正」、「反、正、反」、「凡、目、凡」、「目、凡、目」、「立、破、立」、「破、立、破」、「點、染、點」、「染、點、染」……等變化結構，都可以呈現這種「多樣對待」（「多」）的條理。這樣看來，上述章法的四大規律，恰恰切合於「（0）一、二、多」的順序。其中「統一」則相當於「（0）一」，「聯貫」，以其根本而言，相當於「二」，「秩序與變化」，相當於「多」（多樣），即「多樣的二元對待」，凸顯了章法的四大規律所形成的，不是平列的關係，而是「（0）一、二、多」的邏輯結構。

　　因為「秩序」與「變化」，相當於「多」（多樣），所以此二者皆是由「（0）一」而「二」而「多」漸次開展出來的樣貌，因此都蘊含著「變」的因素，所以此二者並非截然不同、可以作判然劃分的，正如陳滿銘所言：「這裡所說的『秩序』，也含有『變化』的成分，而『變化』，同樣含有『秩序』的成分，只是為了說明方便，就有所偏重地予以區隔而已。」之所以要對此著重地加以說明，是為了強調出一點：在「多」的種種不同型態之下，蘊藏的是同一個動力——「變」，因為「變」，才會開展出多樣紛繁的型態。以此扣上對章法結構「原型」與「變型」的探討，那麼我們當可得知：所謂的「原型」即就此章法所開展出來的較為初始的結構，因此最為貼合邏輯思維的原始樣貌，而「變型」則是經

過變造之後所形成的結構，也是邏輯思維的樣式，但是更富變化；兩者
雖有殊異之處，但是同樣都經過「變」才得以開展，只不過在「變」的
過程中，改造的幅度或有不同而已，對於這種不同加以「原型」、「變
型」的區別，與「秩序律」、「變化律」的區分來比較，應是更為精準、
更可看出「變」的作用及其所造成的美感。

　　所以，「原型」結構必然是合乎秩序律之順向結構的，因此是一種
「順變」，而「變型」結構則包含了秩序律中的逆向結構，與變化律中
的變化結構，總的說起來，這是一種「拗變」。就以本論文所鎖定的三
個章法——遠近法、今昔法、因果法而言，屬於原型者，有合乎秩序律
者之順向結構：「由近而遠「、「由昔而今」、「由因及果」；屬於變型者，
有合乎秩序律者之逆向結構：「由遠而近」、「由今而昔」、「由果溯因」，
以及合乎變化律的結構：「遠近遠」、「近遠近」、「今昔今」、「昔今昔」、
「因果因」、「果因果」，後者毫無疑問是變造程度更大的「變型」。「原
型」章法單元之間的呼應，和「變型」章法單元之間的呼應是具有不同
特性的，由此導致其「聯貫」(二)的方式不同，並在最終統一〔(0)一〕
時造成不同的風格[17]。

　　可見「原型」(順向移位)、「變型」(逆向移位和轉位)與「零度」、
「正偏離」是可互相呼應的。

三　「零度與偏離」在習作教學上之應用

　　習作之批改或評析，用章法的角度切入，以指導學生謀篇布置之技
巧，由「負偏離」引領至「零度」，甚或邁向「正偏離」，其成效是相
當大的。既可以用章法之四大律（秩序、變化、聯貫、統一）加以疏

17　仇小屏：〈論章法結構的原型與變型——以遠近法、今昔法、因果法為考察對象〉，
　　《修辭論叢》第五輯（臺北市：洪葉文化事業公司，2003 年 11 月初版），頁 405-
　　440。

理,以進行指導;也可以就某一些適用之章法加以組織,以進行批改或
評析。如:

> 在上一輩人的心中,都市代表著進步、富貴,而鄉村卻代表著落
> 後、貧賤。然而風水輪流轉,在現代人眼中,都市卻是罪惡的淵
> 藪,而鄉村竟是令人嚮往的樂園。
> 我出生在一個小村莊裡,小時候看到的,不是人,就是牛,而很
> 少看到汽車。一直到七歲,還不知道都市這種地方。整天只知道
> 在水河中嬉水、抓魚,在田埂上奔跑、釣青蛙。這種鄉村生活的
> 情趣,經過了幾年都市繁華富裕的生活之後,到現在才真正體會
> 出來。
> 都市除了生活枯燥無味外,更增添了不安與不適,整天懼怕不良
> 分子的騷擾、宵小的光顧,和交通壅塞、空氣污染等。而鄉村現
> 在又逐漸都市化了,大河成了水泥做的小水溝,田地、魚池也爭
> 相聳立著大樓。我真怕有一天鄉村會從地球上消失,再也看不到
> 小山、小河、樹木、花草,也聽不到鳥、蟲叫、雞啼。
> 既然鄉村都市化,已是必然的趨勢,而都市也該鄉村化,以減少
> 它的缺點。
> 所以讓都市與鄉村互助並存,才是我所希望的。

這篇文章題作〈都市與鄉村〉,撇開別的不談,單在篇章安排上,
就有不少該修正的地方:

先就「秩序」(含變化)來說,作者在首段以今昔觀點說明一般人
對都市與鄉村看法之轉變,次段用自己的經驗寫鄉村生活的情趣,三段
論都市生活的不安和對鄉村都市化的憂慮,末段點明「都市與鄉村互助
並存」的主旨。這樣寫,層次實在不夠分明。照末段的結論來看,最好

先在第二段論鄉村都市化，再在第三段論都市鄉村化，以求合於「秩序」（含變化）的要求。

再就「聯貫」來說，第二段是由首段末尾「樂園」帶出的，而末段開端又與第三段「鄉村現在又逐漸都市化了」互相連絡，可說已注意到段落的「聯貫」；但第三段起句寫「都市除了生活枯燥無味外」，卻十分突然，顯然有「上無所頂」的缺憾，為了彌補這個缺憾，應該將第二段末尾「都市繁華富裕生活」句中的「繁華富裕」改為「枯燥無味」，來為下段的論述預鋪路子。

末就「統一」來說，這篇習作把一篇的主旨置於末段，主張經由「都市鄉村化，鄉村都市化」來「讓都市與鄉村互助並存」，但在前三段裡卻始終找不到針對這個主旨來論述的文字，所以應該大作調整，從第二段開始採「先目（條分）後凡（總括）」的形式來寫，以使全文能「一以貫之」，收到「統一」的效果[18]。

這是用四大律切入作指導的例子。又如：〈夾縫〉（臺北市成功中學馬思源）

嘆息與落髮在我右側
左側一片空無
我不斷肢解自己，像一根枯枝在木塊中旋轉，摩擦遠山日薄，金黃的風悼
念焦黑的今日

微笑和冷漠在我右側
跳躲的眼神急速奔離彼此的光芒

18 陳滿銘：《作文教學指導》（臺北市：萬卷樓圖書公司，1994 年 10 月初版），頁 363-364。

左側一片陰暗

不斷在脈動的瞬間

摘下面容，質疑神情

歌聲與啜泣在我右側
浪子拖著比影還短的自憐
在異地嚼著愛人的名字
左側一片闃靜
我不斷憑著聲響拼湊天空一隅

感知和謎語在我右側

我不斷開門　走向另道門
當荒謬猝然再生
無門之門成了最後的謎
左側一片虛幻

嘆息與落髮在我右側
左側，左側一雙無形的手

默默拉引我　在瘦狹的眉間打開一扇亮窗……

附：結構分析表如下：

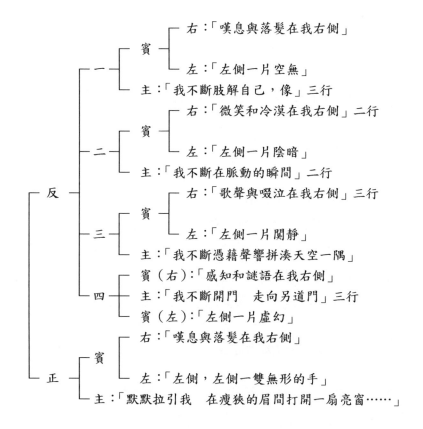

　　作者以右、左的配置凸顯出夾縫來，是全詩的重點所在。

　　全詩分五節，前四節以右側的方向、分別從不同的點切入，寫掙扎：在捨與不捨間掙扎、在溫暖與疏離間掙扎、在愛與不愛間掙扎、在清醒與未知間掙扎……；而左側一片空無、陰暗、闃靜、虛幻……，不確定的恐慌湧上，行將滅頂於不確定的恐慌……。然而這些全都是「反」，作用在為最末一節蓄勢。

　　最末一節的第一句回應首節，企圖造成首尾圓合的效果；並且前兩

句仍保留「右、左」的形式，以呼應全篇。但這些仍不是重點所在，作者全力重擊的是最後一句：「默默拉引我　在瘦狹的眉間打開一扇亮窗……」，「瘦狹的眉間」是另一道夾縫，惟這道夾縫中隱約透出一線天光……，留予人多少希冀。

全詩詩思緊致，微有可議處，便是對右、左的處理稍嫌僵硬板滯，應可尋求更富藝術性的處理手法；若非如此，則此詩置入前二名中，當無愧色[19]。

這是用章法的角度切入，並藉結構分析表，來進行批改、評析的例子。

以上是「零度與偏離」用於習作指引、評析或檢討之上的初步成果。雖然已作了如此之嘗試，卻始終沒有發展成一套完整之理論。

綜上所述，可知王希杰教授這種「零度」與「偏離」的整套理論框架，對「章法學」的研究，尤其是章法的習作教學（批改）而言，實有著莫大的啟發價值。

第三節　章法之潛顯與兼格

對王希杰教授「章法之潛顯與兼格」之觀點，可分如下幾方面加以探討：

一　「潛顯與兼格」理論之提出

章法有著眼於「求同」層面，而帶有「共相」性質者，這是比較表面而顯著的；也有著眼於「求異」層面，而帶有「特色」性質者，這是

---

19 見仇小屏：〈下在我眼眸裡的雪──八十九學年度成功高中文藝新詩獎評介〉，《下在我眼眸裡的雪──新詩教學》（臺北市：萬卷樓圖書公司，2001 年 2 月初版），頁 196-201。

比較深入而潛伏的。也就是因為章法有潛與顯之別，所以每每造成了「兼格」之現象。

對此，王希杰教授先就「潛顯」問題，提出了精闢的見解。他說：

章法有顯性和潛性之分。顯性和潛性是相對的，多層次的。

語言文字方面的組合銜接方式，是看得見、摸得著的，是一種顯性章法。內容的組合和銜接不能直接觀察的，是潛性章法。運用一定形式標誌表現出來的章法關係，是顯性章法。不用明顯標誌表現的章法關係，是潛性章法。例如馬致遠的〈越調‧天淨沙‧秋思〉，運用的是傳統的以景抒情手法，章法學家叫做「情景法」，但顯性的只有景物，卻沒有情，或者說其情是潛性的。這裡的情是通過遠近對立來表現的：「枯藤老樹昏鴉，小橋流水人家，古道西風瘦馬。夕陽西下」，這近在咫尺的圖畫不是很美麗的嗎？為什麼要把近在咫尺的地方說成是「天涯」呢？為什麼面對這樣的如詩如畫的地方卻要說「斷腸」呢？說是近在咫尺，這是物理世界的事實，說是「天涯」海角，那是詩人的內心世界的感受——這小橋流水人家不是自己的家鄉！他的家鄉遠在那遙遠的地方，他現在不能回到他的家鄉去——他懷念的是屬於他的「小橋流水人家」。這首小令的深層章法是空間的兩種遠近對立：物理世界的空間和心理世界空間的遠近強烈的巨大的對立。而這對立是他所無法克服的——西風（秋天）、昏鴉（黃昏）、古道和枯藤（他已經老了）、瘦馬（貧寒）強合了這種不可克服的對立感。

詩歌的特點是含蓄。所謂含蓄，其實就是表層的顯性的章法和深層的潛性的章法之間的不一致性。詩歌的闡釋和欣賞中最重要的是對其深層的潛性章法的揭示。例如王之煥的〈登鸛雀樓〉：

白如依山盡，黃河入海流。
欲窮千里目，更上一層樓。

　　顯性的章法是：情景法，前兩句是景，後兩句是情。也是主賓法，前兩句是賓，後一句是主。潛性章法是動靜對照法。這裡又有多層的動靜對照，初始態是：

　　　　靜：鸛雀樓＋詩人
　　　　動：黃河＋白日

繼續態是：

　　　　靜：鸛雀樓＋黃河＋白日
　　　　動：詩人

運動態中又有三種對立。第一種是運動方向的對立：

　　　　由東向西運動：白日
　　　　由西向動運動：黃河

第二種是高低的對立：

　　　　由高向低運動：黃河＋白日
　　　　由低向高運動：詩人

第三種是動和靜之間的運動：

　　　　由動轉為靜：黃河＋白日
　　　　由靜轉為動的：詩人

而同黃河、白日、詩人相對的是鸛雀樓永遠處在靜的狀態，沒有向動態轉化。這種動靜對立中還隱含著多和少的對立：

　　少：一層樓
　　多：千里目

日暮黃昏登樓，在中國文化中本是悲哀的意象，是同這首詩的表層章法不很一致的。所謂盛唐氣象，其實是通過這一詩歌的潛性章法結構表現出來的：

　　永遠靜靜止的鸛雀樓──由動到靜的：的黃河＋白日──由靜而動的：詩人
　　詩人：由靜而動＋從低到高＋費力少（一）而所得多（千）

所以要想真正把握這首詩歌，就需要揭開其深層章法，即潛章法。

　　已經出現了的章法規則是顯性章法，可能有、但目前還沒有出現的章法，是潛性章法。已經出現了的章法雖然很多，但畢竟還是有限的。文章還將不斷地湧現出來，可能的章法將逐漸被開發出來，新章法的出現是必然的事情。這就是說，許多目前的潛性章法在條件成熟的時候是可以從潛性轉化為顯性章法的。同時，現有的某些章法也有可能不再被運用，由顯性章法轉化為潛性章法。從這個意義上說，章法學不但要研究顯性章法，還可以研究可能出現的章法，為新章法的開發利用作出應有的貢獻。就這個意義說，章法學不是凝固的學問，它是大有發展前途的，它是面向未來的學問[20]。

20　〈章法三論〉，頁 84-89。

　　至於「兼格」問題，他也提出了如下看法：

　　陳滿銘教授不但提出了一整套的章法學理論，而且他和他的弟子已經揭示出三十多種章法，每一種章法都是作出了嚴格的界定，並同相關章法及修辭格和寫作手法等進行了細膩的比較，運用了大量的事例，詳盡地進行了分析描述。因此說，章法學大廈是已經出現在我們的面前了。

　　仇小屏在《篇章結構類型論》中詳細論述了三十六種章法，但是沒有對其進行分類。我們知道這些類型是陸續發現和建立起來的。也是從不同的角度上來構造的。例如，「大小」、「高低」、「遠近」、「內外」是空間的；「今昔」、「久暫」是時間的；「立破」、「賓主」、「抑揚」、「視角變換」、「時空交錯」、「感覺變換」是主觀的。這裡有一個內部的邏輯關係問題。例如，虛實是一個角度，主賓是另一個角度，詳略又是一個角度，其實，主有虛實，賓有虛實，主有詳略，賓也有詳略，虛有詳略，實也有詳略。

　　這三十六種章法之間是有某種共同性的。兩個對立面是對立的，不可混淆的，但是又是有條件地相互轉化的。這三十六種章法中的每一種其實都有常規和超常形式，凡超常都是有條件的。例如主和賓，常規要求是明確主賓，不可相混，不可顛倒，要求主賓對等對稱。但是具有一定條件可以反客為主，主賓倒置。修辭學上的映襯格，寫作學中的「烘雲托月」法，就是主賓關係的變態。……章法學的科學化和實用化就需要、也可以從兩個方面進行：尋找和建立最基本的章法格式，尋找和建立基本章法的複雜化和藝術化的途徑和格式[21]。

21　〈章法學門外閒談〉，頁 92-101。

二　「潛顯與兼格」之因果關係

王希杰教授這種「潛顯」與「兼格」的說法，涉及「零度與偏離」，本身就有帶有「因果」邏輯在內。大體而言，「潛顯」是「因」，而「兼格」是「果」。即以章法類型之運用來說，由於「潛」與「顯」的著眼層面不同，便產生「兼格」的現象。

就單拿「因果」章法來說，正如陳波在其《邏輯學是什麼》一書中所言「因果聯繫是世界萬物之間普遍聯繫的一個方面，也許是其中最重要的方面。一個（或一些）現象的產生會引起或影響到另一個（或一些）現象的產生。前者是後者的原因，後者就是前者的結果。科學的一個重要任務就是要把握事物之間的因果聯繫，以便掌握事物發生、發展的規律」[22]，往往具有顯性性格，而成為其他章法的共同歸趨。

關於此點，導生楊雅貴在〈談章法的兼法現象〉一文中談及：

章法的「兼法」現象，在鑑賞文章的實務分析過程中，是十分常見的。在深入文章義蘊，剖析文章脈絡的同時，分析者往往得藉由多方思考及多方嘗試後，才能呈現出較佳的篇章結構分析，以求達到最佳的鑑賞效果。陳師滿銘在〈談篇章結構分析的切入角度〉一文[23]，首度用不同角度切入同一文章，並據所形成之結構，探討其優劣；又在「比較章法」一章[24]中說道：

就一篇辭章而言，在「二元」類型的認定上，卻會有相互替代或

---

22 陳波：《邏輯學是什麼》（北京市：北京大學出版社，2002 年 1 月 1 版 1 刷），頁167。

23 陳滿銘：〈談篇章結構分析的切入角度〉，《國文天地》15 卷 8 期（2000 年 1 月），頁 86-94。

24 陳滿銘：《章法學綜論》第七章（臺北市：萬卷樓圖書公司，2003 年 6 月初版），頁400-408。

重疊的情形。這有兩種現象：一是章法本身彼此有關涉，以致有所重疊或替代者，如因果章法與一些其他章法，由於因果是邏輯關係中最基本、最普遍的一種，所以往往和其他章法有所關聯……但是，以「因果」這一邏輯，就想要牢籠所有宇宙人生、事事物物，形成「二元對待」既精且細之層次關係，實在是不可能的。……，因此「因果」章法只能用以「兼法」（如同修辭之「兼格」）之方式，輔助其他章法，……二是切入角度彼此有關涉，以致有所重迭或替代者。

　　在這段話中，首度提出了「兼法」一詞，且舉修辭之「兼格」為例，簡略點出了「兼法」的性質，並說明造成「兼法」的兩種現象：一是由於章法本身彼此有關涉；二是由於切入角度彼此有關涉。這兩種現象，其實也就是「兼法」產生的原因。另外，在《篇章結構學》一書中，亦專闢「章法分析的切入角度」一節，針對前文作更詳細的解說，指出「分析一篇文章的篇章結構，就現階段來說，由於沒有絕對的是非可言，而必須從不同角度切入，看看哪一種角度最足以呈現它內容與形式的特色，所以掌握切入的角度便成為分析篇章結構成敗的關鍵所在。」[25] 強調由於章法的分析角度不同，就會呈現出不同的結構分析及鑑賞效果。

　　因此，我們也就常在章法分析的過程中，從而就「兼法」現象作比較，以期藉由多種角度鑑賞文章，進而判斷出最適合的章法。由於「兼法」是在詮釋及鑑賞文章時，採用多方的「分析角度」而得出的常見現象，自然也就有值得我們深入認識的必要了[26]。

---

25 陳滿銘：《篇章結構學》（臺北市：萬卷樓圖書公司，2005 年 5 月初版），頁 172-189。

26 楊雅貴：〈談章法的兼法現象〉，《國文天地》22 卷 5 期（2006 年 10 月），頁 86-93。

　　這種「潛顯」與「兼格（法）」關係，可由下列「章法家族分類表」[27]中略窺一二：

家族	章法		美感
圖底家族	（一）時間類	1.今昔法　2.久暫法　3.問答法	立體美
	（二）空間類	1.遠近法　2.大小法　3.內外法 4.高低法　5.視角變換法 6.知覺轉換法　7.狀態變化法	
因果家族	1.本末法　2.淺深法　3.因果法　4.縱收法		層次美
虛實家族	（一）具體與抽象類	1.泛具法　2.點染法　3.凡目法 4.情景法　5.敘論法　6.詳略法	變化美
	（二）時空類	1.時間的虛實法　2.空間的虛實法 3.時空交錯的虛實法	
	（三）真實與虛假類	1.設想與事實的虛實法 2.願望與實際的虛實法 3.夢境與現實的虛實法 4.虛構與真實的虛實法	
映襯家族	（一）映照類	1.正反法　2.立破法　3.抑揚法 4.眾寡法　5.張弛法	映襯美
	（二）襯托類	1.賓主法　2.平側（平提側注）法 3.天人法　4.偏全法　5.敲擊法 6.並列法	

　　在此表中除了同類的章法外，就是不同類的也可以有條件地彼此含容、轉化，只不過同類者多於不同類者罷了。這種情形在新章法不斷出現時，將會更形複雜。

三　「潛顯與兼格」之舉隅說明

這種「潛顯與兼格」之章法現象，隨處可見。如孟子〈齊人一妻一妾〉章：

> 齊人有一妻一妾而處室者，其良人出，則必饜酒而後反。其妻問所與飲食者，則盡富貴也。其妻告其妾曰：「良人出，則必饜酒肉而後反。問其與飲食者，盡富貴也，而未嘗有顯者來。吾將瞷良人之所之也。」
>
> 蚤起，施從良人之所之，遍國中無與立談者。卒之東墦間，之祭者乞其餘；不足，又顧而之他。此其為饜足之道也。
>
> 其妻歸，告其妾曰：「良人者，所仰望而終身也；今若此！」與其妻訕其良人，而相泣於中庭。而良人未之知也，施施從外來，驕其妻妾。
>
> 由此觀之，則人之所以求富貴利達者，其妻妾不羞也而不相泣者，幾希矣。

此章文字凡四段，可分為「敘」（因）與「論」（果）兩截。其中前三段為「敘」（因），末段為「論」（果）。「敘」（因）一截，先以「齊人有一妻一妾」三句，泛敘齊人常「饜酒肉而後反」以「驕其妻妾」之事，作為故事的引子；這是「點」的部分。再以「其妻問」句起至「驕其妻妾」句止，具體敘述其妻、妾由起疑、跟蹤，以至於發現、哭泣，而齊人卻一無所覺的經過；這是「染」的部分；而「點」是「因」、「染」是「果」。「論」（果）一截，即末段四句，依據上述的故事，發出感慨，以為人追求富貴利達，很少人不像齊人那樣寡廉鮮恥，很充分地將諷喻的義旨表達出來。依此篇章條理，可將其結構表呈現如下：

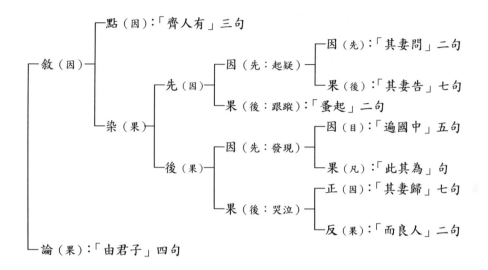

可見此文，經過「邏輯思維」的安排布置，在「篇」以「先敘（因）後論（果）」形成其條理；而「章」則以「先點（因）後染（果）」、「先先（因）後後（果）」、「先因（先、目）後果（後、凡）」、「先正（因）後反（果）」等形成其條理。值得注意的是：在此形成了四個「先因後果」的「顯」結構，這是相當奇特的，究其原因，是由於「因果」章這種條理頗原始，既用得很早又用得很普遍的緣故。此外，「點染」是新開發的章法[28]，原為「潛」而如今則成為「顯」了。而尤其明顯的是：「敘

---

28 「點染」本用於繪畫，指基本技巧。而移用以專稱辭章作法的，則始於清劉熙載。但由於他的所謂的「點染」，指的，乃是「情」（點）與「景」（染），和「虛實」此一章法大家族中的「情景」法，恰巧相重疊，所以就特地借用此「點染」一詞，來稱呼類似畫法的一種章法：其中「點」，指時、空的一個落足點，僅僅用作敘事、寫景、抒情或說理的引子、橋樑或收尾；而「染」，則指真正用來敘事、寫景、抒情或說理的主體。也就是說，「點」只是一個切入或固定點，而「染」則是各種內容本身。這種章法相當常見，也可以形成「先點後染」、「先染後點」、「點、染、點」、「染、點、染」等結構，而產生秩序、變化、聯貫（呼應）之作用。見陳滿銘：〈論幾種特殊的章法〉，臺灣師大《國文學報》31 期（2002 年 6 月），頁 181-187。

論」、「點染」、「先（昔）後（今）」、「正反」等，也都可用「因果」
加以代替，以呈現「因果」之「潛」性聯繫。這樣有「潛」有「顯」，
自然就形成「兼格」（兼法）的現象。

　　再次看李白的〈黃鶴樓送孟浩然之廣陵〉詩：

　　　故人西辭黃鶴樓，煙花三月下揚州。孤帆遠影碧空盡，惟見長江
　　　天際流。

　　這首詩的結構很簡單，可分為兩個部分：一是敘「事」部分，即起
二句，敘的是故人西辭武昌前往廣陵──揚州的事實，為「因」；二是
寫「景」部分，即結二句，寫的是故人乘船遠去，消失於天際的景象，
為「果」。作者就單單透過「事」與「景」，從篇外表出無限的離情來。
喻守真在《唐詩三百首詳析》中說：「首句標出送別之地是『黃鶴樓』，
二句標出送別之時是『三月』、送往之地是「揚州」。結構即非常綿密。
三句始寫離情，望斷碧山，目送孤帆行人已去，長江自流。景物可畫，
別情難遣。」[29] 將一篇之作意把握得很好。其結構表可呈現如下：

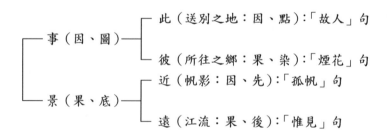

────────────────────

[29] 喻守真：《唐詩三百首詳析》（臺北市：臺灣中華書局，1996 年 4 月 23 版 5 刷），頁
　　 275。

此詩以「先事後景」、「先此（點）後彼（染）」、「先近後遠」形成其篇章結構，卻都可用「先因後果」來代替，以呈現其層次邏輯。而其中「先事後景」、「先此後彼」與「先近後遠」，除「因果」外又依序含有「底圖」[30]、「點染」、「先後」之「潛」性邏輯在內，最能表現章法「彼此含容、轉化」之特性。

　　由此看來，王希杰教授的這種「潛顯」與「兼格」觀點，對未來章法學研究之深廣度上，將起相當大的催化作用。

　　從以上研討，可知王希杰教授有關「章法是客觀之存在」、「章法之零度與偏離」與「章法之潛顯與兼格」的觀點，是十分新穎而深入的，對章法學之研究必定產生相當之影響。他曾鼓勵臺灣章法學之研究說：「陳滿銘教授成功地建立一個比較科學的章法學體系，他和他的弟子們在章法學成為獨立的學科方面做出了獨特的貢獻。章法學是大有可為的。」[31] 他不但隨時用語言文字鼓勵，還直接參與研究工作，作出了重大貢獻。相信有了他的鼓勵與參與，章法學之研究一定像他所說的，將「大有可為」，而「章法結構」之相關理論，也必推陳出新，更趨周全。

---

30 新發現章法之一。一般說來，作者在辭章中所用之時、空（包括「色」）材料，有一些是充當「背景」用的，也有某些是用來作為「焦點」的。就像繪畫一樣，用作「背景」的，往往對「焦點」能起烘托的作用，即所謂的「底」；而用作「焦點」的，則對「背景」而言，都會產生聚焦的功能，即所謂的「圖」。這種條理用於辭章章法上，也可造成秩序、變化、聯貫的效果，而形成「先圖後底」、「先底後圖」、「圖、底、圖」、「底、圖、底」等結構。見〈論幾種特殊的章法〉，頁 191-196。

31 〈陳滿銘教授和章法學〉，頁 28。

第四章
章法結構之藝術表現

　　本章依序就「章法三疊結構的類型及其節奏美」、「章法多二一 0 結構的節奏與韻律」與「章法多二一 0 結構與真、善、美」三節來探討「章法結構」之藝術表現。

第一節　章法三疊結構的類型及其節奏美

　　所謂的「三疊法」[1]，是章法的一種，乃將思想材料分成三個層次來敘寫的特殊方法。這個方法所以特殊並受到重視，是因為它疊得恰到好處，既不多，也不少，很容易形成「一、二、三」或「一、二、三」、「一、二、三」的層次感與節奏感。如果換作是二疊，由於它大都以正反、賓主、虛實、因果、抑揚、今昔、遠近、大小等形式[2]出現，以收到映襯、呼應的效果，所以很少人會注意到「疊」的存在，至於四疊或四疊以上，則成疊較為困難，雖然仍在古今人的作品中可以見到，但為數不多，因此「三疊法」便受到特殊的重視。茲分「單用」、「雙用」與「多用」三種類型，分別舉例予以說明，並進一步討論它們所形成的節奏（韻律）美。

1　林雲銘：《古文析義合編》（臺北市：廣文書局，1965 年 10 月再版），頁 87。
2　陳滿銘：《章法學綜論》（臺北市：萬卷樓圖書公司，2003 年 6 月初版），頁 17-32。

一　單用類型

單用是指僅疊一次者而言，它雖無明顯的節奏感，卻因形成層次，隱含節奏，而有氣足神完的優點。如：

> 問何以戰？公曰：「衣食所安，弗敢專也，必以分人。」對曰：「小惠未徧，民弗從也。」（一疊）公曰：「犧牲玉帛，弗敢加也，必以信」。對曰：「小信未孚，神弗福也。」（二疊）公曰：「小大之獄，雖不能察，必以情。」對曰：「忠之屬也，可以一戰。戰則請從。」（三疊）

這是《左傳·曹劌論戰》中的一段文字，作者借曹劌之一問作為總冒，領出三「曰」、三「對」，由「小惠未徧」遞至「小信未孚」，進而逼出「忠之屬也」的論斷，先後以「曰」、「對」形成三疊，充分敘明瞭魯國抗齊的憑藉，以見曹劌能「遠謀」於未戰之前的才能。所謂「未戰考君德」[3]，左丘明把這件事處理得很富有層次感與說服力。又如：

> 余讀孔氏書；想見其為人；適魯，觀仲尼廟堂，車服、禮器，諸生以時習禮其家，余低回留之，不能去云（一疊）。天下君王，至於賢人，眾矣；當時則榮，沒則已焉。孔子布衣傳十餘世，學者宗之（二疊）。自天子王侯，中國言六藝者，折中於夫子（三疊）。可謂至聖矣。

這是《史記·孔子世家贊》中的一段文字。作者在此，承本贊開篇

3　吳楚材、王文濡：《精校評注古文觀止》卷一（臺北市：臺灣中華書局，1972 年 11 月臺六版），頁 21。

的「鄉（向）往」二字，先現身說法，敍自己讀孔子遺書、弔其遺跡的
情況，而以「想見其為人」、「低回留之，不能去云」表出自己對孔子
「鄉往」之情，這是第一疊。其次敍孔子布衣傳十餘世的影響，和一般
「君王」與「賢人」之榮止其身作一對比，以暗示孔子列入世家的原因，
而以「宗之」表出孔門學者對孔子「鄉往」之情，這是第二疊。接著敍
孔子之道為「天下王侯」、「中國言六藝者」（全中國的讀書人）截長補
短的偉大，而以「折中」表出他們對孔子「鄉往」之情，這是第三疊。
有了這三疊由寡而眾地敍明了人們對孔子「鄉往」之情，那自然就可以
得出「可謂至聖矣」的結語了。又如：

> 客有歌於郢中者，其始曰下里巴人，國中屬而和者數千人；其為
> 陽阿薤露，國中屬而和者數百人；其為陽春白雪，國中屬而和
> 者，不過數十人；引商刻羽，雜以流徵，國中屬而和者，不過數
> 人而已；是其曲彌高，其和彌寡（一疊）。故鳥有鳳而魚有鯤。
> 鳳凰上擊九千里，絕雲霓，負蒼天，足亂浮雲，翱翔乎杳冥之
> 上；夫藩籬之鷃，豈能與之料天地之高哉（二疊）鯤魚朝發昆侖
> 之墟，暴鬐於碣石，暮宿於孟諸，夫尺澤之鯢，豈能與之量江海
> 之大哉（三疊）？

這是《楚辭・宋玉對楚王問》中的一段文字。這段文字，就全文而
言，屬「賓」。由開端至「其和彌寡」止，為一疊，以曲為喻，依和曲
者人數之遞減，條分為四層來說明，以得出「其曲彌高，其和彌寡」的
結語，初步為「主」的部分蓄勢。由「故鳥有鳳」至「豈能與之料天地
之高哉」止，為二疊，以鳥為喻，將鳳凰和藩籬之鷃作個比較，以得出
藩籬之鷃不足以「料天地之高」的結語，進一步為「主」的部分蓄勢。
由「鯤魚朝發」句起至「豈能與之量江海之大哉」止，為三疊，以魚為

喻，拿鯤魚和尺澤之鯢作個比較，以得出尺澤之鯢不足以「量江海之
大」的結語，又再一次地為「主」的部分蓄勢。經由這三疊的「賓」逐
步蓄勢，終於逼出「夫聖人瑰意琦行，超然獨處，夫世俗之民，又安知
臣之所為哉」的結論（主）來，林西仲說：「三喻中不但高自位置，且
把一班俗人伎倆見識盡情罵殺，豈不快心。」[4] 寥寥數語便已道出此三
疊之妙處。

二　雙用類型

雙用則是指疊兩次者而言，由於這種用法比起單用來，不僅會有較
明顯的節奏感，而且也會先後形成對襯或呼應，加強效果，所以自來受
到辭章家的喜愛，可以在各類作品中見到它的蹤影。如：

> 臣之所好者，道也；進乎技矣。始臣之解牛之時，所見無非牛者
> （一疊）；三年之後，未嘗見全牛也（二疊）。方今之時，臣以神
> 遇而不以目視，官知止而神欲行。依乎天理，批大郤，導大窾，
> 因其固然，技經肯綮之未嘗，而況大軱乎（三疊）。良庖歲更
> 刀，割也（一疊）；族庖月更刀，折也（二疊）；今臣之刀十九
> 年矣，所解數千牛矣，而刀刃若新發於硎。彼節者有間，而刀刃
> 者無厚；以無厚入有間，恢恢乎其於遊刃必有餘地矣！是以十九
> 年而刀刃若新發於硎（三疊）。

這是《莊子‧養生主‧庖丁解牛》的一段文字。在這兒，庖丁說明
了自己「所好者道也，進乎技矣」的道理，首先是自「始臣之解牛之時」
起至「而況大軱乎」止，說明的是自己由「目視」而臻於「神遇」的進

4　《古文析義合編》，頁126。

境，其中「始臣之解牛之時」二句為一疊，「三年之後」二句為二疊，「方今之時」九句為三疊。然後是自「良庖歲更刀」起至「是以十九年而刀刃若新發於硎」止，說明的是自己所用之刀已十九年卻完好如初的事實與理由。在此，庖丁拿良庖、族庖和自己作了比較，有意與前三疊作呼應，其中「良庖歲更刀」二句為一疊，與前「三年之後」一疊相呼應；「族庖月更刀」二句為二疊，與前「始臣之解牛之時」一疊相呼應；「今臣之刀十九年矣」八句為三疊，與前「方今之時」一疊相呼應。這樣以三疊前後呼應，把「所好者道也，進乎技矣」的道理說明得極為明白。又如：

太史公讀秦、楚之際，曰：初作難，發於陳涉（一疊）；虐戾滅秦，自項氏（二疊）；撥亂誅暴，平定海內，卒踐帝祚，成於漢家（三疊）。五年之間，號令三嬗。自生民以來，未始有受命若斯之亟也。

昔虞、夏之興，積善累功數十年，德洽百姓，攝行政事，考之於天，然後在位（一疊）。湯、武之王，乃由契、后稷，修仁行義，十餘世，不期而會孟津八百諸侯，猶以為未可；其後乃放弒（二疊）。秦起襄公，章於文、繆；獻、孝之後，稍以蠶食六國，百有餘載，至始皇乃能并冠帶之倫（三疊）。以德若彼，用力如此，蓋一統若斯之難也！

這是《史記·秦楚之際月表序》中的兩段文字。作者在此，以一正一反的對照寫法，記高祖受命之快速與先王一統之艱難事實。其中起段為「正」的部分，它先從秦楚之際天下號令的遞嬗情形說起，用三疊的手法，順次以「初作難」二句為一疊、「虐戾滅秦」二句為二疊、「撥亂誅暴」四句為三疊，來簡述號令三嬗的過程；然後用「五年之間」二

句作一總括，並領出「自生民以來」兩句讚語，預為下段鋪路。而次段
為「反」的部分，這個部分承上段「自生民以來」句，用「昔」字統攝
全段，依次以「虞夏之興」、「湯武之王」、「秦起襄公」等句領頭，採
三疊的形式，簡述虞夏、湯武及秦國統一天下的過程，以見一統的困
難，並由此引出「以德若彼」等三句結語，從反面回應首段，以振起末
段之意。吳楚材、王文濡《精校評註古文觀止》卷五評云：「前三段一
正，後三段一反，而歸功於漢」[5]。這所謂的「三段」，指的就是「三
疊」。又如：

> 今教童子，惟當以孝弟忠信、禮義廉恥為專務。其栽培涵養之
> 方，則宜誘之歌詩，以發其志意（一疊）；導之習禮，以肅其威
> 儀（二疊）；諷之讀書，以開其知覺（三疊）。……今教童子，
> 必使其趨向鼓舞，中心喜悅，則其進自不能已。譬之時雨春風，
> 沾被卉木，莫不萌動發越，自然日長月化；若冰霜剝落，則生意
> 蕭索，日就枯槁矣。故凡誘之歌詩者，非但發其志意而已，亦所
> 以泄其跳號呼嘯於詠歌，宣其幽抑結滯於音節也（一疊）。導之
> 習禮者，非但肅其威儀而已，亦所以周旋揖讓而動盪其血脈，拜
> 起屈伸而固束其筋骸也（二疊）。諷之讀書者，非但開其知覺而
> 已，亦所以沈潛反復而存其心，抑揚諷誦以宣其志也（三疊）。

　　這是王守仁〈訓蒙大意〉中的一段文字。這段文字自「其栽培之方」
起至「以開其知覺」止，以歌詩、習禮、讀書形成三疊，就理論上，指
明了如今蒙童的施教形式與內容，這是前一個「三疊」。而從「故凡誘
之歌詩者」起至「抑揚諷誦以宣其志也」止，特地回應前三疊，就歌

5　《精校評注古文觀止》卷五，頁5。

詩、習禮、讀書三者，在實際上，提出了如今蒙童的施教方法與目的，
這是後一個「三疊」。顯而易見地，此前後三疊是很有層次地彼此呼應
的。張仁健評析云：「文章的中心意旨在於從兒童『樂嬉遊而憚拘檢』
的天性出發，強調地主張『誘之歌詩』和『導之習禮』作為啟蒙教育的
重要內容。從字面上看，詩、禮、書，並沒有突破傳統教育的內容框
範，但作者對此三者的施教目的、作用及其方法的闡發，卻對傳統的觀
點有所突破，有所創新」[6]。評析所說的就是這前後呼應的三疊文字，
經此一呼一應，文旨便格外清晰地凸顯出來了。

三　多用類型

多用是指疊三次或三次以上者而言。一般說來，疊的次數愈多，則
所造成的層次、映襯與呼應，使得節奏感也愈加明顯，而文章的說服力
與感染力也就因而增強了。如：

> 水陸草木之花，可愛者甚蕃；晉陶淵明獨愛菊（一疊）。自李唐
> 以來，世人盛愛牡丹（二疊）。予獨愛蓮之出於淤泥而不染，濯
> 清漣而不妖；中通外直，不蔓不枝；香遠益清，亭亭淨植，可遠
> 觀而不可褻玩焉（三疊）。
> 予謂：菊，花之隱逸者也（一疊）；牡丹，花之富貴者也（二
> 疊）；蓮，花之君子者也（三疊）。噫！菊之愛，陶後鮮有聞（一
> 疊）；蓮之愛，同予者何人（二疊）王？牡丹之愛，宜乎眾矣（三
> 疊）。

6　王熙元、郭預衡主編：《古文觀止續編》（臺北市：百川書局，1994 年 3 月初版），
　頁 1025。

　　這是周敦頤〈愛蓮說〉的全文，是採「先敘後論」的結構寫成的。在「敘」的部分裡，作者先以開篇兩句作一總括，指出世上有許多「水陸草木之花」，然後以「晉陶淵明獨愛菊」十句，依序分寫眾多草木之花中的菊、牡丹、蓮和愛這三種花的人。而在「論」的部分裡，作者首就菊、牡丹、蓮等三種花的品格加以衡定，其次論及愛這三種花的人，發出感慨作結。很明顯地，此文以愛菊、愛牡丹，愛蓮為第一個「三疊」，以菊之隱逸、牡丹之富貴、蓮之君子為第二個「三疊」，以「菊之愛」、「蓮之愛」、「牡丹之愛」為第三個「三疊」。這樣以三疊前後互相對應，吞吐有致地表達了作者愛蓮與諷喻的意思。鄒曉麗評析說：「自古吟菊、誦牡丹、詠蓮的佳作極多，但很少有人將三者並提、對比，並評論其短長的。周敦頤的〈愛蓮說〉卻別出心裁，把菊花、牡丹、清蓮並提、褒貶。他緊緊扣住三種花卉的特點，以秋菊比隱逸、以清蓮比君子、以牡丹比富貴，不僅別開生面，而且寓意深刻。」[7]這種以三疊來互相比較的手法，的確令人激賞。又如：

　　　　外平不書，此何以書？大其平乎己也。何大其平乎己？莊王圍
　　　　宋，軍有七日之糧爾。盡此不勝，將去而歸爾。於是使司馬子反
　　　　乘堙而窺宋城，宋華元亦乘堙而出見之。
　　　　司馬子反曰：「子之國何如？」華元曰：「憊矣（一疊）。」曰：「何
　　　　如？」曰：「易子而食之，析骸而炊之。」司馬子反曰：「嘻！
　　　　甚矣憊（二疊）。雖然〔1疊〕，吾聞之也，圍著柑馬而秣之，
　　　　使肥者應客。是何子之情也？」華元曰：」吾聞之，君子見人之
　　　　厄則矜之，小人見人之厄則幸之。吾見子之君子也，是以告情於
　　　　子也。」司馬子反曰：「諾（三疊），勉之矣！吾軍亦有七日之

7　王熙元、郭預衡主編：《古文觀止續編》，頁 819。

糧爾，盡此不勝，將去而歸爾。」揖而去之。

反于莊王。莊王曰：「何如？」司馬子反曰：「憊矣（一疊）！」曰：「何如？」曰：「易子而食之，析骸而炊之。」莊王曰：「嘻！甚矣憊（二疊）。雖然〔2 疊〕，吾今取此，然後而歸爾。」司馬子反曰：「不可，臣已告之矣，軍有七日之糧爾。」莊王怒曰：「吾使子往視之，子曷為告之？」司馬子反曰：「以區區之宋，猶有不欺人之臣。可以楚而無乎？是以告之也。」莊王曰：「諾（三疊），舍而止。雖然〔3 疊〕，吾猶取此，然後歸爾（一疊）。」司馬子反曰：「然則君請處於此，臣請歸爾（二疊）。」莊王曰：「子去我而歸，吾孰與處於此？吾亦從子而歸爾（三疊）。」引師而去之。

故君子大其平乎己也。此皆大夫也，其稱人何？貶。曷為貶？平者在下也。

這是《公羊傳‧宣公十五年》的四段文字，一般選本題為「宋人及楚人平」。此文記宋華元與楚司馬子反以「情」（不欺）坦誠相對而使兩國息戰的故事。這個故事由問答緊連的方式加以交代，就在華元與司馬子反的對話當中，依序出現了「憊矣」、「甚矣憊」、「諾」等語，形成了第一個「三疊」。而在莊王與司馬子反的對話當中，也先後出現了「憊矣」、「甚矣憊」、「諾」等語，相應地形成了第二個「三疊」；又於此同時，更先後出現了「吾猶取此然後歸爾」、「臣請歸爾」、「吾亦從子而歸爾」等語，顯然地形成了第三個「三疊」。此外，「雖然」一詞，既出現在司馬子反的口中一次，又出現在莊王口中二次，似可視為第四個「三疊」。關於這點，《精校評註古文觀止》卷三有評云：「通篇純用複筆，曰：『憊矣！』、曰：『甚矣憊！』曰：『諾！』、曰『雖然』，愈複愈變，愈複愈韻；末段曰：『吾猶取此而歸』、曰：『臣請歸爾』、曰：

『吾亦從子而歸爾』，尤妙絕解頤。」[8]他所說的「複筆」，雖是指「類疊」的修辭格而言，但更細密地從「三疊」的特殊形式來看，無疑地更能突出本文之特色。又如：

> 鄒忌修八尺有餘，而形貌佚麗。朝服衣冠窺鏡，謂其妻曰：「我孰與城北徐公美？」其妻曰：「君美甚，徐公何能及君也！」（一疊）城北徐公，齊國之美麗者也。忌不自信，而復問其妾曰：「吾孰與徐公美？」妾曰：「徐公何能及君也！」（二疊）旦日，客從外來，與坐談，問之：「吾與徐公孰美？」客曰：「徐公不若君之美也。」（三疊）明日，徐公來，熟視之，自以為不如〔一疊〕。窺鏡而自視，又弗如遠甚〔二疊〕。暮寢而思之，曰：「吾妻之美我者，私我也（1疊）；妾之美我者，畏我也（2疊）；客之美我者，欲有求於我也（3疊）。」（三疊）
> 於是入朝見威王，曰：「臣誠知不如徐公美。臣之妻私臣（一疊），臣之妾畏臣（二疊），臣之客有求於臣（三疊），皆以美於徐公。今齊地方千里，百二十城，宮婦左右，莫不私王（一疊）；朝廷之臣，莫不畏王（二疊）；四境之內，莫不有求於王（三疊）。由此觀之，王之蔽甚矣！」王曰：「善！」乃下令：「群臣吏民，能面刺寡人之過者，受上賞（一疊）；上書諫寡人者，受中賞（二疊）；能謗譏於市朝，聞寡人之耳者，受下賞（三疊）。」令初下，群臣進諫，門庭若市（一疊）；數月之後，時時而間進（二疊）；期年之後，雖欲言，無可進者（三疊）。
> 燕、趙、韓、魏聞之，皆朝於齊，此所謂：「戰勝于朝廷」。

8　《精校評注古文觀止》卷三，頁34-35。

　　這是《戰國策‧齊策‧鄒忌諫齊王》的全文。此文從頭到尾都用三疊的手法來寫，首先直接從鄒忌身上寫起，用三疊的形式與歸納的方法，敘明鄒忌之妻、妾、客人所以對他讚美，乃是由於「私我」、「畏我」、「有求於我」的緣故，就在「有求於我」的部分，又自成三疊，造成「疊」中有「疊」的效果；其次藉鄒忌之諷言，由自己推及於威王身上，依然用三疊的形式，將「私」、「畏」、「有求」等語盡情地翻弄，以生出「蔽甚」二字來。接著由此及於下令之詞及下令後國內的反應，也一樣形成三疊的關係；最後由國內而國外，終於逼出「戰勝於朝廷」的一句論斷，以收束全文。林西仲評說：「此篇專為好奉承者說法，人苦不自知，自知則人莫能蔽。篇中所云『臣誠知不如徐公美』一句，便是去蔽主腦，威王下令，亦只是欲聞過耳；結言『戰勝』，即自克之意。其行文自首至尾俱用三疊法，《國策》中最昌明正大者。」[9] 評得極為精當，尤其指明所用的就是三疊法，已充分凸顯了三疊法的妙用。

四　三疊結構所形成之節奏（韻律）美

　　「三疊法」在形成層次、映襯或呼應的基礎上，進一層地產生節奏與韻律。而「節奏」是美感的重要來源之一[10]。什麼是節奏呢？楊辛、甘霖等著《美學原理》中提及：

> 構成節奏有兩個重要關係：一是時間關係，指運動過程；一是「力」的關係，指強弱的變化。把運動中的這種強弱變化有規律地組合起來加以反復便形成節奏。[11]

9　《古文析義合編》，頁 87。

10　李澤厚：《美學四講》（天津市：天津社會科學院出版社，2001 年 11 月一版一刷），頁 239。

11　楊辛、甘霖：《美學原理》（北京市：北京大學出版社，1989 年 2 月一版四刷），頁 159。

通常比較容易引起注意的節奏，多是可以經由感官來把握的，譬如輕重長短的聲音、冷暖明暗的色彩、曲直橫折的線條、方圓尖斜的形狀等進行有規律的反復[12]；陳本益《漢語詩歌的節奏》從節奏與人的關係著眼，將節奏區分為聽覺上的、視覺上的和觸覺上的，但是他也認為廣義的節奏還可以指某些抽象的東西[13]。王菊生《造型藝術原理》則進一步地認為節奏可以分成「具象」和「抽象」兩種：「具象節奏是客觀具體物體及其形象所具有的節奏。」而「抽象節奏是非客觀具體物象及其構成形式所具有的節奏。抽象物體和抽象構成形式都是從客觀具體物中提煉、抽離出來的，它並不是純主觀的產物。」[14]

　　「抽象的東西」也可以形成節奏，這點是很重要的。而辭章所形成的節奏或韻律，就不是光靠聽覺、視覺或觸覺能夠把握的，但是它能夠暗合人的生理、心理結構，因此可以引起審美的愉悅[15]，所以也就可以產生節奏（韻律）美。而且節奏（韻律）所帶來的美感具有很重大的意義。蔣孔陽、蔣冰梅、樊莘森、樓昔勇等所著的《美與審美觀》中說道：

　　　　節奏也是事物正常化發展的一種表現形式。客觀世界的許多事物和現象都是在合規律的節奏中存在和發展的。……事物的正常發展都離不開節奏，人的生活需要也離不開節奏。因此，這種符合規律而又有利於人生的節奏，也就成了美的形式。[16]

12　蔣孔陽等：《美與審美觀》（上海市：上海人民出版社，1987 年 5 月一版六刷），頁 55。

13　陳本益：《漢語詩歌的節奏》（臺北市：文津出版社，1994 年 8 月初版），頁 2-5。

14　王菊生：《造型藝術原理》（哈爾濱：黑龍江美術出版社，2000 年 3 月一版一刷），頁 232-233。

15　張涵主編：《美學大觀》（鄭州市：河南人民出版社，1988 年 1 月一版二刷，頁 245）：「形式美的規律根源在於客觀世界的自然規律，並與人的生理、心理結構相對應，是人類改造自然的長期歷史經驗在形式規律方面的集中體現。」

16　《美與審美觀》，頁 55。

這段話對節奏（韻律）所以帶來美感的原因，可說作了最好的解釋。

　　而節奏（韻律）所表現的是生命的律動。蘇珊・朗格《情感與形式》即說道：「節奏連續原則是生命有機體的基礎，它給了生命體以持久性。」[17] 王菊生《造型藝術原理》亦言：「生命形式的特徵就是運動變化的張力和循環往復的節奏。」[18] 在文學作品中，「疊」與「疊」所呈現的就是「運動變化的張力」，那麼就會產生「循環往復的節奏（韻律）」；而且因為「張力」的不同，所以「雙疊」、「三疊」或「三疊以上」所呈現的「節奏（韻律）」也就不同了。

　　關於這種不同的節奏（韻律）及節奏（韻律）美，我們可以從音樂美學中獲得靈感。郭長揚《音樂美的尋求》談到：

　　　　與節奏有密切關聯的是拍子的形式……我們可歸納為兩種基本形
　　　　式：1. 三拍子：拍子的力度為「強、弱、弱」，可表現生動、活
　　　　潑、或輕快之情緒。2. 雙拍子：拍子的力度為「強、弱」或
　　　　「強、弱、次強、弱」，可表現平穩、莊重、或溫雅之情緒。[19]

　　可見得在音樂中，不同的節奏可以表出不同的美感；音樂如此，文學又何嘗不是呢？楊辛、甘霖的《美學原理》中就提到郭沫若以文學作品為例，認為節奏有兩種：鼓舞的節奏和沉靜的節奏，前者如海濤起初從海心捲動起來，愈捲愈快，到岸邊拍地一生打成粉碎，我們的精神便要生出一種勇於進取的氣象；後者如遠處鐘聲，初扣時頂強，曳著嬝嬝

17　蘇珊・朗格著、劉大基譯：《情感與形式》（臺北市：商鼎文化出版社，1991 年 10 月　　臺灣初版），頁 149。
18　《造型藝術原理》，頁 192。
19　郭長揚：《音樂美的尋求》（臺北市：樂韻出版社，1991 年 6 月初版），頁 52-53。

的餘音漸漸地微弱下去，這種節奏給人以沉靜的感受[20]。

　　雖然郭氏所言，並非針對「雙疊結構」與「三疊結構」的節奏（韻律）美而言，但是卻能夠給我們以相當的啟發。因為若是將「雙疊」與「三疊」拿來比較的話，其產生的節奏（韻律）美必然有相對的差異，針對這樣的差異，我們或可認為因為「雙疊「就如同「二拍子」，其「力」的變化較為平衡穩定，因此其節奏（韻律）的美感是偏於沉靜的，而「三疊」就如同「三拍子」，其「力」的變化較為巨大顯著，所造成的節奏（韻律）美就是偏於鼓舞的[21]。茲就「三疊」之三種類型，用簡圖呈現其節奏如下：

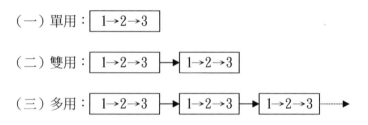

（一）單用：　1→2→3

（二）雙用：　1→2→3 ▶ 1→2→3

（三）多用：　1→2→3 ▶ 1→2→3 ▶ 1→2→3 ▶

這確實和音樂的「三拍子」有異曲同工之妙。

　　而節奏是形成韻律之基礎。關於此點，歐陽周、顧建華、宋凡聖等在其《美學新編》中說：

　　　　與節奏相關係的是韻律。韻律是在節奏的基礎上形成的，但又比
　　　　節奏的內涵豐富得多，是一種有規律的抑揚頓挫的變化，表現出
　　　　一種特有的韻味或情趣。可以說，節奏是韻律的條件，韻律是節

---

20 《美學原理》，頁 160。
21 以上節奏、韻律之論述參見仇小屏：〈論辭章章法的移位、轉位及其美感〉，《辭章學論文集》上冊（福州市：海潮攝影藝術出版社，2002 年 12 月一版一刷），頁 98-122。

奏的深化。[22]

可見有了節奏才有韻律。也由此可知任何辭章，是可將篇內各個「疊」所引起的「節奏」串聯成一篇「韻律」，而產生美感的。而其中的「三疊」所產生的「節奏美」與「韻律美」，也由於其「力」的變化較為巨大，所以也就格外顯著。

　　綜上所述，足以概見「三疊結構」在辭章中運用的情形。雖然由於它的類型有「單用」、「雙用」與「多用」等三者的不同，以致所形成之層次、呼應與映襯的效果各有差異，但總括起來說，都同樣以此為基礎，產生不同程度之「節奏（韻律）美」；而它們所產生之「節奏（韻律）美」，也比起其他的複疊方式，尤其是「雙疊」，顯然要來得強烈。因此運用「三疊結構」在辭章上，通常是易於達到「高報酬率」，而增強其說服力或感染力的。

第二節　章法多二一 0 結構的節奏與韻律

　　我們的祖先，面對紛紜萬狀之現象界，先由此「有象」（現象界）以探知「無象」（本體界），再由「無象」（本體界）回過來解釋「有象」（現象界），就這樣一順一逆，往復探求、驗證，久而久之，終於形成了圓融的宇宙人生觀。而這種宇宙人生觀，總括起來說，都可以從「（0）一、二、多」（順）與「多、二、一（0）」（逆）的互動、循環而提升的螺旋結構上加以統合。而這種「多」、「二」、「一（0）」的邏輯結構，既可規範宇宙萬物創生、含容之過程，當然也可適用於哲學、文學、美學等，以成為其基本規律。即以文學領域中之辭章而言，在形

---

22 歐陽周、顧建華、宋凡聖：《美學新編》（杭州市：浙江大學出版社，2001 年 5 月一版九刷），頁 79。

成篇章的章法上，就呈現了這種邏輯結構。若從創作一面來說，形成的是「（0）一、二、多」的順向結構；若就鑑賞一面而言，則形成的是「多、二、一（0）」的逆向結構。因此本文即鎖定章法，舉散文與詩詞為例，特就其「多、二、一（0）」的逆向結構切入，探討由其移位轉位而造成之節奏與韻律，並約略說明其美感效果，即小見大，以凸顯章法「多、二、一（0）」結構與節奏、韻律間的密切關係。

一　章法多二一0結構的節奏與韻律之形成

　　由於章法是「客觀的存在」[23]，因此所有的章法，都對應於自然規律，而出自於人類共通的理則。這種共通的理則，可概括為四：即「秩序」、「變化」、「聯貫」、「統一」；這便是上述的章法四大律。其中「『秩序』、『變化』與『聯貫』三者，主要是就材料之運用來說的，重在分析；而『統一』，則主要是就情意之表出來說的，重在通貫。」[24] 若針對「秩序律」而言，其「力」的變化是「移位」；而針對「變化律」而言，

---

23 王希杰：「『章法』一詞是多義的。『章法』是文章之法，但是，有兩種『章法』。一種是客觀存在的『章法』，它顯然是與文章同時出現的。有文章就有章法，不同的文章有不同的章法，但是沒有完全沒有章法的文章，不過是章法的好和壞罷了。另一種『章法』，是研究者的認識或主張，是知識和理論，是文章的研究者的辛勤勞動的成果，它當然是文章出現後的事情。後一種『章法』，即對章法的研究，也是早就有了的，中國古人對章法的論述很多，但是『章法學』的誕生是比較晚的事情。章法學作為一門學問，不是有關部門章法的個別知識，而是章法知識的總和，是一種概念的系統。章法學是一門實用性很強的學問，也有極高的學術價值。它同文章學、修辭學、語用學、文藝學、美學、邏輯學等都具有密切關係。章法學已經初步形成了一門科學。陳滿銘教授初步建立了科學的章法學體系。……如果說唐鉞、王易、陳望道等人轉變了中國修辭學，建立了學科的中國現代修辭學，我們也可以說，陳滿銘及其弟子轉變了中國章法學的研究大方向，建立了科學的章法學，把漢語章法學的研究轉向科學的道路。」見〈章法學門外閒談〉，《國文天地》18 卷 5 期（2002年 10 月），頁 92-95。
24 陳滿銘：〈論辭章章法的四大律〉，《章法學論粹》（臺北市：萬卷樓圖書公司，2002年 7 月初版），頁 4。

其「力」的變化則是「轉位」了。

　　這所謂的「秩序」，是將材料依序加以整齊安排的意思。任何章法都可依循此律，形成其先後順序。如就遠近法而言，「先近後遠」、「先遠後近」就是依據空間遠近的秩序來組織篇章的，其他的章法也都可以形成如此合乎秩序律的結構[25]。而且張涵主編的《美學大觀》中也說：

　　　　秩序，事物的外在形式上部分與部分、整體與部分之間構成特定
　　　　的有規律的排列組合。指形式因素內部關係有秩序的變化，則構
　　　　成一種不變與變和諧交叉的形式美。[26]

由此可知，「秩序」並不是沒有變，而是一種「有秩序的變化」，由於其「力」的變化較為和緩，因此可以用「移位」來說明。

　　而所謂的「變化」，則是把材料的次序加以參差安排的意思。每一章法依循此律，也都可造成順逆交錯的效果。就以今昔法來說，可能有的變化的結構至少有「今、昔、今」和「昔、今、昔」兩種，其他的章法也都可以形成如此變化的結構。它所以會造成這種變化，那是因為「參差安排」的關係，而所形成的是「往復」的現象，所造成的是較大幅度的差異，因此其「力」的變化較為顯著，所以可以用「轉位」[27]來說明。

　　至於章法的「移位」與「轉位」，是可以根據結構表來掌握的。而所謂移位約有兩種：一是單一結構之移位，亦即章法單元之移位，如

_____

25　陳滿銘：〈論辭章章法的四大律〉，《章法學論粹》，頁 4-5。
26　《美學大觀》，頁 246。
27　「轉位」一詞由黃永武提出：「轉位是指詩行之間、意象之間，利用形、聲、義某一
　　點共通性，作為媒介，觸類衍伸，使二個彷彿是不連續的意象，相互引接。」見《中
　　國詩學——設計篇》（臺北市：巨流圖書公司，1996 年 5 月十一版），頁 28，唯本論
　　文所謂之「轉位」，內涵不同於此。

「由實而虛」與「由虛而實」、「由正而反」與「由反而正」等就是；一是兩個以上（含兩個）結構之移位，亦即結構單元之移位，如由「先凡後目」而「先底後圖」、由「先昔後今」而「先淺後深」等便是。至於轉位，也有兩種：一是單一結構之轉位，亦即章法單元的轉位，如「今、昔、今」、「破、立、破」等就是；一是兩個以上（含兩個）結構之轉位，亦即結構單元的轉位，如由「先景後情」而「先情後景」、由「先凡後目」而「先目後凡」等便是。此二者同是指「力」的變化，所不同的是變化程度較和緩者為「移位」，變化程度較顯著者為「轉位」，也因此「移位」與「轉位」所造成的節奏（韻律）與所帶出的美感也是有差別的。

　　而「節奏」是美感的重要來源之一[28]。什麼是節奏呢？楊辛、甘霖等著《美學原理》中提及：

　　　構成節奏有兩個重要關係：一是時間關係，指運動過程；一是「力」的關係，指強弱的變化。把運動中的這種強弱變化有規律地組合起來加以反復便形成節奏。[29]

　　通常比較容易引起注意的節奏，多是可以經由感官來把握的，譬如輕重長短的聲音、冷暖明暗的色彩、曲直橫折的線條、方圓尖斜的形狀等進行有規律的反復[30]；陳本益《漢語詩歌的節奏》從節奏與人的關係

28　李澤厚曾闡明美的規則從何而來？可與此參看。他說：「原始積澱，是一種最基本的積澱，主要是從生產活動中獲得。也就是在創立美的過程中獲得。……由於原始人在漫長的勞動過程生產過程中，對自然的秩序、規律，如節奏、次序、韻律等等掌握、熟悉、運用，使外界的合規律性和主觀的合目的性達到統一，從而才產生了最早的美的形成和審美感受。」見《美學四講》，頁 239。

29　《美學原理》，頁 159。又，張涵主編的《美學大觀》亦有類似的說法，頁 246。

30　《美與審美觀》，頁 55。

著眼，將節奏區分為聽覺上的、視覺上的和觸覺上的，但是他也認為廣義的節奏還可以指某些抽象的東西[31]。王菊生《造型藝術原理》則進一步地認為節奏可以分成「具象」和「抽象」兩種：「具象節奏是客觀具體物體及其形象所具有的節奏。」而「抽象節奏是非客觀具體物象及其構成形式所具有的節奏。抽象物體和抽象構成形式都是從客觀具體物中提煉、抽離出來的，它並不是純主觀的產物。」[32]

　　「抽象的東西」也可以形成節奏，這點是很重要的。章法的移位與轉位所形成的節奏或韻律，就不是光靠聽覺、視覺或觸覺能夠把握的，但是它能夠暗合人的生理、心理結構，因此可以引起審美的愉悅[33]，所以也就可以產生節奏（韻律）美。而且節奏（韻律）所帶來的美感具有很重大的意義。蔣孔陽、蔣冰梅、樊莘森、樓昔勇等所著的《美與審美觀》中說道：

> 節奏也是事物正常化發展的一種表現形式。客觀世界的許多事物和現象都是在合規律的節奏中存在和發展的。……事物的正常發展都離不開節奏，人的生活需要也離不開節奏。因此，這種符合規律而又有利於人生的節奏，也就成了美的形式。[34]

31　《漢語詩歌的節奏》，頁 2-5。

32　《造型藝術原理》，頁 232-233。

33　張涵主編《美學大觀》：「形式美的規律根源在於客觀世界的自然規律，並與人的生理、心理結構相對應，是人類改造自然的長期歷史經驗在形式規律方面的集中體現。」頁 245。

34　《美與審美觀》，頁 55。又，E. B. Feldman 著・何政廣譯《藝術創作心理》談道：「我們知道，人的行進、舉重、或共同拖拉重物，如果以反覆律動的拍子來加以規律，則他們的努力一定更有效，也比較不容易疲倦。人們在做反覆的工作時，喜歡去尋找一種舒適的韻律。從另一種觀點，『反復』的韻律顯然有助於支持注意力，減少疲倦、發揮最大效率。」見《藝術創作心理》（臺北市：大江出版社，1971 年版），頁 78。

這段話對節奏（韻律）所以帶來美感的原因，可說作了最好的解釋。

先看由移位所造成之節奏（韻律），它可以從兩方面來加以考察，那就是「從單一結構單元來看」，以及「從兩個以上（含兩個）結構單元來看」。

從單一結構單元來看，如前所述，所謂「秩序」就是將材料依序加以整齊安排的意思。任何章法都可依循此律，形成其先後順序，若從章法切入加以分析，則不僅可以看出它的結構，而且可以掌握其移位的情形。就以「先底後圖」的結構來說，造成了由「底」向「圖」的移位，這種轉變本身就需要時間，而且標示出的是「力」的變化。前文曾提及構成節奏有兩個重要關係：一是時間關係，指運動過程；一是力的關係，指強弱的變化。把運動中的這種強弱變化有規律地組合起來加以反復，便形成節奏。準此而觀，那麼單一結構中合乎秩序的移位，就具備了這兩種基本元素：時間和力的關係，所缺者只是「有規律地組合起來加以反復」而已。所以，此處所討論的移位，雖然在嚴格意義上，並未形成明顯而具體之節奏美，但是已經具備形成節奏美的要素，因此若是從寬來處理，也未嘗不可認為已具備簡單之節奏美。所以王菊生《造型藝術原理》即說道：「只有一對矛盾對比或反復出現的單一節奏稱為簡單節奏。」[35] 單一結構單元所呈現的移位現象，所產生的節奏就是「簡單節奏」。

從兩個以上（含兩個）結構單元來看，通常一篇篇幅不算太短的辭章，就可能形成兩層以上的結構層，所以就可能出現兩個以上的結構單元。雖然從各自獨立的觀點來看，它形成的是單一結構的移位，但是因為閱讀時必然是從整體來觀照，因此將這些結構單元結合起來看，就會

---

35 《造型藝術原理》，頁 231。

出現「重複」、「反復」[36] 的情況（與造成變化之轉位的「往復」不同），
這就會產生節奏（韻律）的美感。

王菊生在《造型藝術原理》中說：

> 比如孤單的一個點‧‧，單調呆板，靜止不動，只有單一刺激，無
> 差異矛盾可言，便無節奏感。而兩個點‧‧並置，開始有了延續
> 相繼和重複，出現了前後的發展過程。同時兩個點和兩個點之間
> 的空隙有了間隔和持續，實與虛、沒與現、前與後、左與右的矛
> 盾差異對比變化，因此具有了節奏感。[37]

這段話可以總結前面從「單一結構單元」以及「兩個以上（含兩個）的
結構單元」，來看「合乎秩序之移位」所產生的節奏（韻律）。

再看由轉位造成之節奏（韻律），一般說來，造成變化之轉位所形
成的，是結構上的「往復」，可說是發展出去後，又拉回來的雙向作
用，因此比起單純的「重複」、「反復」來說，變化是較為劇烈的，也
就是說其「力」的強度會較強，節奏感也因而格外明顯。而且這種節奏
（韻律）感也可以從兩個方向來觀察：

從單一結構單元來看，它因「轉位」所造成的往復，有著比較明顯
之節奏。如「實、虛、實」便是。它由「虛」發展至「實」，又大力拉
回至「虛」，這就是「轉位」。它既有時間的延展，「力」的變化又十分
明顯，因此節奏（韻律）感是很鮮明的。從兩個以上的結構單元來看，

36　《造型藝術原理》：「重複即同一形式再次出現，反復是同一形式的多次重複出現是
　　重複的持續延伸。」，頁287。

37　《造型藝術原理》，頁225-226。又，《情感與形式》中談到：「重複是另一種結構原
　　則－像所有的基本原則相互聯繫著那樣，它深含於節奏－它給了音樂作品以生命發
　　展的外表。」頁149，可供參看。

「往復」的情況若是不只出現一次，如「賓主賓」與「賓主賓」所造成之節奏（韻律）感就會更加強烈。

節奏（韻律）表現的是生命的律動。蘇珊・朗格《情感與形式》即說道：「節奏連續原則是生命有機體的基礎，它給了生命體以持久性。」[38] 王菊生《造型藝術原理》亦言：「生命形式的特徵就是運動變化的張力和循環往復的節奏。」[39] 在文學作品中，結構的「移位」和「轉位」呈現的就是「運動變化的張力」，那麼就會產生「循環往復的節奏（韻律）」；而且因為「張力」的不同，所以「移位」和「轉位」所呈現的「節奏（韻律）」也就不同了。

關於這種不同的節奏（韻律）及節奏（韻律）美，我們可以從音樂美學中獲得靈感。郭長揚《音樂美的尋求》談到：

> 與節奏有密切關聯的是拍子的形式……我們可歸納為兩種基本形式：1.三拍子：拍子的力度為「強、弱、弱」，可表現生動、活潑、或輕快之情緒。2.雙拍子：拍子的力度為「強、弱」或「強、弱、次強、弱」，可表現平穩、莊重、或溫雅之情緒。[40]

可見得在音樂中，不同的節奏可以表出不同的美感；音樂如此，文學又何嘗不是呢？楊辛、甘霖的《美學原理》中提及郭沫若以文學作品為例，認為節奏有兩種：鼓舞的節奏和沉靜的節奏，前者如海濤起初從海心捲動起來，愈捲愈快，到岸邊拍地一生打成粉碎，我們的精神便要生出一種勇於進取的氣象；後者如遠處鐘聲，初扣時頂強，曳著裊裊的餘

38　《情感與形式》，頁 147。
39　《造型藝術原理》，頁 192。
40　《音樂美的尋求》，頁 52-53。

音漸漸地微弱下去，這種節奏給人以沉靜的感受[41]。

　　雖然郭氏所言並非針對移位、轉位所產生的不同的節奏（韻律）美而言，但是卻能夠給我們以相當的啟發。因為若是將移位與轉位拿來比較的話，其產生的節奏（韻律）美必然有相對的差異，針對這樣的差異，我們或可認為因為移位的「力」的變化較為穩定，因此其節奏（韻律）的美感是偏於沉靜的，而轉位的「力」的變化較為顯著，所造成的節奏（韻律）美就是偏於鼓舞的[42]。

　　而節奏是形成韻律之基礎。關於此點，歐陽周、顧建華、宋凡聖等在其《美學新編》中說：

> 與節奏相關係的是韻律。韻律是在節奏的基礎上形成的，但又比節奏的內涵豐富得多，是一種有規律的抑揚頓挫的變化，表現出一種特有的韻味或情趣。可以說，節奏是韻律的條件，韻律是節奏的深化。[43]

可見有了節奏才有韻律。如上所述，由移位所造成的，是較簡單或反復、齊一之節奏（韻律），主要在顯現其偏於陰柔之調和性；而由轉位所造成的，則為較複雜或往復、變化之節奏（韻律），主要在顯現其偏於陽剛之對比性。這樣，由局部而整體地層層疊合成為一篇韻律，再加上章法各結構本身的毗剛或毗柔屬性，即可大致可解釋一篇風格所以形成之原因。而這種歷程，可約略由章法之「多、二、一（0）」結構加以考察。

41　《美學原理》，頁 160。
42　以上有關「節奏」之理論，參見仇小屏：〈論辭章章法的移位、轉位及其美感〉，《辭章學論文集》上冊，頁 98-122。
43　《美學新編》，頁 79。

　　而這所謂的「一（0）」，籠統地說，就是「統一」，也可說是「和諧」。這是統括「多」與「二」所獲致的結果，如就章法來說，則是聯結在時、空結構中，由「反復」（秩序）與「往復」（變化）所引起之「節奏（韻律）」、「調和」（陰柔）與「對比」（陽剛）所呈顯之「剛柔」（陰陽），以串聯成整體「韻律」、凸顯出情理（主旨）、形成風格、氣象、境界等，而達於「和諧」的一個境界。而情、理（主旨）即「一」，一篇韻律、風格、氣象、境界等即「（0）」。就在「多、二、一（0）」的諸多結構中，必有其核心結構，它一定落在一篇文章之主體所在，也就是最能凸顯「主旨」的部分，以牢籠各主體及其他對應材料，可以說乃關鍵性之「二」，居於既能收束又能發散的地位，在其他各輔助結構的支持下，形成「調和」（陰柔）或「對比」（陽剛），一面徹下以統合「多」，一面徹上以歸根「一（0）」，發揮徹上徹下之功用。因此，理清核心結構，對章法結構所造成之節奏與韻律的掌握，是有相當幫助的。

　　這種由章法結構所產生之層層節奏與韻律，通常以底層之節奏為基本，該是完全顯性的；而其二、三或三層以上之節奏，則該是屬於隱性的，如分別來看，則對下一層來說，是屬韻律；對上一層而言，乃為節奏。而最上一層所造成之節奏，由於既可統合底下各層之節奏（韻律），也可藉以形成一篇之韻律，所以探討它是毗剛（對比）還是毗柔（調和），對於「一（0）」之認定，有極大之關聯性。這樣看來，章法「多、二、一（0）」結構所造成之層層節奏與韻律，正如音樂之有旋律或合唱之有重奏一樣，其重要性是不可輕忽的。

二　章法多二一0結構的節奏與韻律舉隅

　　任何一篇辭章，由章法切入，都可以理出其「多、二、一（0）」之結構，而屬於「多」的任何一層章法結構，也都可以由「移位」或「轉

位」造成其節奏或韻律，以統合於「二」（核心結構），並上徹於「一（0）」，而形成一篇韻律與風格。茲舉幾篇古典散文與詩詞為例，分別探討其章法結構所形成之節奏與韻律，以見「多、二、一（0）」結構與節奏、韻律的密切關係。文如韓愈的〈送董邵南遊河北序〉：

> 燕趙古稱多感慨悲歌之士。董生舉進士，連不得志於有司，懷抱利器，鬱鬱適茲土，吾知其必有合也。董生勉乎哉！
> 夫以子之不遇時，苟慕義彊仁者，皆愛惜焉。矧燕趙之士，出乎其性者哉！然吾嘗聞風俗與化移易，吾惡知其今不異於古所云邪？聊以吾子之行卜之也。董生勉乎哉！
> 吾因子有所感矣。為我弔望諸君之墓，而觀於其市，復有昔時屠狗者乎？為我謝曰：「明天子在上，可以出而仕矣。」

　　此文為一贈序，寫以送董邵南往遊河北。由於當時河北藩鎮不奉朝命，送行之人「斷無言其當往之理，若明言其不當往，則又多此一送」[44]，所以作者就避開河北之「今」，而從其「古」下筆。首先自開篇起至「出乎其性者哉」句止，以「因、果、因」的順序，說古時之燕趙〔即河北〕多「慕義彊仁」的豪傑之士，從正面預卜董生此行必受到「愛惜」而「有合」，以見其當往；其次自「然吾嘗聞」句起至「董生勉乎哉」句止，說如今燕趙之風俗，或許已與古時有所不同，從反面勉董生聊以此行一卜其「合與不合」[45]，以進一步見其當往；以上兩段，直接扣住董生之當「遊河北」來寫，是「擊」的部分。最後以末段，筆

44　《古文析義合編》上冊卷四，頁 216。
45　王文濡在首段下評注：「此段勉董生行，是正寫。」在次段下評注：「此段勉董生行，是反寫。」見《精校評注古文觀止》卷八，頁 36-37。

鋒一轉，旁注於燕趙之士身上[46]，採「先泛後具」的結構來表達，要董生傳達「明天子在上」而勸他們來仕之意，含董生不當往的暗示作收[47]；這是「敲」的部分。由此角度分析，可畫成如下結構分析表：

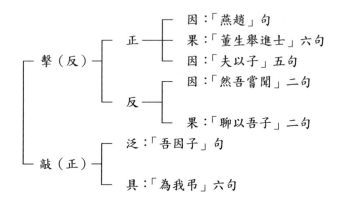

從「篇」來看，它是形成「先擊後敲」[48]之結構的。這個結構，足以涵蓋此文正面（擊）與側面（敲）的全部內容，可視為核心結構。其中

---

46 王文濡於「吾因子而有所感矣」下評注：「上一正一反，俱送董生，此下特論燕趙。」同前註，頁 37。

47 王文濡在篇末評注：「送董生，卻勸燕趙之士來仕，則董生之不當往，已在言外。」同前註，頁 37。

48 為「敲擊」結構之一種。「敲擊」一詞，一般用作同義的合義複詞，都指「打」的意思。但嚴格說來，「敲」與「擊」兩個字的意義，卻有些微的不同，《說文》說：「敲，橫擿也。」徐鍇《繫傳》：「橫擿，從旁橫擊也。」而《廣韻·錫韻》則說：「擊，打也。」可見「擊」是通指一般的「打」，而「敲」則專指從旁而來的「打」。也就是說，以用力之方向而言，前者可指正（前後）面，也可指側面，而後者卻僅可指側面。依據此異同，移用於章法，用「敲」專指側寫，用「擊」專指正寫，以區隔這種篇章條理與「正反」、「平側」（平提側注）、賓主等章法的界線，希望在分析辭章時，能因而更擴大其適應的廣度與貼切度。大體說來，「敲擊」，主要在用不同事物以表達同類情意時，藉「敲」加以引渡或旁推，來呼應「擊」的部分，與「正反」、「賓主」之彼此映視或「平側」之有所偏重的，有所不同。見陳滿銘：〈論幾種特殊的章法〉，臺灣師大《國文學報》31 期（2002 年 6 月），頁 196-202。

「擊」的部分，先由一疊「因、果、因」（變化）與一疊「先因後果」（秩序）的調和性之輔助結構，以轉位之「變化」（陽剛）與移位之「秩序」（調和）來支撐這「先正後反」之對比性（陽剛）結構，而造成反複與往復之節奏（韻律）；再由此對比性（陽剛）結構來為「擊」的部分作支撐，使得這個部分，一面由「移位」、「轉位」造成明顯而有變化的節奏（韻律），一面由對比與調和形成「剛中寓柔」的強大力量，有力地帶出「敲」部分。而「敲」部分，則因離開了「送董邵南」的主題，故僅以「先泛後具」的一疊調和性結構來支撐，一面藉移位所造成的簡單節奏，與上個部分的「反復」與「往復」之節奏（韻律）銜接呼應，串聯為一篇韻律；一面藉此調和性結構，適切地表達「董生不當往」的「言外之意」。由此看來，這篇文章「先擊後敲」的核心結構本身，雖性屬調和，卻因隱含對比性極強之「正反」成分，而輔助結構之「多」，又帶有「剛中寓柔」的強大力量，所以上徹至「一（0）」，便足以表達本文頗曲折之主旨，而形成「剛柔互濟」之風格。吳楚才說：「董生憤己不得志，將往河北求用於諸藩鎮，故公作此送之。始言董生之往必有合，中言恐未必合，終諷諸鎮之歸順，及董生不必往。文僅百十餘字，而有無限開闔，無限變化，無限含蓄。」[49] 這種特色之形成，很明顯地可從其「多、二、一（0）」結構中找到重要線索。

又如方苞的〈左忠毅公軼事〉：

先君子嘗言，鄉先輩左忠毅公視學京畿。一日，風雪嚴寒，從數騎出，微行，入古寺。廡下一生伏案臥，文方成草。公閱畢，即解貂覆生，為掩戶，叩之寺僧，則史公可法也。及試，吏呼名，至史公，公瞿然注視。呈卷，即面署第一；召入，使拜夫人，

---

49 《精校評注古文觀止》卷八，頁 36-37。

曰：「吾諸兒碌碌，他日繼吾志事，惟此生耳。」

及左公下廠獄，史朝夕窺獄門外。逆閹防伺甚嚴，雖家僕不得近。久之，聞左公被炮烙，旦夕且死，持五十金，涕泣謀於禁卒，卒感焉。一日，使史公更敝衣草屨，背筐，手長鑱，為除不潔者，引入，微指左公處，則席地倚牆而坐，面額焦爛不可辨，左膝以下，筋骨盡脫矣。史前跪，抱公膝而嗚咽。公辨其聲，而目不可開，乃奮臂以指撥眥，目光如炬。怒曰：「庸奴！此何地也，而汝來前！國家之事，糜爛至此。老夫已矣，汝復輕身而昧大義，天下事誰可支拄者！不速去，無俟姦人構陷，吾今即撲殺汝。」

因摸地上刑械，作投擊勢。史噤不敢發聲，趨而出。後常流涕述其事以語人曰：「吾師肺肝，皆鐵石所鑄造也！」

崇禎末，流賊張獻忠出沒蘄、黃、潛、桐間，史公以鳳廬道奉檄守禦，每有警，輒數月不就寢，使將士更休，而自坐幄幕外，擇健卒十人，令二人蹲踞，而背倚之，漏鼓移，則番代。每寒夜起立，振衣裳，甲上冰霜迸落，鏗然有聲。或勸以少休，公曰：「吾上恐負朝廷，下恐愧吾師也。」

史公治兵，往來桐城，必躬造左公第，候太公、太母起居，拜夫人於堂上。

余宗老塗山，左公甥也，與先君子善，謂獄中語乃親得之於史公云。

這篇文章藉左光斗的一件軼事，以寫其「忠毅」精神，是用「先順敘、後補敘」的結構來寫的：

「順敘」的部分，由起段至四段止，採「先點後染」之條理加以安排。其中「點」指起句，而「染」則指首段的「鄉先輩」句起至第四段

止，乃用「先主後賓」的順序來寫，從內容來看，可分如下三部分：

頭一部分為首段，為本文的序幕，寫的是左光斗識拔史可法的經過。在這個部分裡，作者借其父親之口，敘明左公曾「視學京畿」，將左公所以能識拔史公的原因作個交代；接著以「一日」與「及試」作時間上之聯絡，依次記敘左公於微服出巡時在一古寺識得史公，以及主持考試時當史公面署為第一的情形；然後以「召入」二字作接樺，引出「使拜夫人」數句，藉史公入拜左公夫人的機會，用「吾諸兒碌碌」三句話，寫出左公對史公的深切期許，認為只有史公才足以繼承他忠君愛國的志業，將左公為國舉拔英才的忠忱與苦心，寫得極其生動。這就第二部分（主體）來說，是背景之陳述，為「底」，主要是用「主、賓、主」的結構來敘述的。

第二部分即次段。是本文的主體，對第一段而言，為「圖」，主要是用「賓、主、賓」的結構加以陳述，陳述的是左公被下廠獄後史公冒死探監的經過。這段文字以「及」字承上啟下，首先用四句敘明左公被下牢獄與禁人接近的事實；接著用「久之」與「一日」作時間上的聯絡，依次寫左公受刑將死、史公冒死買通獄吏，以及史公探監、左公怒斥史公使離去的情形；然後著一「後」字，帶出史公「吾師肺肝」的兩句感慨的話，充分的寫出左公的公忠憂國（忠）與剛正不屈（毅）來。以上兩個部分，主要在寫左光斗，為「主」。

第三部分，包括三、四、五段，是本文的餘波。這個部分，先以第三段寫史公受左公感召，繼其志業，「忠毅」的奉檄守禦流寇的辛苦；再以第四段寫史公篤厚師門，時時不忘拜候左公父母及夫人的情事；這寫的主要是史可法，對前兩部分而言，為「賓」。

而末段則補敘本文所記的軼事，確係有根有據，以回應篇首的「先君子嘗言」，以收束全文。

縱觀此文，作者始終是針對著對「忠毅」二字來寫的。其中寫左公

「忠毅」的部分是「主」，而寫史公「忠毅」的部分則為「賓」；也就是說，寫史公的「忠毅」，便等於在寫左公的「忠毅」，所謂「借賓以定主」，手段是相當高明的。附結構分析表如下：

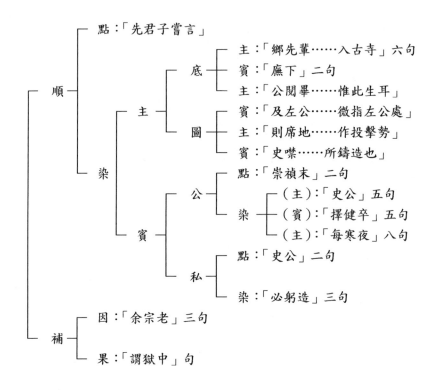

可見這篇文章的核心結構，為「先主後賓」。這所謂的「主」，指的是左公（光斗）；所謂的「賓」，指的是史公（可法）。就在「主」的部分裡，又形成「主、賓、主」與「賓、主、賓」的結構，其中的「主中主」，是指左公（光斗）；而「主中賓」，則指史公（可法）。至於「賓」的部分，雖與上個部分（主）一樣，也形成「主、賓、主」的結構，但其中的「賓中主」，指的是史公（可法），而「賓中賓」，則指的是「健卒」。這樣就形成了「四賓主」（「主中主」、「主中賓」、「賓中主」、「賓

中賓」)[50]。很明顯地，在此「四賓主」中，以「主中主」最為重要，乃一篇主旨之所在[51]。所以這篇文章的主旨，一定落在「主中主」的左公（光斗）身上。一直以來，有人以為此文之主旨在於寫「師生情誼」，這就不分賓主了；又有人以為它是在寫「尊師重道」，這就喧賓奪主了。如此，以調和性的結構（「順補」、「點染」、「底圖」、「因果」與「賓主」)為主，以「公私」的對比性結構為輔，再加上所寫「忠毅」之陽剛精神，貫穿全篇，使得作品「柔中寓剛」，有著很強的感染力。

　　這樣，對應於「多、二、一（0）」來看，則除了核心結構之外的，諸如「點染」（下層、二疊）、「底圖」（一疊）、「公私」（一疊）、「因果」（一疊）與「賓主」（三疊）等章法因移位或轉位所形成之結構，造成了層層反復（秩序）或往復（變化）之節奏（韻律），都屬於「多」；而「先主後賓」（含上一層之「順補」、「點染」）的核心結構，乃以賓與主自成陰陽對待，以徹下徹上，將層層節奏串聯成為韻律，是屬於「二」；至於其主旨與所形成之一篇韻律與「嚴謹而雅潔」、「勃勃有生氣」的風格特色[52]，則為「一（0）」。

---

50 「四賓主」之說，起於清代的閻若璩：「四賓主者：一、主中主，如一家人唯有一主翁也；二、主中賓，如主翁之妻妾、兒孫、奴婢，即主翁之身分以主內事者也；三、賓中主，如親戚朋友，任主翁之外事者也；四、賓中賓，如朋友之朋友，與主翁無涉者也。於四者中，除卻賓中賓，而主中主亦只一見；惟以賓中主鈎動主中賓而成文章，八大家無不然也。」見《潛丘札記》，《四庫全書》八五九冊（臺北市：臺灣商務印書館，1983 年 6 月），頁 413-414。

51 劉衍文、劉永翔針對閻若璩「主中主亦只一見」之說加以申釋：「所謂『主中主亦只一見』云云，就是指一篇文章的重心，即現在我們所說的整個主題思想的突出體現處只能有一個。整個主題思想要統率其他各個分主題和題材所反映出來的內容。」見增補本《文學鑑賞論》（臺北市：洪葉文化公司，1995 年 9 月初版一刷），頁 615。

52 祖保全：「方苞的〈左忠毅公軼事〉一文，看起來雖是一篇『記事』短文，卻顯示了『言有序、言有物』的嚴謹而雅潔的風特色。」又集評：「寫二公志事，勃勃有生氣，此學史遷敘事之文。（近代李維清《古文選讀初編》上卷）」見《古文鑑賞大辭典》（杭州市：浙江教育出版社，1998 年 4 月四刷），頁 1368-1369。

詩如王維的〈渭川田家〉：

> 斜光照墟落，窮巷牛羊歸。野老念牧童，倚杖候荊扉。雉雊麥苗
> 秀，蠶眠桑葉稀。田夫荷鋤至，相見語依依。即此羨閒逸，悵然
> 歌式微。

這首詩作於陝西藍田，藉「渭川田家」黃昏時的閒逸之景，以興欣
羨之情，從而表出自己急欲歸隱田園的心願，是採「先因後果」的結構
寫成的。「因」的部分，自篇首至「即此」句止。在此，先以「斜光」
八句，實寫引起作者欣羨之情的一些景物；再以「即此」句，虛寫面對
「田家」閒逸景物時所湧生的欣羨之情，形成「先景（實）後情（虛）」
的結構。就在實寫「田家」閒逸景物的八句裡，首先就「近」，也就是
村巷，以「斜光」二句，寫自然閒逸之景；以「野老」二句，寫人事閒
逸之景。然後就「遠」，也就是田野，以「雉雊」二句，寫自然閒逸之
景；以「田夫」二句，寫人事閒逸之景。由於王維這時在政治上失去了
張九齡的依傍而進退兩難，所以經由這些融合自然與人事的閒逸之景，
而引生他欣羨之情，便很自然地由「因」而「果」，帶出末句，用《詩
經‧邶風‧式微》「式微，式微，胡不歸」的詩意，以表達自己「蹴武
靖節」[53] 的意思。可見此詩主要以「先因後果」的結構，形成其秩序。

---

53 高步瀛：《唐宋詩舉要》（臺北市：學海出版社，1973 年 2 月初版），頁 12。

據此，可畫成如下結構分析表：

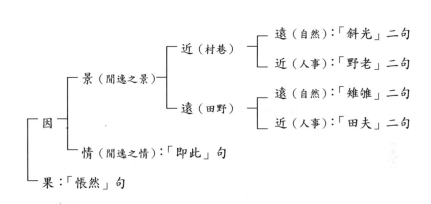

此詩主要以二疊「先遠後近」之空間層次，造成反復的第一層節
奏，而由「先近後遠」（一疊）之結構，造成的第二層節奏（韻律），
先予以統合，以呈現整體之「景」，從而由「景」及「情」，形成「先
景後情」（一疊）之結構，造成第三層節奏（韻律），作為「因」，以帶
出其「果」，而成為「先因後果」的結構，造成最高一層節奏（韻律），
結合各層節奏（韻律），形成一篇之韻律。而這「先因後果」的調和性
結構，由於既可以徹下統合各輔助結構，也可以徹上交代自己急欲歸隱
田園的心願，也就是主旨，以及由此形成的「閒逸自然」的風格，所以
可認定為本文之核心結構。如此徹下以統合「多」、徹上以歸根「一
（0）」，充分地發揮了核心結構（「二」）的功能。喻守真說：「這首詩
是羨慕田家閒逸的景象，加以輕淡的描寫，結尾大有因慕田家閒逸不如
歸去來之意。….結末二句，以『閒逸』二字總括上文，因羨生感，結
出作意。」[54] 所謂「羨慕田家閒逸的景象，加以輕淡的描寫」與「因羨
生感，結出作意」，道出了它「多、二、一（0）」結構的主要內容。

又如李白的〈登金陵鳳凰臺〉：

54 喻守真：《唐詩三百首詳析》（臺北市：臺灣中華書局，1996 年 4 月臺二三版五刷），
　頁 9。

鳳凰臺上鳳凰遊，鳳去臺空江自流。吳宮花草埋幽徑，晉代衣冠成古邱。三山半落青天外，二水中分白鷺洲。總為浮雲能蔽日，長安不見使人愁。

這首詩藉作者登臺之所見所感，以寫其身世之悲與家國之痛。它首先在起聯，扣緊「金陵鳳凰臺」，突出登臨之地點，用「遊」與「去」寫其盛衰，以寓興亡之感；這是頭一個「圖」的部分。接著在頷、頸兩聯，前以「吳宮」二句，就近寫今日所見「幽徑」與「古邱」之「衰」景，而用「吳宮花草」與「晉代衣冠」帶入昔日之「盛」況，形成強烈對比，以深化興亡之感；後以「三山」二句，將空間拓大，就遠寫今日所見「三山」與「二水」一直延伸到「長安」的山水勝景；這對上敘的「臺」或下敘的「人」〔不見長安之作者〕而言，均有烘托、襯映的作用，是「底」的部分。最後在尾聯，聚焦到自己身上，以「浮雲」之「蔽日」，譬眾邪臣之蔽賢，「長安」之「不見」，喻己之謫居在外，既為自己被排擠出京而憤懣，又為唐王朝將重蹈六朝覆轍而憂慮；這是後一個「圖」的部分。循此角度切入，它的結構分析表是這樣子的：

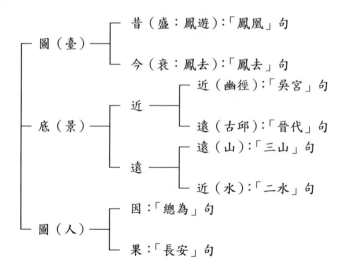

　　由上表可看出，作者此詩，經過「邏輯思維」作了安排，就最上一層來說，以「圖、底、圖」（一疊）之轉位，造成其往復節奏，以統合各次、底層節奏，串成一篇韻律，而其主旨就出現在後一個「圖」裡，因此可確定此「圖、底、圖」為核心結構；就次層而言，以「先昔後今」、「先近後遠」與「先因後果」等調和性結構，由時、空、事理之移位，造成其反復式節奏，以支撐上一層之「圖、底、圖」；就底層來說，以「先近後遠」（一疊）、「先遠後近」（一疊）調和性結構之空間轉位，造成其往復節奏，以支撐次層之「先昔後今」（一疊）、「先近後遠」與「先因後果」。這樣看來，本詩是全由調和性之結構所組成的，而其風格也應該趨於純柔才對，但由於其中次層之「先昔後今」與底層之「先近後遠」兩結構，都形成了強烈對比，即一盛（反）一衰（正），且其主旨又在抒發家國之悲；而其中「順」和「逆」並用而產生變化的，除「圖、底、圖」外，還有中間兩聯所形成的「近、遠、近」，這些都使得此詩之風格在「柔」之中帶有「剛」氣。張志英說：「這首詩，在登臨處極目遠眺，觸景生情；語言自然天成，清麗瀟灑，憂國傷時，寓意深厚。」[55] 以這種情意與格調，對應於此詩之「多、二、一（0）」結構來看，是相當吻合的。

　　詞如白居易的〈長相思〉：

　　　　汴水流，泗水流，流到瓜州古渡頭。吳山點點愁。　　思悠悠，
　　　　恨悠悠，恨到歸時方始休。月明人倚樓。

　　作者在此詞，寫自己在瓜州古渡「月明人倚樓」〔點〕時之所見所

---

55 張志英評析，見《山水詩歌鑑賞辭典》（北京市：中國旅遊出版社，1989 年 10 月一版一刷），頁 226。

感（染）。其中上片四句，寫「所見」：先以起三句，寫所見「水」，藉向北所見汴、泗二水之不斷奔流，襯托出一份悠悠別恨；再以「吳山」句，藉向南所見吳山之「點點」，又襯托出另一份悠悠別恨，使得情寓景中，大力地預為下半之抒情〔所感〕鋪路。而下片「思悠悠」三句，則即景抒情，寫「所感」：先以「思悠悠」二句，用實寫〔今日〕的方式，直接將一篇主旨，亦即此刻「悠悠」之「恨」拈出；再以「恨到」一句，用虛寫〔未來〕的方式，將「恨」作進一步之渲染。有了以上兩個「染」的部分，便很自然地逼出「月明人倚樓」的結句，以「點」明作者此番之所見所感，是在明月之下、倚樓之時發生的，這樣作交代，充分發揮了「點」的作用，且藉「朦朧的月光為這一切更增添一層惆悵」[56]。據此，可用下表來表示其結構：

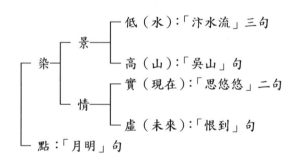

可見此詞，經過「邏輯思維」的安排布置，在最上一層，以「先染後點」（一疊）的調和性結構，造成節奏，以統合底下兩層所造成之節奏，串為一整體之韻律；而次一層，則以「先景後情」（一疊）之調和性結構，造成節奏，除了統合底層「先低後高」（一疊）、「先實後虛」（一疊）等調和性結構所造成之反復式節奏，用以支撐上層之「點染」

56 趙仁圭、李建英、杜媛萍：《唐五代詞三百首譯析》（長春市：吉林文史出版社，1997 年 1 月一版一刷），頁 148。

外，又由於這首詞之主旨「恨」出現在「情」的部分，所以可認定為核心結構。這樣，它一面徹下以整合「多」（「高低」、「虛實」），一面徹上以支撐「點染」，而歸本於「一（0）」，形成「音調諧婉，流美如珠」[57]之純陰柔風格。作者如此將時空、虛實交錯在一起，加上疊字、疊韻之運用，使所抒之情，變得更為柔和而深長而感人。所以邱鳴皋說：「外景中明明的月光，長長的流水，點點的遠山，與思婦內心世界悠悠的思怨，極為和諧地統一在一起，且又頻用疊字疊韻，句句押韻，在配上那柔和的民歌風味，就自然形成一種行雲流水之致。這與寫『流水』、『相思』十分貼切。」[58] 可見從「多、二、一（0）」結構裡找出核心結構，是可以幫助讀者深入作品，找出節奏、韻律，而掌握其風格、氣象或境界的。

又如蘇軾的〈醉落魄〉：

> 蒼顏華髮，故山歸計何時決。舊交新貴音書絕。惟有佳人，猶作殷勤別。　　離亭欲去歌聲咽，蕭蕭細雨涼吹頰。淚珠不用羅巾裛。彈在羅衫，圖得見時說。

這首詞題作「蘇州閶門留別」，當是熙寧七年（1074），由杭州赴密州時，途經蘇州而作。它一開篇即置重於虛時間，以「蒼顏」二句，把時間推向未來，發出不知何時才能歸鄉的感嘆，為下敘的別情蓄力。接著置重於實空間，採「主、賓、主」的順序，先以「舊交」四句，敘寫美人唱離歌殷勤送別的場景，以襯出別情，這是「主」；再以「蕭蕭」句，寫不斷吹頰的蕭蕭細雨，以景襯情，此為「賓」；末以「淚珠」句，

---

57 同前註。

58 邱鳴皋評析，見《唐宋詞鑑賞集成》（香港：中華書局香港分局，1987 年 7 月初版），頁 43。

寫美人淚滴羅衫的情狀，以加重別情，這又是「主」。然後又置重於虛時間，以結句應起，將時間推向未來，用「淚」作橋樑，設想未來見面時的情景，一面藉以安慰「美人」，一面藉以推深別情。如此以「虛（時）、實（空）、虛（時）」的結構呈現，很富於變化。依此可畫成結構分析表如下：

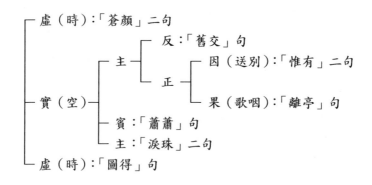

由上表可看出，作者此詞，經過「邏輯思維」的安排布置，先在底層以一疊「先因後果」（移位）的調和性結構，造成第一層節奏，以支撐一疊「先反後正」（移位）之對比性結構，造成第二層節奏。再由此「正反」結構來支撐一疊「主、賓、主」（轉位）的變化結構，造成第三層節奏。然後又由此「賓主」結構來支撐一疊「虛、實、虛」（轉位）的核心結構，既造成第四層節奏，以連接為整體之韻律；又由這「虛實」的核心結構，徹下於「多」，以統合各層節奏、上徹於「一（0）」，一面從篇外逼出主旨（別情），一面則由於這「虛、實、虛」之結構，與次層之「主、賓、主」，將「順」與「逆」雙向合用，產生兩層「轉位」作用，而頭一個「主」更作成「正反」對比型態，使得節奏、韻律更趨於起伏有致，這對作品風格之所以「柔中寓剛」、情意之所以深沉來說，是有極大影響的。湯易水、周義敢說：「蘇軾任杭州通判之後詞作

漸多，到了離杭州赴密州前後，更大量創作詞篇的，自此一發而不可收。他注意學習前人的經驗。沿用晚唐五代以來婉約詞的某些寫作技巧來寫歌妓，但不寫淺斟低唱，不涉艷冶風情，而是以幽怨纏綿的手法，表達身世之感和政治懷抱。」[59] 所謂「以幽怨纏綿的手法，表達身世之感和政治懷抱」，道出了本詞之特色；而這個特色，可大致從其「多、二、一（0）」結構裡反映出來。

三　章法多二一0結構形成節奏與韻律的美感效果

章法「多、二、一（0）」結構之節奏與韻律的美感效果，可根據章法四大律，別為如下幾層美感加以統合：

（一）秩序與變化之美

「秩序」與「變化」，是就「多二一（0）」結構中的「多」來說的。這所謂的「多」，就是「多樣」。歐陽周、顧建華、宋凡聖等在其《美學新編》中說：

> 所謂「多樣」，是指整體中所包含的各個部分在形式的區別和差異性，前面所舉各種法則（整齊一律、對稱與均衡、比例與尺度、節奏與韻律）都包含在這一總的形式美總法則中，成為其一個組成部分或一個側面。[60]

這種「多樣」，對章法而言，凡是核心結構以外的各個局部性結構，都在它的範圍內。其中的每一章法或結構單元，無論是順或逆、調和性或

---

59 湯易水、周義感評析，見《唐宋詞鑑賞辭典》（上海市：上海辭書出版社，1999 年 1 月一版十五刷），頁 721。

60 《美學新編》，頁 80。

對比性，都可以因為「移位」（章法單元如「由正而反」、結構單元如由「先賓後主」而「先凡後目」）或「轉位」（章法單元如「正、反、正」、結構單元如由「先賓後主」而「先主後賓」），而產生變化，形成節奏（韻律）與秩序。所以對應於章法四大律，「多」就是指「產生變化，形成節奏（韻律）與秩序」的多種結構，而可由此獲得「秩序美」與「變化美」。

　　一般說來，「秩序」是由形式之「齊一」或「反復」而呈現。陳望道在其《美學概論》中說：

　　　　形式中最簡單的，是反復（Repetition）。反復就是重複，也就是同一事物的層見疊出。如從其他的構成材料而言，其實就是齊一。所以反復的法則同時又可稱為齊一（Uniformity）的法則。這種齊一或反復的法則，原本只是一個極簡單的形式，但頗可以隨處用它，以取得一種簡純的快感。[61]

對這種「反復」或「齊一」，歐陽周、顧建華、宋凡聖等在其《美學新編》中則稱為「整齊一律」，結合「節奏與秩序」，作了如下說明：

　　　　又稱單純一致、齊一、整一，是一種最常見、最簡單的形式美。它是單一、純淨、重複的，不包含差異或對立的因素，給人一種秩序感。顏色、形體、聲音的一致或重複，就會形成整齊一律的美。農民插秧，株距相等，橫直成行；建築物採用同樣的規格，長短高矮相同，門窗排列劃一；在軍事檢閱中，戰士們排成一個個人

61　陳望道：《美學概論》（臺北市：文鏡文化事業公司，1984 年 12 月重排初版），頁61-62。

數相等的方陣，戰士的身材、服裝、步伐、敬禮的動作、歡呼的口號聲完全一致，都表現了一種整齊一律的美。我們常見的二方或多方連續的花邊圖案，在反復中體現出一定的節奏感，也屬於齊一的美。這種形式美給人一種質樸、純淨、明潔和清新的感受。[62]

可見「多」（多樣），是會因其形式之「齊一」或「反復」而形成簡單「節奏」（韻律），而「給人一種秩序感」的。

至於「變化」，乃一種動力作用不已之結果，也是形成「多樣」的根本原因。《周易·繫辭上》說：「剛柔相推而生變化。……變化者，進退之象也。」而〈繫辭下〉又說：「易，窮則變，變則通，通則久。」可見「窮」是變化的條件，而變化又與象不可分割。對此，陳望衡在其《中國古典美學史》中闡釋說：

> 《周易》的這些關於變的觀念對中國文化包括中國美學影響深遠。……「象」最大的功能就是能變。……「變」既是空間性的，表現為物體位置的變異；又是時間性的，表現為時光的線性流程。〈繫辭上傳〉云：「法象莫大乎天地，變通莫大乎四時。」最大的象是天地，最大的變通應是春下秋冬四時的更迭。這實際上是提出，我們視察事物應該有兩種相交叉：空間的——天地（自然、社會）；時間的——四時（歷史）。[63]

既然「變化」是時、空交叉的，而章法又離不開時空，所以這種「變化」的觀點，用於章法，不但可以解釋章法或結構單元之「移位」（齊一、

62　《美學新編》，頁 76。
63　陳望衡：《中國古典美學史》（長沙市：湖南教育出版社，1998 年 8 月一版一刷），頁 188。

反復）與「轉位」（往復）與時空交叉之關係，也可以和人之心理緊密地接軌。陳望道在其《美學概論》中說：

> 人類心理卻都愛好富於變化的刺激，大抵喚取意識須變化，保持意識的覺醒狀態也是需要變化的。若刺激過於齊一無變化，意識對它便將有了滯鈍、停息的傾向。在意識的這一根本性質上，反復的形式實有顯然的弱點。反復到底不外是同一（縱非嚴格的同一，也是異常的近似）狀態之齊一地刺激著我們的事。反復過度，意識對於本刺激也便逐漸滯鈍停息起來，移向那有變化有起伏的別一刺激去的趨勢。[64]

而「變化」是會形成較複雜之「節奏」（韻律）的，歐陽周、顧建華、宋凡聖等在其《美學新編》中就針對由「變化」所引生的「節奏」，加以解釋說：

> 節奏是一種連續的合規律的週期性變化的運動形式。郭沫若說：「把心臟的鼓動和肺臟的呼吸，認為節奏的起源，我覺得很鞭辟近裡了。」是有道理的。世界上沒有一樣事物是沒有節奏的：日出日沒，月圓月缺，寒往暑來，四時代序，這是時間變化上的節奏；日作夜眠，起居有序，有勞有逸，這是人們日常生活上的節奏；人體的呼吸、脈搏、情緒乃至思維，都像生物鐘一樣，是一種有節奏的生命過程。當外在環境的節奏與人的機體的律動相協調時，人的生理就會感到快適，並引起心理上的喜悅。[65]

---

64 《美學概論》，頁 63-64。
65 《美學新編》，頁 78-79。

可見時空或生活變化，甚至生命過程，都會引起「節奏」（韻律），與人之生理律動相協調，產生「心理上的喜悅」。而這種由「變化」、「節奏」（韻律）所引起的「心理上的喜悅」，說的正是美感效果。

　　由上述可知，章法之「多樣」美，是由其結構之「秩序」（順或逆）與「變化」（順與逆），引生時間或空間性之節奏或韻律而呈現的。

（二）調和與對比之美

　　所謂的「調和」與「對比」，是就「多、二、一（0）」結構中的「二」來說的。而所謂的「二」，是「陰柔」（「調和」）與「陽剛」（「對比」）。由於事事物物，都可形成「二元對待」，而分陰分陽。因此陰陽可說是層層對待，且一直互動、循環的。就以章法單元或結構單元而言，除了本身自成陰陽之外，又可以其他結構形成「二元對待」，而形成另一層陰陽。其中屬於移位的，即呈陰性，成為調和性節奏（韻律），而造成陰柔之美；屬於轉位的，則呈陽性，成為對比性節奏（韻律），而造成陽剛之美。陳望道於其《美學概論》裡說：

> 兩個極相接近的東西並列在一處，其間相差很微，便多成為調和（Harmony）的形式。兩個極不相同的東西並列在一處，其間相去很遠，便多成為對比（Contrast）的形式。例如從正黑色，漸次淡薄到正白色的一列中，取正黑色和其次的但黑色相並列時就是調和；取兩端的黑白兩色相並列時就是對比。……凡是調和的兩件東西，總是互相類似的，並無甚麼觸目的變化。所以接觸到它時，也就每每覺得它有融洽、優美、鎮靜、深沉等情趣。……對比的形式，因為變化極明顯，每每帶有華美、鮮活、健強及闊

達等情趣，與調和所隨有的情調，差不多相反。[66]

他用顏色為例來說明，很能凸顯「調和」與「對比」的不同，而由此所引生的「情趣」，又以「融洽、優美、鎮靜、深沉」與「華美、鮮活、健強及闊達」加以區別，也很能分出「陰柔之美」與「陽剛之美」之差異來。而歐陽周、顧建華、宋凡聖等在其《美學新編》中，也對這種「調和」與「對比」因素之造成及其所引生之美，提出如下說明：

> 對比，指的是具有顯著差異的形式因素的對立統一。如色彩的濃與淡、冷與暖，光線的明與暗，線條的粗和細、直與曲，體積的大與小，體量的重與輕，聲音的長與短、強與弱等，有規則地組合排列，就會相互對照、比較，形成變化，又相互映襯、協調一致。這種對立因素的統一，可收到相反相成、相得益彰的效果。色彩學上的對比色就是這個道理。如紅與綠互為補色，可產生強烈的色對比和反差。「桃紅柳綠」、「紅花綠葉」、「紅肥綠瘦」、「萬綠叢中一點紅」等，使人感到特別鮮明、醒目，富有動感。所以民間有俗話說：「紅配綠，花簇簇」，「紅間綠，看不足」。由對立因素的統一造成的形式美，一般屬於陽剛之美。調和，指的是沒有顯著差異的形式因素之間的對立統一。它只有量的區別，是一種漸變的協調，並不構成強烈的對比。如果說，對比是差異中趨向於「異」，那麼，調和則是在差異中趨向於「同」。以色彩為例，紅與橙、橙與黃、黃與綠、綠與藍、藍與青、青與紫、紫與紅，都是相似色，在同一色中又有濃淡、深淺的層次變化，如綠有深綠、淺綠、暗綠、墨綠、嫩綠、翠綠、碧綠等。這

---

66 《美學概論》，頁 70-72。

種相似或相近的顏色相互配合協調，在變化中保持大體一致，就
會給人一種融和、寧靜的感覺。……由非對立因素的統一造成的
形式美，一般屬於陰柔美。[67]

這種「調和」與「對比」之形成，是可以另用「襯托」的一種創作技法
來作解釋的，董小玉說：

> 襯托，原係中國繪畫的一種技法，它是只用墨或淡彩在物象的外
> 廓進行渲染，使其明顯、突出。這種技法運用於文學創作，則是
> 指從側面著意描繪或烘托，用一種事物襯托另一種事物，使所要
> 表現的主體在互相映照下，更加生動、鮮明。襯托之所以成為文
> 學創作中一種重要的表現手法，是由於生活中多種事物都是互為
> 襯托而存在的，作為真實地表現生活的文學，也就不能孤立地進
> 行描寫，而必然要在襯托中加以表現。[68]

既然「生活中多種事物都是互為襯托而存在」，而「襯托」的主客雙方，
所呈現的就是「陰陽二元對待」的現象。這種現象，形成「調和」的，
相當於襯托中的「正襯」與「墊襯」；而形成「對比」的，則相當於襯
托中的「反襯」。對於「正襯」、「墊襯」與「反襯」，董小玉解釋說：

> 襯托可以分為正襯、反襯和墊襯。正襯，是只用相同性質的事物
> 來互相襯托，使之更加生動，更富感染力。也可以說是用美好的
> 景物來襯托歡樂的感情，用淒苦的景物來襯托悲哀的感情。……

67　《美學新編》，頁 81。
68　董小玉：《文學創作與審美心理》（成都市：四川教育出版社，1992 年 12 月一版一
　　刷），頁 338。

反襯，是指用對立性質的客體事物來襯托主體，達到服務主體的目的。即用淒苦的景物來襯托歡樂的感情，用美好的景物來襯托悲哀的感情。……襯墊，又叫鋪墊，它是指為主要情節和故事高潮的到來，從各個方面、各個角度所作的準備。它的作用在於「托」或「墊」。[69]

這樣，無論是「正襯」、「墊襯」或「反襯」，亦及無論是「調和」或「對比」，都可以形成「美」，而對「多」（多樣）或「一（0）」（統一），更有結合的作用，在顯示出「多」（多樣）與「一（0）」（統一）之「美」時，充當必要的橋樑。所以歐陽周等《美學新編》說：

對比是強調相同形式因素中強烈的對照和映襯，從而更鮮明地突出自己的特點；調和是尋求相同形式因素中不同程度的共性，以達到治亂、治雜、治散的目的。無論是對比還是調和，其本身都要求在統一中有變化，在變化中求統一，把兩者巧妙地結合在一起，就能顯示出多樣與統一的美來。[70]

他們不但把事物「調和」與「對比」之 差異與各自所造成的美感，都說明得很清楚，也把「調和」一般屬於「陰柔美」、「對比」一般屬於「陽剛美」的不同，明白地指出來[71]，有助於了解節奏與韻律所以產生「陰柔美」與「陽剛美」的一般原因。

---

69 《文學創作與審美心理》，頁 339-341。
70 《美學新編》，頁 81。
71 仇小屏：《古典詩詞時空設計美學》（臺北市：文津出版社，200211 月一版一刷），頁 330-332。

（三）統一與和諧之美

　　所謂的「統一」與「和諧」，是就「多、二、一（0）」結構中的「一（0）」來說的。而所謂的「一（0）」，籠統地說，就是「統一」，也可說是「和諧」。這是統括「多」與「二」所獲致的結果，如就章法來說，則是聯結在時、空結構中，由「反復」（秩序）與「往復」（變化）所引起之「節奏」、「調和」與「對比」所呈顯之「剛柔」（陰陽），以串成整體「韻律」、突出情理（主旨）、形成風格、氣象，而達於「和諧」的一個境界。而這種「統一」或「和諧」，可以從「形式原理」方面來探討。陳望道在其《美學概論》裡說：

　　　　所謂形式原理，就是繁多的統一。我們對於美的形式，雖不一定其如此如彼，只是四分五裂、雜亂無章，總覺得是與審美的心情不合的。所以第一，「統一」實為對象所不可不具的一個要質。而且它所統一的又該不只是簡單的一、二個要素。如只是一、二個要素，則統一固易成就，卻頗不免使人覺得單調。所以第二，繁多又為對象所不可不具的一個要質。我們覺得美的對象最好一面有著鮮明的統一，同時構成它的要素又是異常的繁多。卻又不是甚麼統一與否定了統一的繁多相並列，而是統一即現在繁多的要素之中的。如此，則所謂有機的統一就成立。能夠「統一為繁多的統一，而繁多又為統一的分化」。既沒有統一的流弊的單調板滯，也沒有繁多的流弊的厭煩與雜亂。所以古來所公認的形式原理，就是所謂繁多的統一（Unity in Variety），或譯為多樣的統一，亦稱變化的統一。[72]

---

[72] 《美學概論》，頁 77-78。

所謂「統一為繁多的統一，而繁多又為統一的分化」，將「多」與「一（0）」不可分的關係，說得很明白。而這「多」與「一（0）」，是要徹下徹上的「二」來作橋樑的。對這「多樣的統一」，歐陽周、顧建華、宋凡聖等在其《美學新編》裡，也加以闡釋說：

> 所謂統一，是指各個部分在形式上的某些共同特徵以及它們之間的某種關聯、呼應、襯托、協調的關係，也就是說，各個部分都要服從整體的要求，為整體的和諧、一致服務。有多樣而無統一，就會使人感到支離破碎、雜亂無章、缺乏整體感；有統一而無多樣，又會使人感到刻板、單調和乏味，美感也難以持久。而在多樣與統一中，同中有異，異中求同，寓「多」於「一」，「一」中見「多」，雜而不越，違而不犯；既不為「一」而排斥「多」，也不為「多」而捨棄「一」；而是把兩個對立方面有機結合起來，這樣從多樣中求統一，從統一中見多樣，追求「不齊之齊」、「無秩序之秩序」，就能造成高度的形式美。……多樣與統一，一般表現為兩種基本型態：一是對比，二是調和。……無論對比還是調和，其本身都要要求在統一中有變化，在變化中求統一，把兩者巧妙地結合在一起，就能顯示出多樣與統一的美來。[73]

可見「一（0）」與「多」也形成了「二元對待」，有機地結合在一起。也就是說，「統一」與「和諧」（「一（0）」）之美，需要奠基在「秩序」與「變化」（「多」）之上；而「秩序」與「變化」（「多」）之美，也必須仰仗「統一」與「和諧」（「一（0）」）來整合。在此，最值得注意的是，歐陽周他們特將這種屬於「二元對待」的「調和」（陰）與「對

---

73 《美學新編》，頁 80-81。

比」（陽），結合「多」（秩序與變化）與「一（0）」（統一與和諧）作說明，凸顯出「二」（「調和」（陰）與「對比」（陽））徹下徹上的居間作用。這對章法「多、二、一（0）」結構及其節奏、韻律所產生美感方面的認識而言，有相當大的幫助。

而這個「一」中的（0），簡單地說，在辭章中指的是風格、韻律、氣象、境界等辭章之抽象力量。這些抽象力量，是與「剛」（對比）、「柔」（調和）息息相關的。就以風格而言，即可用「「剛」（對比）、「柔」（調和）」來概括。關於這點，姚鼐在其〈復魯絜非書〉中就已提出，大致是「姚鼐把各種不同風格的稱謂，作了高度的概括，概括為陽剛、陰柔兩大類。像雄渾、勁健、豪放、壯麗等都可歸入陽剛類；含蓄、委曲，淡雅、高遠、飄逸等都可歸入陰柔類。就這兩類看，認為『為文者之性情形狀舉以殊焉』」，性情指作者的性格，跟陽剛、陰柔有關；形狀指作品的文辭，跟陽剛、陰柔有關。又指出這兩者『糅而氣有多寡進絀』，即陽剛和陰柔可以混雜，在混雜中，陰陽之氣可以有的多有的少，有的消，有的長，這就造成風格的各種變化」[74]。據此，則陽剛（對比）和陰柔（調和），不但與風格有關，而為各種風格之母；也一樣與作者性情與作品文辭有關，而為韻律、氣象、境界等的主要決定因素。

對這種道理，吳功正在其《中國文學美學》裡，以美學的觀點，從「陰陽」這一範疇切入說：

> 由一個最簡括的範疇方式：陰陽，繁孳衍化出眾多的美學範疇：
> 言與意、情與景、文與質、濃與淡、奇與正、虛與實、真與假、

---

74 周振甫：《文學風格例話》（上海市：上海教育出版社，1989 年 7 月一版一刷），頁13。

巧與拙等等，顯示出中國美學的一個顯著特徵：擴散型；又顯示出中國美學的另一個顯著特徵：本源不變性。這兩個特徵的組合，便顯示出中國美學在機制上的特性。如劉勰的《文心雕龍》就以此作為理論的結構框架。關於審美的主客體關係，劉勰認為，心（主體）「隨物以宛轉」，物（客體）「與心而徘徊」。關於情與物的關係：「情以物興，故義必明雅；物以情觀，故詞必巧麗」。其他關於文質、情文、通變等範疇和問題，也都是兩兩對舉，都有著陰陽二元的基本因子的構成模式。[75]

在此，他提出了兩個重要觀點：一是指出心（情）與物、文與質、情與文、通與變等等範疇，都與「陰陽二元」有關。二為「陰陽二元」的特徵，既是「擴散」（徹下）的，也是「本源不變」（徹上）的。也正由於「陰陽二元」，是諸多範疇構成的基本因子，有著擴散（徹下）、本源不變（徹上）的特徵，所以既能繁衍為「多」，也能歸本於「一（0）」。由此可知，陽剛（對比）和陰柔（調和）之重要，因而也凸顯了「二」（陽剛、陰柔）在「多」、「一（0）」之間不可或缺的地位。章法結構來說是如此，而它所造成的節奏與韻律也是如此。

這樣看來，這（0）之美，是統合了「多」、「二」、「一」所形成的；而「多」、「二」、「一」之美，則依歸了（0）而呈現的，這就說明了此種「多、二、一（0）」結構美與節奏、韻律美之一體性。

經由上述，可以看出「多、二、一（0）」結構的基本性，它不但是屬於哲學、美學的，也是屬於文學的。而落於辭章的章法上，則既適用於解釋章法之四大律：「秩序」（移位）與「變化」（轉位）為「多」（結

---

75 吳功正：《中國文學美學》下卷（南京市：江蘇教育出版社，2001 年 9 月一版一刷），頁 785-786。

構與節奏)、「聯貫」(由剛柔形成調和與對比,以徹下徹上)為「二」、
「統一」(主旨與韻律、風格、氣象、境界等)為「一(0)」;而就章
法及其結構,甚至於節奏與韻律而言,由於它們是一律由「二元對待」
所形成的,非屬於「調和」(陰柔),即屬於「對比」(陽剛),既徹下
亦徹上,是為「二」,而由此可藉以尋得核心結構,形成關鍵性之
「二」,居於既能收束又能發散的地位,在其他各輔助結構的支持下,
一面可徹下以統合「多」(結構與節奏),一面又可徹上以歸根於「一
(0)」(主旨、韻律與風格等),發揮徹上徹下之樞紐功用,所以也一
樣適用而無所牴觸。這些都可從所舉散文或詩詞諸多「多、二、一(0)」
結構的例子中,獲得充分之證明,可藉以看出由章法結構所形成節奏與
韻律之梗概;這對章法學之研究[76]是有推擴作用的。此外,由此探原尋
委,捨「異」求「同」,特用此根源性之「多、二、一(0)」的結構加
以貫串,嘗試著將哲學、美學、文學等冶為一爐,以見「天下一致而百
慮,殊塗而同歸」(《周易‧繫辭下》)的道理,就是希望能藉此拋磚
引玉,為文學領域的研究,在現象的探討之外,開拓更廣大的空間。

---

76 鄭韶風:「陳滿銘教授及其研究生仇小屏、夏薇薇、陳佳君、黃淑貞等為主幹,推出
　了漢語辭章章法學的論著;開了『章法』論的專門辭章學先河。此類論著,從其研
　究的深度與廣度、科學性與實用性來講,雖非『絕後』,實屬『空前』。」見〈漢語
　辭章學研究四十年述評〉,《國文天地》17卷2期(2001年7月),頁96。又鄭頤壽:
　「臺灣建立了「辭章章法學」的新學科,成果豐碩,代表作是臺灣師大博士生導師陳
　滿銘教授的《章法學新裁》(以下簡稱「新裁」)及其高足仇小屏、陳佳君等的一系
　列著作。……臺灣的辭章章法學體系完整、科學,已經具備成『學』的資格。它研
　究成果豐碩,已經『集樹而成林了』;培養鍛鍊了研究的『生力軍』,學術梯隊後勁
　很大;研究計畫宏偉,且具可操作性。」見〈中華文化沃土,辭章學圃奇葩──讀陳
　滿銘《章法學新裁》及其相關著作〉,《海峽兩岸中華傳統文化與現代化研討會文集》
　(蘇州市:「海峽兩岸中華傳統文化與現代化研討會」,2002年5月),頁131-139。

第三節　章法多二一 0 結構與真、善、美

　　「章法結構」奠基於「多」、「二」、「一（0）」螺旋結構上，而這種「多」、「二」、「一（0）」螺旋結構，乃先賢探尋宇宙創生、含容萬物的規律，由「有象而無象」，再由「無象而有象」，往復研討所得到的智慧結晶。它如果對應於「真」、「善」、「美」來看，則「一（0）」為「真」、「二」的規律作用與過程為「善」、「多」為「美」。本文即著眼於此，特地鎖定「章法結構」與「真、善、美」，由融合《周易》與《老子》思想為一而特別凸顯「中和」之美的《中庸》切入，藉其「多」、「二」、「一（0）」螺旋結構，來探討兩者對應之情形，以見兩者一而二、二而一的密切關係。

　　而「多」、「二」、「一（0）」螺旋結構，是可從《周易》（含《易傳》）與《老子》等古籍中去考察其究竟的。它不但可由「有象」而「無象」，找出「多、二、一（0）」之逆向結構；也可由「無象」而「有象」，尋得「（0）一、二、多」之順向結構；並且透過《老子》「反者道之動」（四十章）、「凡物芸芸，各復歸其根」（十六章）與《周易·序卦》「既濟」而「未濟」之說，將順、逆向結構不僅前後連接在一起，更形成互動、循環、提升不已的螺旋結構，以反映宇宙人生生生不息之基本規律[77]。而這種規律，是落可到「章法結構」上，對應於「真、善、美」加以檢

77 陳滿銘：〈論「多」、「二」、「一（0）」的螺旋結構——以《周易》與《老子》為考察重心〉，臺灣師大《師大學報·人文與社會類》48 卷 1 期（2003 年 7 月），頁 1-20。而此「螺旋」一詞，本用於教育課程之理論上，早在十七世紀，即由捷克教育家夸美紐思所提出，乃「根據不同年齡階段（或年級），遵循由淺入深，由簡單到複雜，由具體而抽象的順序，用循環、往復螺旋式提高的方法排列德育內容。螺旋式亦稱圓周式」，見《簡明國際教育百科全書》（北京市：新華書局北京發行所，1991 年 6 月一版一刷），頁 611。又，相對於人文，科技界亦發現生命之「基因」和「DNA」等都呈現雙螺旋結構。參見約翰·格里賓著、方玉珍等譯：《雙螺旋探密——量子物理學與生命》（上海市：上海科技教育出版社，2001 年 7 月），頁 271-318。

驗的。因此本節即從融合《周易》與《老子》思想為一，而特別凸顯「中
和」之美的《中庸》切入，鎖定「多」、「二」、「一（0）」螺旋結構作
考察，以見兩者密切之對應關係，從而證明這種螺旋結構之原始性與普
遍性。

一　章法多二一 0 螺旋結構與真、善、美之對應理論

　　「真」、「善」、「美」三者之關係，一直以來都認為是「美與真、
善既有聯繫又有區別」的。歐陽周、顧建華、宋凡聖等在《美學新編》
中即指出：

> 真是美的源頭和基礎，美以真為內容要素。……善是美的靈魂，
> 美以善為內涵和目的。……雖然真是美的基礎，善是美的靈魂，
> 但不能因而主觀地以為真的、善的就一定是美。這是因為真、
> 善、美分屬於不同的範疇，標誌著不同價值：真屬於哲學的範
> 疇，是人們在認識領域內衡量是與非的尺度，具有認知的價值；
> 善屬於倫理學的範疇，是人們在道德領域內辨別好與壞的尺度，
> 具有實用價值；美屬於美學的範疇，是人們在審美領域內觀照對
> 象並在情感上判斷愛與憎的尺度，具有審美的價值。[78]

而在西洋的早期，是將「善」置於「真」之上，當作「神」或「上帝」
來看待，是帶有神秘色彩的；後來「形式論」興起，才認為美和善一
樣，都是建立在「真實的形式上面」，而把「善」放在「真」之下，從
倫理學的層面加以把握[79]。這樣一來，就像歐陽周、顧建華、宋凡聖他

78　《美學新編》，頁 52-54。
79　陳滿銘：〈「真、善、美」螺旋結構論——以章法「多」、「二」、「一（0）」螺旋結
　　構作對應考察〉，《閩江學院學報》總 89 期（2005 年 6 月），頁 96-101。

們所說的：

> 所謂真，指的世人們對客觀存在著的事物及其運動、變化、發展
> 的規律性的正確認識。也就是說，一切事物的存在及其運動、變
> 化、發展的內在聯繫和規律性是不依人的意志為轉移的外部現實
> 世界。這裡所講的「規律性」，既包括自然界發展的規律，也包
> 括人類社會發展的規律。……所謂善，指的是人類在社會實踐活
> 動中所追求的有利、有益、有用的功利價值。凡是在實踐中符合
> 人的功利目的的東西就是善；反之就是不善甚至是惡。[80]

如今對「真」和「善」的認識，大致是如此，而這樣的認識，和「多」、
「二」、「一（0）」螺旋結構是有些接不上頭的。因此需要作一些「求同」
面的調整：

先以「真」來說，要等同於「一（0）」，就必須追溯到宇宙創生、
含容萬物之原動力來觀察，而這種原動力，由「未形」而「已形之始」，
為「一（0）」，其中之「（0）」，就和「至誠」（誠）或「無」有關[81]。
朱熹注《中庸》，對所謂「至誠」，雖沒有直接解釋，但在《中庸》二
十四章（（依朱熹《章句》），下併同）「至誠如神」下卻以「誠之至極」
來釋「至誠」，意即「誠之極致」。而單一個「誠」，則在十六章「誠之
不可揜如此夫」下注云：

> 誠者，真實無妄之謂。[82]

80　《美學新編》，頁 52。

81　陳滿銘：〈《中庸》「多」、「二」、「一（0）」螺旋結構論〉，《第三屆中國經學國際學
　　術研討會論文集》（臺北市：洪葉文化事業有限公司，2003 年 11 月），頁 214-265。

82　朱熹：《四書集注》（臺北市：學海出版社，1984 年 9 月初版），頁 31。

這個注釋，受到眾多學者的注意與肯定。如果稍加尋繹，便可發現這與
《老子》與《周易》脫不了關係。《老子》第二十二章說：

> 道之為物，惟恍惟惚。惚兮恍兮，其中有象。恍兮惚兮，其中有
> 物。窈兮冥兮，其中又精。其精甚真，其中有信。

此所謂「真」、「信」，即「真實」，因為《說文》就說：「信，實也」。
而此「真實」，指的就是《老子》「無，名天地之始」（一章）、「有生於
無」（四十章）之「無」[83]，亦即「無極」。馮有蘭說：

> 「恍」、「惚」言其非具體之有；「有象」、「有物」、「有精」，言
> 其非等於零之無。第十四章「無狀之狀，無物之象」，王弼注
> 云：「欲言無耶，而物由以成；欲言有耶，而不見其形」，即此
> 意。[84]

因此朱熹以「真實」釋「誠」，該與老子「無」之說有關，而且加上「無
妄」兩字，取義於《周易・無妄》，表示這種「真實而不是虛無（零）」
的特性；看來是該有周敦頤「太極本無極」之義理邏輯在內的。這樣，
「至誠」也因此可看作是「先天地而自生的道體」[85] 了。《中庸》第
二十六章：

---

83 宗白華即引《老子》二十一章云：「道是無名，素樸，混沌。這個先天地而自生的道
　體，它本身雖是具體的，然尚未形成任何有形的事物，所以不能有名字。它是素樸
　混沌，不可視聽與感觸。正是『道常無名樸』（三十二章）。」見《宗白華全集》2（合
　肥市：安徽教育出版社，1996 年 9 月一版二刷），頁 810。
84 馮有蘭：《馮有蘭選集》上卷（北京市：北京大學出版社，2000 年 7 月一版一刷），
　頁 85。
85 《宗白華全集》2，頁 810。

故至誠（「0」）無息，不息則久，久則微（「一」），微則悠遠，悠遠則博厚，博厚則高明。博厚，所以載物也；高明，所以覆物也（「二」）；悠久，所以成物也（「多」）。

這段文字指出：「至誠」作用不已，先經過「久」的時間歷程，而有所徵驗，成為「（0）一」。再由時間帶出空間，經過「悠遠」的時空歷程，終於形成「博厚」之「地」與「高明」之「天」。而此「天」為「乾元」、「地」為「坤元」，前者指陽氣之始，是「一種剛健的創生功能」；後者指陰氣之始，為「一種柔順的含容功能」，而萬物就在這兩種功能之作用下規律地生成、變化；此為「二」。如此先由「乾元」創生，再由「坤元」含容，萬物就不斷地依循規律，盡其本性而實現、完成自我，以趨於和諧之境界，這就是所謂的「悠久所以成物」，為「多」。可見這段文字所呈現的，就是「『（0）一』（元）、『二』（乾、坤）、『多』（萬物）」的過程[86]，這和《周易》與《老子》的「（0）一、二、多」的順向結構，是兩相疊合的。

　　因此，「真」歸本到這個層面來說，就是「太極」（本無極）、「道生一」、「至誠無息，不息則久，久則徵」，即「（0）一」。換句話說，就是形成宇宙人生規律的源頭力量。

　　再以「善」來說，說得簡單一點，就是「規律」。《周易·說卦傳》說：「立天之道，曰陰與陽；立地之道，曰剛與柔；立人之道，曰仁與義；兼三才而兩之。」而這所謂「兼三才而兩之」的「陰陽」、「剛柔」、「仁義」，就是萬事萬物形成「規律」發展、變化之憑據。因此，人生的規律（禮），是對應於自然（天地）的規律（理）的。易言之，無論人生或自然的種種，只要在「至誠無息」的作用下，發揮「剛健」與「柔

---

[86] 〈《中庸》「多」、「二」、「一（0）」螺旋結構論〉，頁 227-238。

順」兩種最基本之創生、含容功能，必能依循「規律」發展、變化，而合乎人情（禮）天理（理），達於「善」的要求。《中庸》第二十六章說：

> 天地之道，可一言而盡也：其為物不貳，則其生物不測。天地之道，博也，厚也，高也，明也，悠也，久也。今夫天，斯昭昭之多，及其無窮也，日月星辰繫焉，萬物覆焉；今夫地，一撮土之多，及其廣厚，戴華嶽而不重，振河海而不洩，萬物載焉；今夫山，一卷石之多，及其廣大，草木生之，禽獸居之，寶藏興焉；今夫水，一勺之多，及其不測，黿鼉蛟龍魚鱉生焉，貨財殖焉。

在這段話裡，《中庸》的作者首先告訴我們：天地之道是可以用一句話來概括的，那就是「其為物不貳，則其生物不測」，這所謂的「為物」，猶言「為體」，指的是天地「運行化育之本體」[87]；而「不貳」，義同「無息」、「不已」，乃「誠」的作用[88]。這是《中庸》的作者透過「內在的遙契」、「通過有象者以證無象」所獲致的結果[89]。了解了這點，那就無

---

[87] 王船山：「其為物，物字，猶言其體，乃以運行化育之本體，既有體，則可名之曰物。」見《讀四書大全說》卷三（臺北市：河洛圖書出版社，1974 年 5 月），頁 96。

[88] 王船山：「無息也，不貳也，也已也，其義一也。章句云：『誠故不息』，明以不息代不貳。蔡節齋為引申之，尤極分曉；陳氏不察，乃混不貳與誠為一，而以一與不貳作對，則甚矣其惑也。」見《讀四書大全說》卷三，頁 312。

[89] 牟宗三在〈由仁、智、聖遙契性、天之雙重意義〉一文中，曾引《中庸》「肫肫其仁」一章，對「內在的遙契」做過如下之說明：「內在的遙契，不是把天命、天道推遠，而是一方把它收進來做為自己的性，一方又把它轉化而為形上的實體，這種思想，是自然地發展而來的。……首先《中庸》對於『至誠』之人做了一個生動美妙的描繪。『肫肫』是誠懇篤實之貌。至誠的人有誠意，有『肫肫』的樣子，便可有如淵的深度，而且有深度才可有廣度。如此，天下至誠者的生命，外表看來既是誠篤，而且有如淵之深的深度，有如天浩大的廣度。生命如此篤實深廣，自然可與天打成一片，洋然無間了。如果生命不能保持聰明聖智，而上達天德的境界，又豈能與天打成一片，從而了解天道化育的道理呢？當然，能夠至誠以上達天德，便是聖人了。」見《中國哲學的特質》（臺北市：學生書局，1976 年 10 月四版），頁 35。又，唐君

怪他在說明了天道之「為物不貳」後，要接著用聖人「至誠無息」之外驗來上貫於天地，而直接說「博厚」、「高明」、「悠久」就是「天地之道」，以生發下文了。很明顯地，這所謂「高明」指的就是下文「日月星辰繫焉，萬物覆焉」的天德；所謂「博厚」，總括來說，指的就是「載華嶽而不重（山），振河海而不洩（水），萬物載焉（山和水）的地德；分開來說，指的乃是「草木生之，禽獸居之，寶藏興焉」的山德與「黿鼉蛟龍魚鱉生焉，貨財殖焉」的水德；而「悠久」，指的則是天光及於「無窮」（高明）、地土及於「博厚、山石及於「廣大」、水量及於「不測」（博厚）的時、空歷程。《中庸》的作者透過此種天的「高明」與「地」（包括山、水）的「博厚」，經由「悠久」一路追溯上去，到了時、空的源頭，便尋得「斯昭昭」、「一撮土」、「一卷石」、「一勺水」等天地的初體，以致終於洞悟出天地會由最初的「昭昭」或「一」而「多」而「無窮」、「不測」，以至於「博厚」、「高明」，即是至誠在無息地作用所形成的規律性「外驗」，也就是「生物不測」的結果。

　　由於《中庸》所說「博厚，所以載物也；高明，所以覆物也；悠久，所以成物也。博厚配地，高明配天，悠久無疆」這幾句話，和《周易》「乾元」、「坤元」的道理是相通的。因此在這裡把「天」（陽）、「地」（陰），對應於「（0）一、二、多」的結構，看成是「二」（陰陽），該是不會太牽強的。既然「天地」可視為「二」，而它們是「為物不貳」的，所以能「無息」地發揮「剛健」與「柔順」兩種最基本之創生、含容功能，以創生、含容萬物，經過「悠久」之時空歷程，所謂「不見而

毅：「中國先哲，初唯由『人之用物，而物在人前亦呈其功用』、『物之感人、而人亦感物』之種種事實上，進以觀天地間之一切萬物之相互感通，相互呈其功用，以生生不已，變化無窮上，見天道與天德。而此亦即孔子之所以在川上嘆『逝者之如斯，不舍晝夜』，而以『四時行，百物生』，為天之無言之盛德也。」見《哲學概論》（上）（臺北市：學生書局，1985 年全集校訂版），頁 108-109。

章，不動而變，無為而成」，自然就達於「生物不測」的地步了。

　　然後以「美」來說，「至誠」由不息而使天地發揮「剛健」與「柔順」兩種最基本之創生、含容功能，化生萬物，形成規律，便為和諧的至善之境構築了堅實的橋樑。而這種和諧的境界，便是所謂的「中和」，也就是「美」。《中庸》首章說：

> 中也者，天下之大本也；和也者，天下之達道也。

這所謂的「中和」，本來是指人的性情而言的，因為在這一節話之前，《中庸》的作者即已先為此二字下了定義說：「喜怒哀樂之未發，謂之中；發而皆中節，謂之和」，對這幾句話，朱熹曾作如下解釋：

> 喜怒哀樂，情也；其未發，則性也，無所偏倚，故謂之中。發而皆中節，情之正也；無所乖戾，故謂之和。[90]

可見「中」是以性言，屬「陰」；而「和」則以情言，屬「陽」。指的乃「無所偏倚」和「無所乖戾」的心理狀態，亦即至誠的一種存在與表現。很明顯地，先作了這番說明之後，《中庸》的作者才好接著就「性」說「中」是「天下之大本」、就「情」說「和」是「天下之達道」。這「大本」和「大道」的意義，照朱熹的解釋是：

> 大本者，天命之性、天下之理皆由此出，道之體也；達道者，循性之謂，天下古今之所共由，道之用也。[91]

---

90 《四書集注》，頁 21。
91 同前註，頁 22。

「大本」既是天命之性、天下之理之所從出，而「大道」則為天下古今
之所共由，那麼，一個人若能透過至誠之性（仁與智）的發揮，而達到
這種是屬「大本」和「大道」的中和狀態，則所謂「天地萬物，本吾一
體，吾之心正（中），則天地之心亦正矣；吾之氣順（和），則天地之
氣亦順矣」[92]，不僅可藉「仁」之性以成己（盡其性、盡人之性），造
就孝、悌、敬、信、慈等德行，以純化人倫社會；也可藉「智」之性以
成物（盡物之性），使「萬物並育而不相害」（《中庸》第三十章），以
改善物質環境[93]。於是《中庸》的作者便又接著說：「致中和，天地位
焉，萬物育焉」，這三句話，從其涵義來看，顯然與《中庸》「誠者非
自成己而已」（二十五章）、「唯天下至誠，為能盡其性」（第二十二章）
的兩段話，是彼此相通的，因為誠能盡性，則必然可以「致中和」，所
以我們可以把這兩段話說成：

　　誠者，非自致其中和而已也，所以致物之中和也。

和

　　唯天下至誠，為能致其中和；能致其中和，則能致人之中和；能
　　致人之中和，則能致物之中和；能致物之中和，則可以贊天地之
　　中和；可以贊天地之中和，則可以與天地參矣。

這樣，意思是一點也不變的。而這所謂「中和」，若換個角度說，就是
「和諧」，就是「美」。而有此「誠」（真）的動力，則所謂「人類在社

92 同前注。
93 陳滿銘：〈《中庸》的思想體系〉上、下，《國文天地》12 卷 8、9 期（1997 年 1、2
　月），頁 11-17、14-20。

會實踐活動中所追求的有利、有益、有用的功利價值」，才能因時因地
作靈活的調整，以適應實際的需要，做到「善」，進而臻於「贊天地之
中和」的和諧，亦即「至美」之境界。

　　由此看來，「真」、「善」、「美」與「多」、「二」、「一（0）」之螺
旋結構，可製成下圖，以表示其對應關係：

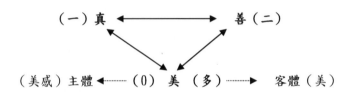

這種螺旋結構，如落在辭章上來看，則：

（一）創作（順向——寫）：

　　　美感（0）→真（一）→善（二）→美（多）

（二）鑑賞（逆向——讀）：

　　　美（多）→善（二）→真（一）→美感（0）

　　從創作（寫）面看，所呈現的是由「意」下貫到「象」的過程；從
鑑賞（讀）面看，所呈現的是由「象」回溯到「意」的過程[94]。這種流
動性的雙向過程，無論是創作或鑑賞，都是經互動、循環而提升的作
用，而形成「意→象→意」或「象→意→象」的螺旋關係的。

---

94 陳滿銘：〈論章法結構與意象系統——以「多」、「二」、「一（0）」螺旋結構切入作
　　考察〉，《浙江師範大學學報・社會科學版》30 卷 4 期（2005 年 8 月），頁 40-48。

　　而其中的「（0）」，在美學上，指主體之「美感」，而這主體可以指作者，也可以指讀者；在辭章上，指風格、境界等。「一」，在美學上，指「真」；在辭章上，指作者所要表達的核心情、理，即一篇「主旨」。「二」，在美學上，指「規律」，「包括自然界發展的規律，也包括人類社會發展的規律」；在辭章章法上，指兩相對待之「陰陽二元」，一篇之核心結構與各輔助結構即由此而形成，以呈現一篇「規律」，而其中居於徹下徹上的關鍵性地位的，即核心結構[95]。「多」，在美學上，指客體之「美」；在辭章章法上，指由「陰陽二元對待」所形成之各輔助結構，藉以組合各個別意象或材料。可見「真」、「善」、「美」也可形成可順可逆的螺旋結構，與哲學或辭章章法的「多」、「二」、「一（0）」之螺旋結構，是互相對應的。

　　這樣將「真、善、美」落在辭章上來認識，從大的方面來說，東西方是一致的。辭章學家鄭頤壽說：

　　　　從文藝復興到十八世紀的許多美學家、藝術家，如達·芬奇、荷加斯等，其後的柏克、費爾巴哈、車爾尼雪夫斯基直至馬克思，對「美」的本質及其與「真」、「善」的關係的認識逐步科學化了。……莎士比亞有一段關於真、善、美和辭章的關係，談得十分深刻。他說：「真、善、美，就是我全部的主題，真、善、美，變化成不同的辭章，我底創造力就花費在這種變化裡，三題合一，產生瑰麗的景象。真、善、美，過去式各不相關，現在呢，三位同座，真是空前。」[96]

95 陳滿銘：〈論章法「多、二、一（0）」的核心結構〉，臺灣師大《師大學報·人文與社會類》48卷2期（2003年12月），頁71-94。
96 鄭頤壽：《辭章學導論》（臺北市：萬卷樓圖書公司，2003年11月初版），頁500。

　　這麼說雖未涉及細微的部分，但已足以看出「真、善、美」和辭章關係之緊密了。

二　章法多二一０螺旋結構與真、善、美之對應舉隅

　　眾所周知，自來在美學上，十分強調「多樣的統一」。而這種主張，如對應於「多」、「二」、「一（０）」螺旋結構來說，則指的是「多」與「一（０）」之融合。就在此「多」與「一（０）」之間，就層次邏輯系統來看，是有「二」充當徹下徹上之媒介的。而這個「二」即「二元」，乃使形神、內外產生「對稱」，以獲得基本美感的主要動力。宗白華在其《藝術學》中說：

> 有謂節奏為生理、心理的根本感覺，因人之生理，均兩兩相對，故於對稱形體，最易感入。[97]

說的就是這個道理。也唯有藉著這個「二」的動力，才能徹下徹上，以形成完整的「多」、「二」、「一（０）」螺旋結構，以引起人的「審美注意」。李澤厚在其《美學四講》中說：

> （審美注意）長久地停留在對象的形式結構本身，並從而發展其心理功能如情感、想像的滲入活動。因之其特點就在各種心理因素傾注在、集中在對象形式本身，從而充分感受形式。線條、形狀、色彩、聲音、時間、空間、節奏、韻律、變化、平衡、統一、和諧或不和諧等形式、結構的方面，便得到了充分的「注意」。讓感覺本身充分地享受對對象形式方面的這些東西，並把

主觀方面的各種心理因素如感情、想像、意念、願望、期待等等，自覺或不自覺地投入其中。[98]

這雖然是針對造型藝術來說，卻一樣適用其他事物，甚至辭章的章法結構與規律之上。其中所謂「時間、空間、節奏、韻律」，便關涉到章法局部的「移位」與「轉位」[99]、「調和」與「對比」[100]與整體的「多」、「二」、「一（0）」結構，而「變化、平衡、統一、和諧」，則涉及到章法的四大律（秩序、變化、聯貫、統一）[101]。

　　既然事物之結構或規律，容易引起人之「審美注意」，那就必然也可容易地獲得美感效果。邱明正在其《審美心理學》中說：

在這（審美心理活動）一過程中，主體通過求同、求異性探究，把握對象審美特性，使主客體之間、主體審美心理要素之間的矛盾、差異達於和諧、統一，獲得美感；或保持主客體的差異、矛盾、對立，以確保自己審美、創造美的獨立性、自主性和獨特個性。這一過程，是一種有著內在節奏的有序運動的過程。[102]

　　經過這種「有著內在節奏的有序運動的過程」，人（主體）之對於各種結構體（客體），自然可以「獲得美感」；而辭章就是其中相當重

98　《美學四講》，頁 158-159。

99　〈論章法的移位、轉位及其美感〉，頁 98-122。

100 仇小屏：〈論章法的對比與調和之美〉，《第四屆中國修辭學國際學術研討會論文集》（臺北縣：輔仁大學，「第四屆中國修辭學國際學術研討會」，2002 年 5 月），頁 118。

101 陳滿銘：〈論辭章章法的四大律〉，《國文天地》17 卷 4 期（2001 年 9 月），頁 101-107。

102 邱明正：《審美心理學》（上海市：復旦大學出版社，1993 年 4 月一版一刷），頁 92。

要的一環。

　　因此「多」、「二」、「一（0）」之螺旋結構落於辭章上，是主要由形成篇章邏輯組織之「章法」來呈現的。而章法「多」、「二」、「一（0）」螺旋結構，如單著眼於鑑賞一面作章法之分析，則所呈現的是「多、二、一（0）」的逆向結構。這種結構相應地也可形成「美（客體）、善、真（主體－美感）」，它們的關係可呈現如下圖：

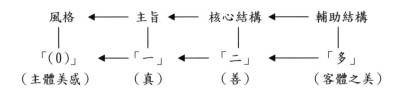

　　而這種結構很普遍地可從不同文體之作品中獲得檢驗，文如宋玉的〈對楚王問〉：

楚襄王問於宋玉曰：「先生其有遺行與？何士民眾庶不譽之甚也！」

宋玉對曰：「唯，然，有之；願大王寬其罪，使得畢其辭。客有歌於郢中者，其始曰下里巴人，國中屬而和者數千人；其為陽阿薤露，國中屬而和者數百人；其為陽春白雪，國中屬而和者，不過數十人；引商刻羽，雜以流徵，國中屬而和者，不過數人而已；是其曲彌高，其和彌寡。故鳥有鳳而魚有鯤。鳳凰上擊九千里，絕雲霓，負蒼天，足亂浮雲，翱翔乎杳冥之上；夫藩籬之鷃，豈能與之料天地之高哉？鯤魚朝發昆侖之墟，暴鬐於碣石，暮宿於孟諸，夫尺澤之鯢，豈能與之量江海之大哉？故非獨鳥有鳳而魚有鯤也，士亦有之。夫聖人瑰意琦行，超然獨處，夫世俗

　　之民，又安知臣之所為哉？」

　　此文是以「先問後答」的結構寫成的。「問」的部分，是本文的引子，主要是在提明問者、被問者及所問者的問題，以引出下面回答的部分。「答」的部分，是本文的主體，採「先點後染」之結構來安排。「點」指「宋玉對曰」一句，而「染」即「曰」的內容。這個內容，首先以「唯，然，有之」承問作了三應，然後以「願大王寬其罪，使得畢其辭」兩句話，委婉的領出所以「不譽」的正式回答來；這是「凡」的部分。而這個針對「不譽」所作的正式回答，即「目」，是以「先賓後主」的結構表出的。其中「賓」的部分，自「客有歌於郢中者」至「豈能與之量江海之大哉」止，共含三小節：第一節以曲為喻，先依和曲者人數之遞減，條分為四層來說明，形成正反對比，以得出「其曲彌高，其和彌寡」的結論，初步為「主」的部分蓄勢；為「賓一」。第二節以鳥為喻，拿鳳凰和藩籬之鷃作個比較，以得出藩籬之鷃不足以「料天地之高」的結論，也形成正反對比，進一步的為「主」的部分蓄勢；為「賓二」。第三節以魚為喻，拿鯤魚與尺澤之鯢一正一反作個比較，以得出尺澤之鯢不足以「量江海之大」的結論，又再一次的為「主」的部分蓄勢；為「賓三」。而「主」的部分，則先以「故非獨鳥有鳳而魚有鯤也，士亦有之」兩句作上下文的接榫，再承上文的鯤、鳳凰和「引商刻羽，雜以流徵」的高雅曲子帶出「夫聖人瑰意琦行，超然獨處」兩句，然後承「尺澤之鯢」、「藩籬之鷃」及「國中屬而和者數千、「數百人」等句，引出「世俗之民，又安知臣之所為哉」兩句，一樣形成正反對比，以暗示「行高由於品高，不合於俗由於俗不能知」的道理，既回答了楚王之問，也藉以罵倒了那些無知的世俗人，真是短筆短掉，其妙無比啊！林西仲說：「惟賢知賢，士民口中，如何定得人品？楚王之問，自然失當，宋玉所對，意以為不見譽之故，由於不合於俗，而所以不合之故，

又由於俗不能知，三喻中不但高自位置，且把一班俗人伎倆、見識，盡情罵殺，豈不快心！」[103] 由此看來，這篇短文之所以能獲得古今人之讚譽，並不是沒有理由的。附結構分析表如下：

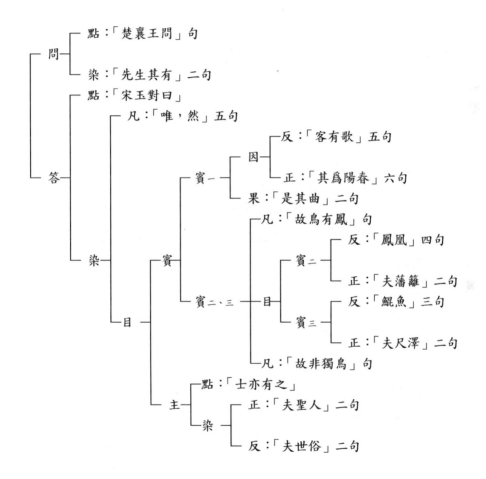

其分層簡圖如下：

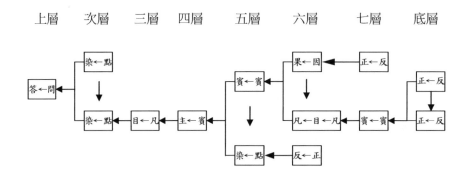

上層　　次層　　三層　　四層　　五層　　　六層　　　七層　　　底層

可見此文，一共用了「問答」、「點染」（三疊）、「凡目」（二疊）、「賓主」（一疊）、「因果」（一疊）、「並列」（二疊：賓←賓）、「正反」（四疊）等章（含）法形成結構，因其移位或轉位，而造成層層節奏，以串聯為一篇韻律。如對應於「多、二、一（0）」與「美、善、真」來看，其中「問答」（上層）、「點染」（次層）與「凡目」（三層）等所形成之結構，由於在文裡都僅作為引渡之用，因此都不能視為核心結構，只能和其他結構（含五、六、七、底層）都視為核心結構的輔助性結構，此即「多」，以呈現客體之「美」。而「先賓後主」的結構，則可以說是全文的主體所在，所以認定它是此文之核心結構，即所謂關鍵性之「二」，是最恰當的。就在此「先賓後主」的核心結構下，除用「凡目」、「點染」、「因果」等所形成之輔助結構，來統合梳理各次層結構，形成「多」之外，最令人注意的是，既以三疊「先反後正」之輔助結構來支援「賓」，又以一疊「先正後反」的結構來支援「主」，而「正反」的對比性又是極強烈的，這就使得「先賓後主」這種屬於關鍵「二」之核心結構，蘊含著毗剛之氣，藉以徹下徹上，形成一篇規律，以呈現「善」。這樣結合形象思維與邏輯思維，在「先賓後主」的調和性結構

下，由「多」而上徹於「一（0）」，來凸顯「行高由於品高，不合於俗由於俗不能知」的主旨，而將「一班俗人伎倆、見識，盡情罵殺」，以形成「柔中寓剛」之風格，是屬於「一（0）」，以呈現「真」（含主體之美感）。張大芝以為「宋玉虛設襄王的責問本身，實際上也曲折而婉轉地表露出宋玉在政治上不得意的憤懣之情」[104]，這從其結構安排上，也可以獲知初步訊息。而何伍修也說：「全文以問句開篇，又以問句結尾，章法新穎。楚王發問，綿裡藏針，意在責難，問中潛藏著幾分狡點；宋玉反問，剛柔並濟，旨在辯解，問中包含著無限慨歎，同時也流露出一種自命不凡、孤芳自賞之情。」[105] 所謂「剛柔並濟」、「包含著無限慨歎，同時也流露出一種自命不凡、孤芳自賞之情」，指出了本文「柔中寓剛」之特色。這種特色，可由其「多」、「二」、「一（0）」或「真」、「善」、「美」之結構窺探出來。

　　詩如王維的〈輞川閑居贈裴秀才迪〉詩：

　　　　寒山轉蒼翠，秋水日潺湲。倚杖柴門外，臨風聽暮蟬。渡頭餘落
　　　　日，墟里上孤煙。復值接輿醉，狂歌五柳前。

　　此詩乃作者與裴迪秀才相酬為樂之作。在一特定時空之下，作者藉自然景物與人物形象之刻畫，以寫自己閒適之情。它一面在首、頸兩聯，具體描繪了「輞川」附近的水陸秋景與暮色，勾勒出一幅有色彩、音響和動靜的和諧畫面；另一面又在頷、末兩聯，於一派悠閒之自然圖案中，很生動地嵌入了作者自己倚杖聽蟬，和裴迪狂歌而至的人事景象；

---

104 張大芝評析，見《古文鑑賞大辭典》，頁 151。
105 何伍修評析，見《古文鑑賞辭典》（南京市：江蘇文藝出版社，1987 年 11 月一版一刷），頁 176。

使兩者相映成趣，而形成了物我一體的藝術境界。附結構分析表如下：

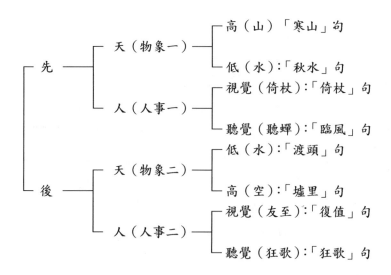

可見此詩主要以「今（後）昔（先）」、「天（物象）人（人事）」、「遠近」、「高低」與「知覺（視、聽）轉換」等章法，形成其移位結構，以「調和」全詩。其中除「今昔」之外，又將「天人」、「高低」、「知覺轉換」組成雙疊的形式，以增添其節奏流轉之美；尤其是天與人對照，將空間拓大，又擴展了氣象；這些都強化了作者閒逸之趣。其分層簡圖如下：

上層　　　　　次層　　　　　底層

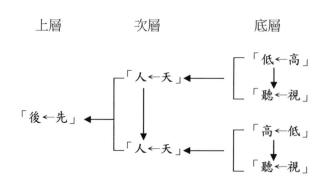

　　這些，如對應於「多、二、一（0）」與「美、善、真」來看，則此詩以「遠近」、「高低」（二疊）與「知覺（視、聽）轉換」（二疊）等章法所形成輔助性之移位結構與節奏（韻律），算是「多」，以呈現客體之「美」；以二疊「天人」（含「今（後）昔（先）」）自為陰陽所形成核心之移位結構與節奏（韻律），算是關鍵性之「二」，藉以徹下徹上，形成一篇規律，以呈現「善」；以「閒適之趣」之主旨與所形成之飄逸風格，是為「一（0）」，以呈現「真」，使人產生（主體）美感。高步瀛說此詩「自然流轉，而氣象又極闊大」[106]，道出了本詩的特色。

　　詞如周密題作「吳山觀濤」的〈聞鵲喜〉詞：

　　　　天水碧，染就一江秋色。鰲戴雪山龍起蟄，快風吹海立。　　數
　　點煙鬟青滴，一杼霞綃紅濕。白鳥明邊帆影直，隔江聞夜笛。

　　這闋詞詠錢塘江潮，是按時間的先後，由潮起（先）寫到潮過（後）的。寫潮起（先）的部分，為上片。先以起二句，寫江天一碧的秋色，為潮起設下遠大的背景。後以「鰲戴」二句，寫潮水陡起的迅猛景象；作者在此，除用鰲背雪山、龍騰水底來加以形容外，又以「快風」來推波助瀾，這樣當然就使「海」空高立了。而寫潮過（後）的部分，為下片。它先以「數點」二句，寫潮過後的遠山和雲霞，在煙水上，一青一紅，顯得格外綺麗。後以「白鳥」二句，就視覺，寫帆影邊的鷗鷺；就聽覺，寫隔江傳來的夜笛。作者就這樣以平和的靜景，和上片所寫潮來時壯觀的動景，形成強烈對比，產生了映襯的最佳效果。李祚唐分析此詞說：「上片依人的視覺，由遠及近，潮來時雷霆萬鈞之勢，已全在眼前。下片復由上片的劇烈動態轉為平緩，逐漸消失為靜態。」又針對著下片說：「這種平靜，正是在洶湧喧囂過後，才體驗得分外真切；而它反過來，不也襯托出錢塘江潮的格外壯觀嗎？詞人寫潮，即充分借助了

106《唐宋詩舉要》，頁422。

這種靜與動的相互對比和彼此轉換，因而著語雖不多，效果卻非常明顯」[107]。體會得很真切。雖然有人以為此詞「作意如題」[108]，但就其結句看來，卻該有杜牧「商女不知亡國恨，隔江猶唱後庭花」（〈泊秦淮〉）的感喟。蕭鵬認為此句「似收未收，似闔未闔，頗有『餘音裊裊，不絕如縷』之感，與唐人的『曲終人不見，江上數峰青』（錢起〈湘靈鼓瑟〉）同有『言有盡而意無窮』之妙」[109]，所謂「意無窮」之「意」，該是指這種江山雖麗卻已易色的亡國之痛吧！附結構分析表如下：

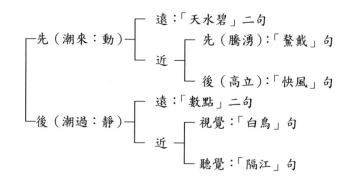

作者在此詞，藉江潮之雄奇，暗寓江山雖麗卻已易色的亡國之痛，所謂「一切景語皆情語」[110]，就是這個意思。而作者特別將這種主旨隱藏起來，置於篇外，完全經由「邏輯思維」作最好之安排，並用「先（動）

---

107 李祚唐評析，見《詞林觀止》（上）（上海市：上海古籍出版社，1994 年 4 月一版），頁 694。

108 常國武：《新選宋詞三百首》（北京市：人民文學出版社，2000 年 1 月一版一刷），頁 492。

109 蕭鵬評析，見《唐宋詞鑑賞集成》，頁 1250。

110 王國維：《人間詞話刪稿》，《詞話叢編》五（臺北市：新文豐出版公司，1988 年 2 月臺一版），頁 4257。

後（靜）」的核心結構，形成移位、對比；又用「先遠後近」、「先視覺後聽覺」、「先（昔）後（今）」等輔助性之移位結構，形成調和；而將整個具體材料「一以貫之」，真正收到了「言有盡而意無窮」之效果。其分層簡圖如下：

上層　　　　　　次層　　　　　　底層

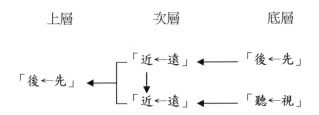

這種結構安排，如對應於「多、二、一（0）」與「美、善、真」來看，則以核心結構之外的「遠近」（二疊）、「先（昔）後（今）」（一疊）、「視聽」（一疊）等所形成移位性的調和結構與節奏（韻律），用於輔助核心結構，可視作「多」，以呈現客體之「美」；以「先（動）後（靜）」所形成一陰一陽的對比性（移位）結構與節奏（韻律），藉以徹下徹上，形成一篇規律，以呈現「善」的，為核心結構，可視作關鍵性之「二」；以暗寓「亡國之痛」的主旨與「宏麗綿邈」之風格的，可視作「一（0）」，以呈現「真」（含主體之美感）。這種「多」、「二」、「一（0）」或「美、善、真」之結構，就相當於一棵樹之合其樹幹與枝葉而成整個形體、姿態與韻味一樣，是一體的，是密不可分的。

綜上所述，可知「章法結構」與「真」、「善」、「美」，都可對應於「多」、「二」、「一（0）」而形成螺旋結構。它們在辭章創作（寫）面所形成的是：「美感（0）→真（一）→善（二）→美（多）」的順向結構，由此呈現出由「意」而成「象」的歷程；在鑑賞（讀）面所形成的是：「美（多）→善（二）→真（一）→美感（0）」的逆向結構，由

此呈現出由「象」而溯「意」的歷程。而此兩者必須同時兼顧，才能深入辭章之底蘊，獲得圓滿的結果。有人說：「文章就是小宇宙」，從這裡可獲得初步證明。

第五章
章法結構之教學應用

　　由於章法結構直接奠基於邏輯思維之上，與人之思考力有著緊密的關係，而又和閱讀、寫作密不可分，因此它在教學應用上，是極為重要之一環，都不可忽視。

第一節　章法結構在思考教學上的應用

　　辭章章法是以「邏輯思維」為主、「形象思維」[1]為輔的，因此簡單地說，它所探討的主要是內容的深層邏輯，也就是篇章的「條理」，而此「條理」乃源自於人之心理，從內在應接萬事萬物，所呈顯的共通理則[2]。而這共通的理則，落到章法之上，便成為「秩序」、「變化」、「聯貫」、「統一」等四大原則。其中「秩序」、「變化」與「聯貫」三者，主要著重於個別材料（景與事）之布置，以梳理各種章法結構，重在分析思維；而「統一」則主要著眼於情、理或統合材料，凝成主旨或綱領，以貫穿全篇[3]，重在綜合思維。從根源上說，這四大原則（條理），

1　邏輯思維與形象思維為人類最基本的兩種思維方式。參見侯健：《文學通論》（北京市：北京大學出版社，1986 年 5 月一版一刷）頁 153-157。
2　此即「人同此心，心同此」之「理」，參見陳滿銘：〈談辭章章法的主要內容〉、〈談篇章結構〉，《章法學新裁》（臺北市：萬卷樓圖書公司，2001 年 1 月初版），頁 319-360、364-419。
3　陳滿銘：〈論辭章章法的四大律〉，《國文天地》，17 卷 4 期（2001 年 9 月），頁 101-107。又參見仇小屏：《文章章法論》（臺北市：萬卷樓圖書公司，1998 年 11 月初版），頁 1-510，及《篇章結構類型論》上、下（臺北市：萬卷樓圖書公司，2000 年 2 月初版），頁 1-620。

乃經由人心之邏輯思考而得以呈顯，可說貫通了人我、物我，是完全合
於天理人情的，所以透過章法教學來對學生進行思考訓練，最可收到事
半功倍的效果。有鑑於此，本節即以章法四大原則為綱，就一些章法結
構，舉中學課文為例，並附以結構分析表，略作說明，藉以看出章法結
構教學與思考訓練之密切關係。

一　秩序原則與思考訓練

秩序原則，也稱為秩序律。而所謂的秩序，是說將材料依時間、空
間或事理展演的順序加以安排的意思。而目前所能掌握之章法，約四十
種，那就是：今昔、久暫、遠近、內外、左右、高低、大小、視角轉
換、知覺轉換、時空交錯、狀態變化、本末、淺深、因果、眾寡、並
列、情景、論敘、泛具、虛實（時間、空間、假設與事實、虛構與真
實）、凡目、詳略、賓主、正反、立破、抑揚、問答、平側（平提側
注）、縱收、張弛、插補[4]、偏全、點染、天（自然）人（人事）、圖底、
敲擊[5] 等。這些章法，都可以依秩序原則，形成「順」與「逆」的兩種
結構。如今昔法，可形成「先今後昔」（逆）、「先昔後今」(順)的結構；
又如遠近法，可形成「先遠後近」（順）、「先近後遠」（逆）的結構；
又如因果法，可形成「先因後果」（順）、「先果後因」（逆）的結構；
又如虛實法，可形成「先虛後實」（逆）、「先實後虛」（順）的結構；
又如點染法，可形成「先點後染」（順）、「先染後點」（逆）的結構；
又如圖底法，可形成「先圖後底」（逆）、「先底後圖」（順）的結構。

4　以上章法，見陳滿銘：〈談辭章章法的主要內容〉，《章法學新裁》，頁 319-360。又，
　　仇小屏：《篇章結構類型論》上、下，頁 1-620。
5　以上五種章法，見陳滿銘：〈論幾種特殊的章法〉，臺灣師大《國文學報》31 期（2002
　　年 6 月），頁 175-204。

這些「移位」[6] 結構，無論順、逆，都呈現出「層次邏輯」的條理。如曹操的〈短歌行〉詩：

> 對酒當歌，人生幾何？譬如朝露，去日苦多。慨當以慷，憂思難忘。何以解憂？唯有杜康。青青子衿，悠悠我心。但為君故，沉吟至今。呦呦鹿鳴，食野之苹。我有嘉賓，鼓瑟吹笙。明明如月，何時可掇？憂從中來，不可斷絕。越阡度陌，枉用相存。契闊談讌，心念舊恩。月明星稀，烏鵲南飛。繞樹三匝，何枝可依？山不厭高，海不厭深。周公吐哺，天下歸心。

　　這首詩主要在抒發沒有人才來幫助自己一統天下的感嘆，所以傅更生認為它「意有所主，寓懷思招來之情」[7]，是用「先果後因」的結構寫成的。「果」的部分，自篇首至「何枝可依」句止，也一樣採「先果（一）後因（一）」的順序來寫：它首先以「對酒」八句，抒發對人生苦短的感慨（因），認為只得靠「酒」來解憂（果）而已；這是「果（一）」。其次首以「青青子衿」八句，就「實」，向眼前尚未歸附自己之賢才，表達長久以來的思慕之情（反─消極），並強調對那些歸附自己之賢者，是會竭誠歡迎、而加以禮遇的（正─積極）[8]；次以「明明

6　陳滿銘：《篇章結構學》（臺北市：萬卷樓圖書公司，2005 年 5 月初版），頁 135-143。

7　傅更生：「沈歸愚云：『月明星稀四句，喻客子無所依託，山不厭高四句，言王者不卻眾庶，故能成其大也。』此詩意有所主，寓懷思招來之情，『但為君故，沉吟至今，』此『君』必有所指。若不深求其脈注之鵠的，則此篇之旨，殊難揣摩。或曰：此曹操懷劉備詩也。說甚新穎，而尋繹之通篇可解，或其然歟？」見《中國文學欣賞舉隅》（臺北市：國文天地雜誌社，1990 年 4 月初版），頁 66-67。

8　蔡厚示以為此八句：「前半寫他求賢才不得時的日夜思慕；後半寫他求賢才既得後的竭誠歡迎。兩相對照，意極分明。」見《漢魏晉南北朝隋詩鑑賞辭典》（太原市：山西人民出版社，1989 年 3 月一版一刷），頁 123。

如月」八句，就「虛」，對賢才何時求得、理想何時實現的重大事情，表達了一憂一喜的複雜心理；末以「月明」四句，藉月下烏鵲尋枝卻無枝可依的景象，以景襯情，帶出自己對無依賢才的愛憐之情；以上二十句，先抒情、後寫景，情景交融，為「因（一）」。而「因」的部分為「山不厭高」四句，特以「山」、「水」為喻（虛），並引「周公吐哺」之典，「表明自己求賢不懈的耿耿赤忱，希望能開創一個『天下歸心』的大好局面」[9]（實）。如此以「先果後因」（篇、章）、「先因後果」、「先反後正」、「先情後景」、「先實後虛」、「先虛後實」（章）等結構來寫，曲折而成功地表出了作者憐才、一統的心意。附結構分析表如下：

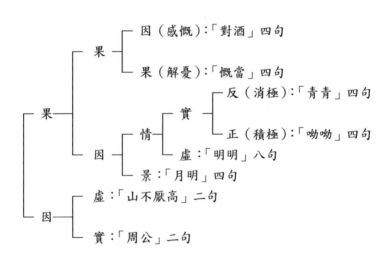

由上圖可知，此詩是以「因果」（三疊）、「虛實」（二疊）、「情景」與「反正」等移位性結構來組織全詩，以形成其秩序的。

　　又如孟浩然〈宿桐廬江寄廣陵舊遊〉詩：

9　同前註。

山暝聽猿愁，滄江急夜流。風鳴兩岸葉，月照一孤舟。建德非吾
土，維揚憶舊遊。還將兩行淚，遙寄海西頭。

　　據詩題，可知此詩為作者乘舟停泊桐廬江畔時所作，旨在抒發自己
對揚州（廣陵）友人的懷念之情與自己的身世之感（愁）[10]，是以「先
底後圖」的結構寫成的。「底」（背景）的部分，為「山暝」三句，一
面就視覺，將空間推擴，呈現了黃昏時的山色、江流與岸樹；一面又訴
諸聽覺，依序寫山上猿啼、江中急流、風吹岸樹的幾種聲音；把作者在
舟上所面對的空間，蒙上一片「愁」的況味，為底下「孤舟」上主人翁
（作者）的抒情，作有力的烘托，十足地發揮了「底」（背景）的作用。
而「圖」（焦點）的部分，則為「月照」五句，用「先點後染」順序來寫。
其中「孤舟」句，經由「月」之照，將焦點集中在「孤舟」上的作者身
上，作為抒發懷念之情的落足點，為「點」的部分。「建德」二句，指
此地（桐廬）不是自己的故鄉（賓），以加強對揚州舊遊的懷念（主），
所謂「雖信美而非吾土兮，曾何足以少留」（王粲〈登樓賦〉），使「愁」
又加深一層；而「還將」二句，則由泛而具，透過凝想，將自己的眼淚
遠寄到揚州，大力地深化對揚州舊友的思念之情（愁）；這是「染」的
部分。作者就這樣，主要以「先底後圖」（篇）和「先點後染」、「先賓
後主」、「先泛後具」（章）的結構來寫，寫得「旅況寥落」、「情深語

---

10 喻守真：「這是旅途中寄給舊友的詩，詩中滿含傷感，想見作者奔波無定、很不得意
　　的情況。」見《唐詩三百首詳析》（臺北市：臺灣中華書局，1996 年 4 月臺二三版五
　　刷），頁 161。

摯」[11]，極為動人。附結構分析表如下：

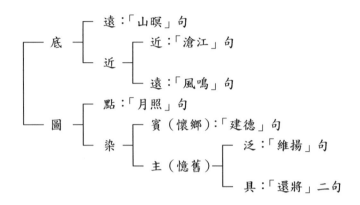

由上圖可知，此詩是以「圖底」、「遠近」（二疊）、「點染」、「賓主」
與「泛具」等移位性結構來組織全詩，以形成其秩序的。

　　這種合於「秩序」的「移位」結構，無論順、逆，都是作者將寫作
材料，訴諸人類求「秩序」的心理，經過邏輯思考，予以組合而成的。
因此用以訓練學生作或順或逆的單向思考，是極為直接而有效的。松山
正一著、歐陽鍾仁譯的《教師啟發學童思考能力的方法》一書中列有幾
種方法，如「有條理地啟發學生的思考」、「藉分析事理啟發學生的思
考」、「藉因果關係啟發學生的思考」、「藉知識的結構啟發學生的思
考」[12]，都與此有關。而多湖輝所著的《全方位思考方法》一書更針對
著逆向思考，提出「站在完全相反的立場來思考」的主張[13]。而這「順」

11　高步瀛：《唐宋詩舉要》（臺北市：學海出版社，1973 年 2 月初版），頁 438-439。
12　松山正一著、歐陽鍾仁譯：《教師啟發學童思考能力的方法》（臺北市：幼獅文化事
　　業公司，1989 年 7 月七版），頁 15-19、85-88、104-107、126-129。
13　多湖輝：《全方位思考法》（臺北市：萬象圖書公司，1994 年 7 月初版一刷），頁
　　101-106。

和「逆」的思考，如反映在小學生的作文上，據調查是這樣子的：

> 六年級學生的作文，順敘佔 87.61%，插敘佔 3.54%，倒敘佔
> 8.85%。小學生基本上只能運用順敘法。據黃仁發等的調查三年
> 級學生只會順敘，五年級會插敘的佔 2.28%，個別學生作文有倒
> 敘的萌芽，即開頭一、二句把後面的事情提前說。[14]

可知「順」的思考，對學生而言，遠比「逆」者的發展為早、為易。

不過，無論「順」、「逆」，如就今與昔、遠與近、因與果、虛與
實、凡與目、圖與底等相應之兩者來說，它們的結合關係就是「反
復」，亦即「齊一」的形式。陳望道說：

> 形式中最簡單的，是反復（Repetition）。反復就是重複，也就是
> 同一事物的層見疊出。如從其他的構成材料而言，其實就是齊
> 一。所以反復的法則同時又可稱為齊一（Uniformity）的法則。
> 這種齊一或反復的法則，原本只是一個極簡單的形式，但頗可以
> 隨處用它，以取得一種簡純的快

所謂「形式」，乃指「事物所有的結合關係」[15]，而一般所謂「先
甲後乙」者，指的就是形成秩序的「甲」與「乙」（同一事物）之結合，
由此可見，章法所說的「秩序」，從另一角度說，即「反復」、「齊一」，
這對思考訓練而言，相當有用。

---

14 朱作仁、祝新華：《小學語文教學心理學導論》（上海市：上海教育出版社，2001 年
　　5 月一版一刷），頁 195。

15 《美學概論》，頁 60。

二　變化原則與思考訓練

　　變化原則，也稱為變化律。而所謂變化，是說改變材料的次序，予以參差安排的意思。一般而言，作者會將時間、空間或事理展演的自然過程加以改變，造成「參差見整齊」的效果。就拿每種章法來說，都可形成幾種變化的「轉位」[16] 結構，如大小法，可形成「大、小、大」、「小、大、小」等結構；又如本末法，可形成「本、末、本」、「末、本、末」等結構；又如情景法，可形成「情、景、情」、「景、情、景」等結構；又如凡目法，可形成「凡、目、凡」、「目、凡、目」等結構；又如立破法，可形成「立、破、立」、「破、立、破」等結構；又如敲擊法，可形成「敲、擊、敲」、「擊、敲、擊」等結構。這些「轉位」結構是將「順」和「逆」作雙向的結合，與秩序原則只循單向求「齊一」的，有所不同。如如關漢卿的〈大德歌〉：

　　　　風飄飄，雨瀟瀟，便做陳摶也睡不著，懊惱傷懷抱，撲簌簌淚點拋。秋蟬兒噪罷寒蛩兒叫，淅零零細雨灑芭蕉。

　　關漢卿有一組四首的〈大德歌〉，分別寫一位癡情女子在春夏秋冬四季對遠方情人的思念，本曲即其中之一。就它的結構而言，以景起，以景結，而中間則用插敘的手法來抒情，形成情景交融的特殊效果。其中開篇的「風飄飄」兩句，藉淒迷的風雨聲，帶出「便做陳摶也睡不著」句，以作為抒情的橋樑。而「懊惱傷懷抱」句，則承上句的「睡不著」來寫，進一步寫出主人翁的愁苦，為抒情的主體所在。至於末尾三句，又顯然以景襯情，藉主人翁的眼淚，與秋蟬、寒蛩和雨打芭蕉所發出的聲音，呼應起二句，充分襯托了主人翁悲苦的心境，使抽象的「傷懷

16　《篇章結構學》，頁 143-151。

抱」之苦得以具象化。作者構思之縝密工巧，令人讚賞不止。其結構分
析表為：

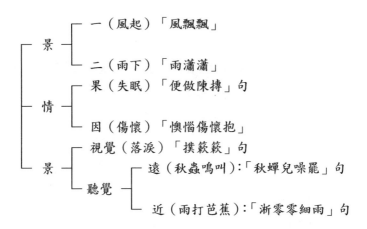

由上表可看出，作者在這首曲裡，主要是用「情景」、「因果」、「知覺
轉換」和「並列」等章法來組織其內容材料，以形成其篇章結構的，而
其中首層之「景、情、景」就是轉位性結構。

又如彭端淑的〈為學一首示子姪〉：

天下事有難易乎？為之，則難者亦易矣；不為，則易者亦難矣。
人之為學有難易乎？學之，則難者亦易矣；不學，則易者亦難
矣。

吾資之昏，不逮人也；吾材之庸，不逮人也。旦旦而學之，久而
不怠焉；迄乎成，而亦不知其昏與庸也。吾資之聰，倍人也；吾
材之敏，倍人也。屏棄而不用，其昏與庸無以異也。然則昏庸聰
敏之用，豈有常哉？

蜀之鄙有二僧，其一貧，其一富。貧者語於富者曰：「吾欲之南

海，何如？」富者曰：「子何恃而往？」曰：「吾一瓶一缽足矣。」
富者曰：「吾數年來欲買舟而下，猶未能也。子何恃而往？」越
明年，貧者自南海還，以告富者，富者有慚色。西蜀之去南海，
不知幾千里也；僧之富者不能至，而貧者至焉。人之立志，顧不
如蜀鄙之僧哉？

是故聰與敏，可恃而不可恃也。自恃其聰與敏而不學，自敗者
也。昏與庸，可限而不可限也。不自限其昏與庸而力學不倦，自
立者也。

　　此文是作者寫來勉勵子姪「力學不倦」的，全文分泛論、事證與結
論三大部分，一路採正反對照的形式寫成：

　　首先看「泛論」部分：這個部分包括一、二兩段。起段先就做事談
起，而及於為學，指出做事與為學的難易，並不在於「學」與「事」的
本身，而在於做與不做、學與不學的行動上，以預為下段更進一層的議
論打開路子。二段先承起段的學與不學，配合資材的昏與敏，作更廣泛
而徹底的說明，認為人的資質、才能，雖有昏庸與聰敏的分別，但若努
力去學，昏庸的自可趕上聰敏的；不努力去學，則聰敏的便和昏庸的沒
什麼兩樣。然後以「然則昏庸聰敏之用」兩句，指出昏庸、聰敏是無常
的，不可恃的，全力的為末段的結論蓄勢。

　　其次看「事證」部分：這個部分僅一段，即第三段。這一段特舉蜀
僧去南海的事例，證明肯努力的終能成功，不肯努力的終將失敗。作者
在這個部分裡，先用段首三句，提明蜀之鄙有一富、一貧的和尚；次藉
二問二答，敘明毫無所恃的貧者願往南海而富者則否的情事；接著以
「越明年」作時間上的聯絡，並引出「貧者自南海還」三句，交代貧者
成功、富者羞慚的結果；然後以「西蜀之去南海」六句，將貧者與富
者、至與不至作一比較，從而發出人須立志，不能不如蜀僧的感慨，以

引出下段結論的部分。

　　然後看「結論」部分：這個部分亦僅一段，即末段。作者在這一段裡，首先承上文的「不為」、「不學」、「聰」、「敏」、「屏棄不用」與「富者不能至」，用「是故聰與敏」四句，從反面指明人若自恃聰敏而不去學習，則必然會走上失敗之路；然後承上文的「為之」、「學之」、「昏」、「庸」、「旦旦而學之」與「貧者至」，用「昏與庸」四句，從正面指出人若不自限昏庸而力學不已，則必會走上成功之路，以點明主旨作收。

　　從形式上看來，本文是最整齊不過的。所以能如此，除了作者用排比的手法來寫之外，和材料的取用也有著密切的關係。通常在取用正、反的材料時，作者大都喜歡以節段作為單元，把正、反兩個部分明顯割開，如蘇軾的〈超然臺記〉便是這樣，而本文的作者卻從頭到尾，以對等、交替的方式取用一正一反的材料，把前後串聯成一個整體，造成往而復返、回環不已的對比效果，這是值得我們去注意、去學習的。

　　總結起來說，此文章共分四段，其中一、二兩段，是「論」（理）的部分，先指明「學」在於「力學不倦」，不在於難易；然後配合資材昏與敏，作進一步的說明。而第三段為「敘」（事）的部分，特舉西蜀之二僧，一去南海而一否的事例，來證明肯努力的終能成功、不肯努力的必將失敗的道理。至於末段，則又是「論」（理）的部分，作者此文，首收上文的「不為」、「聰」、「敏」、「屏棄不用」與「富者不能至」，用「是故聰與敏」四句，從反面指明人若自恃聰敏而不去學習，則必然會走上失敗之路；次收上文「為之」、「學之」、「昏」、「庸」、「旦旦學之」與「貧者至」，用「昏與庸」四句，從正面指出人若不自限昏庸而力學不已，則必將步上成功大道，以點明主旨作收[17]。其結構分析表

17 陳滿銘：《文章結構分析──以中學國文課文為例》（臺北市：萬卷樓圖書公司，

為：

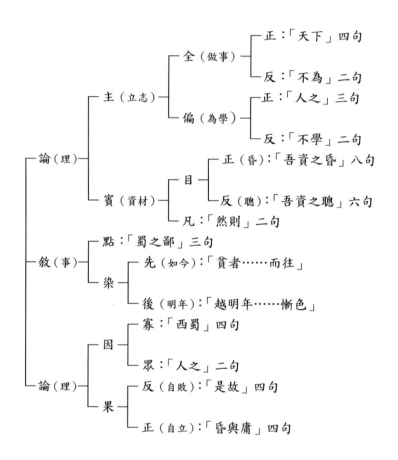

由上表可知，這篇文章主要是用「敘論」、「賓主」、「點染、「因果」、「偏全」、「凡目」、「先後」（今昔）、「眾寡」、「正反」（四疊）等章法結構來組織其內容材料，以形成其篇章結構的，而其中首層之「論、敘、論」就是轉位性結構。

1999 年 5 月初版），頁 59-61。

這種將「順」和「逆」結合在一起所形成的結構，比起單「順」與單「逆」者，要來得複雜而有變化。而這種變化，可說源自於人類要求變化的心理，陳望道在其《美學概論》中說：

人類心理卻都愛好富於變化的刺激，大抵喚取意識須變化，保持意識的覺醒狀態也是需要變化的。若刺激過於齊一無變化，意識對它便將有了滯鈍、停息的傾向。在意識的這一根本性質上，反復的形式實有顯然的弱點。反復到底不外是同一（縱非嚴格的同一，也是異常的近似）狀態之齊一地刺激著我們的事。反復過度，意識對於本刺激也便逐漸滯鈍停息起來，移向那有變化有起伏的別一刺激去的趨勢。[18]

因此掌握這類富於變化的結構（條理）來訓練學生的思考能力，是完全能切合他（她）們的心理的。這種求變的心理，如反映在小學生的作文上，據調查是這樣子的：

張宏熙等發現，不同的題材，學生對結構層次的安排不一樣，寫一件事，最喜歡用「一詳一略」來反映的佔 21.6%；任何題材，都喜歡結構多變的佔 58.9%。學生喜歡結構多變的原因，是這種作文內容隨意，不必考慮獨特的開頭，巧妙的結尾，形式隨便。總之，學生作文的結構層次，已從統一固定的模式，向靈活多變的模式過渡。[19]

18　《美學概論》，頁 63-64。
19　《小學語文教學心理學導論》，頁 195。

由「齊一」而求「變化」，是人共通的心理。唯有求變化，才能提升人的思考能力，而使頭腦保持靈活。多湖輝在其《全方位思考方法‧序》中，就由個人生活的角度切入說：

如何克服生活呆板化，是一般人最困擾的，唯有從「改變生活的空間」、「改變生活的時間」、「改變生活的習慣」著手，隨時隨地多多從各個角度觀看事物，甚至反習慣思考日常生活中理所當然的成規，一旦努力嘗試，養成處處腦力激盪的習慣，這樣自我訓練，就能常保思想靈活，創意便不會枯竭了。[20]

足見變化思考對人生活的影響之大，而要幫助學生開啟這扇大門，章法教學無疑是最好的一把鑰匙。

三　聯貫原則與思考訓練

聯貫原則，也稱為聯貫律。而「所謂『聯貫』，是就材料先後的銜接或呼應來說的，也稱為『銜接』。無論是哪一種章法，都可以由局部的『調和』與『對比』，形成銜接或呼應，而達到聯貫的效果。在約四十種章法中，大致說來，除了貴與賤、親與疏、正與反、抑與揚、立與破、眾與寡、詳與略、張與弛……等，比較容易形成『對比』外，其他的，如今與昔，遠與近、大與小、高與低、淺與深、賓與主、虛與實、平與側、凡與目、縱與收、因與果……等，都極易形成『調和』的關係。」[21] 一般說來，辭章裡全篇純然形成「對比」者較少，而在「對比」（主）中含有「調和」（輔）者則較常見；至於全篇純然形成「調和」

20　《全方位思考方法》，頁（序）2。
21　〈論辭章章法的四大律〉，頁104。

者則較多；而在「調和」（主）中含有「對比」（輔）者，雖然也有，卻較少見；這種情形，尤以古典詩詞為然。不過，無論怎樣，都可以收到前後呼應、聯貫為一的效果[22]。如孟子〈齊人一妻一妾〉章：

> 齊人有一妻一妾而處室者，其良人出，則必饜酒而後反。其妻問所與飲食者，則盡富貴也。其妻告其妾曰：「良人出，則必饜酒肉而後反。問其與飲食者，盡富貴也，而未嘗有顯者來。吾將瞷良人之所之也。」蚤起，施從良人之所之，遍國中無與立談者。卒之東墻間，之祭者乞其餘；不足，又顧而之他。此其為饜足之道也。
>
> 其妻歸，告其妾曰：「良人者，所仰望而終身也；今若此！」與其妻訕其良人，而相泣於中庭。而良人未之知也，施施從外來，驕其妻妾。由此觀之，則人之所以求富貴利達者，其妻妾不羞也而不相泣者，幾希矣。

　　此章文字凡四段，可分為「敘」（因）與「論」（果）兩截。其中前三段為「敘」（因），末段為「論」（果）。「敘」（因）一截，先以「齊人有一妻一妾」三句，泛敘齊人常「饜酒肉而後反」以「驕其妻妾」之事，作為故事的引子；這是「點」的部分。再以「其妻問」句起至「驕其妻妾」句止，具體敘述其妻、妾由起疑、跟蹤，以至於發現、哭泣，而齊人卻一無所覺的經過；這是「染」的部分；而「點」是「因」、「染」是「果」。「論」（果）一截，即末段四句，依據上述的故事，發出感慨，以為人追求富貴利達，很少人不像齊人那樣寡廉鮮恥，很充分地將諷喻

---

22 除此效果外，「對比」與「調和」還可以影響一篇辭章之風格，通常「對比」會使文章趨於陽剛，而「調和」則會使文章趨於陰柔。參見仇小屏：〈古典詩詞時空設計之研究〉（臺北市：臺灣師範大學博士論文，2000 年 3 月），頁 323-331。

的義旨表達出來。依此篇章條理，可將其結構表呈現如下：

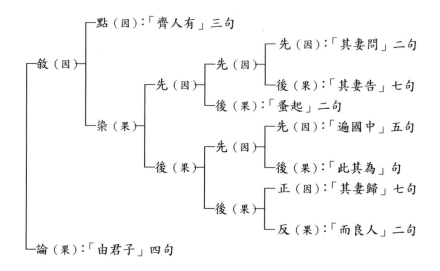

可見此文，經過「邏輯思維」的安排布置，在「篇」以「先敘後論」形成其條理；而「章」則以「先點後染」、「先昔（先）後今（後）」、「先因後果」、「先正後反」等形成其條理，而這些結構都是屬於調和性的。

　　又如無名氏的〈子夜歌〉：

　　　　儂作北辰星，千年無轉移。歡行白日心，朝東暮還西。

這首詩旨在寫怨情，它首先從正面寫，將自己（思婦）的感情譬作「北辰星」；然後由反面寫，將對方的歡行比為「白日」。如此作成「不變」（正）與「變」（反）的強烈對比，以表出強烈怨情[23]。可見此詩主要以

23　樂秀拔、襲曼群分析，見《古詩鑑賞辭典》（北京市：中國婦女出版社，1998 年 12 月一版二刷），頁 1126。

正反形成對比，而使前後文聯貫在一起。附結構分析表如下：

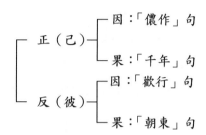

```
          ┌─ 正（己）─┬─ 因：「儂作」句
          │          └─ 果：「千年」句
          └─ 反（彼）─┬─ 因：「歡行」句
                     └─ 果：「朝東」句
```

可見此詩，經過「邏輯思維」的安排布置，在「篇」以「先正後反」形成其條理；而「章」則以「先因後果」（二疊）形成其條理，而其中「先正後反」之篇結構[24]是屬於對比性的。

　　要使一篇辭章形成「調和」與「對比」，如果僅就局部（章）的組織來說，其思考基礎，和形成「秩序」或「變化」的，沒多大差異；如果落到整體（篇）之聯貫、統一而言，則顯然要複雜、困難多了。這從小學生思考發展的過程，可看出一點端倪。王耘、葉忠根、林崇德在《小學生心理學》中說：

　　　　在小學生辯證思考的發展中……有一定的順序性，是一個從簡單到複雜，從低級到高級的不斷提高的過程。……小學生對不同內容的辯證判斷的正確率不同。以「主要與次要」方面的正確率最高，接著依次是「內因與外因」方面，「現象與本質」方面，「部分與整體」方面，以「對立與統一」的內容方面最為薄弱。[25]

24 辭章結構有篇（首層）與章（次層以下）之分，見陳滿銘：《篇章辭章學》上冊（福州市：海風出版社，2005 年 2 月一版一刷），頁 1-26。

25 王耘、葉忠根、林崇德：《小學生心理學》（臺北市：五南圖書公司，1998 年 10 月臺初版二刷），頁 168。

所謂「主要與次要」、「內因與外因」、「現象與本質」，涉及了「本末」、「深淺」、「內外」等章法；而「部分與整體」，則涉及了「凡目」、「偏全」等章法；至於「對立與統一」，所涉及的，正是「調和」與「對比」；它們依次是「從簡單到複雜的」，換句話說，它們大致是由「秩序」而「變化」而趨於「聯貫」的。

　　其實，「調和」與「對比」兩者，並不是永遠都如此，固定不變。所謂的「調和」，在某個層面來看，指的乃是「對比」前的一種「統一」；而所謂的「對比」，或稱「對立」，如著眼於進一層面，則形成的又是「調和」或「統一」的狀態；兩者可說是一再互動、循環，而形成「螺旋結構」[26]的。所以邱明正在其《審美心理學》中說：

> 對立原則貫穿於整個審美、創造美的心理運動之中，它無處不在，無時不有。但是審美心理運動有矛盾對立的一面，又有矛盾統一的一面。人通過自覺或不自覺的自我調節，協調各種矛盾，可以由矛盾、對立趨於統一，並在主體審美心理上達於統一和諧。例如主體對客體由不適應到適應就是由矛盾趨於統一。即使主體仍然不適應客體，甚至引起反感，但主體心理本身卻處於和諧平衡狀態。這種既對立又統一的原則體現了矛盾的雙方相互對立，互相排斥，又在一定條件下相互轉化，互相統一的矛盾運動法則，是宇宙萬物對立統一的普遍規律、共同法則在審美心理上的反映。[27]

---

26 兩種對立的事物，往往會產生互動、循環而提升的作用，而形成螺旋結構。參見陳滿銘：〈談儒家思想體系中的螺旋結構〉，臺灣師大《國文學報》29 期（2000 年 6 月），頁 1-34。
27 邱明正：《審美心理學》（上海市：復旦大學出版社，1993 年 4 月一版一刷），頁 94-95。

審美是由「末」（辭章）溯「本」（心理─構思）的逆向活動，而創作
則正相反，是由「本」（心理─構思）而「末」（辭章）的順向過程；
其中的原理法則，是重疊的，是一樣的。一篇作品，假如能透過分析，
尋出其篇章條理，以進於審美，則作者寫作這篇作品時的構思線索，就
自然能加以掌握，上述的「秩序」、「變化」的條理，是如此；即以形
成「聯貫」的「調和」與「對比」來說，也是如此。所以藉這些條理來
訓練學生思考，收效是極大的。

四　統一原則與思考訓練

統一原則，也稱為統一律。而所謂的「統一」，是就材料情意的通
貫來說的。這裡所說的「統一」，乃側重於內容（包含內在的情理與外
在的材料）而言，與前三個原則之側重於形式（條理）者，有所不同。
也就是說，這個「統一」，和聯貫律中由「調和」所形成的「統一」，
所指非一。因此要達成內容的「統一」，則非訴諸主旨（情意）與綱領
（大都為材料的統合）不可。而綱領既有單軌、雙軌或多軌的差別，就
是主旨也有置於篇首、篇腹、篇末與篇外的不同[28]。一篇辭章，無論是
何種類型，都可以由此「一以貫之」。如劉禹錫的〈陋室銘〉：

> 山不在高，有仙則名；水不在深，有龍則靈；斯是陋室，惟吾德
> 馨。苔痕上階綠，草色入簾青。談笑有鴻儒，往來無白丁。可以
> 調素琴，閱金經。無絲竹之亂耳，無案牘之勞形。南陽諸葛廬，
> 西蜀子雲亭。孔子云：「何陋之有？」

此文是採「凡、目、凡」之篇結構寫成的。其中「山不在高」六句，

28　〈談辭章章法的主要內容〉，《章法學新裁》，頁 351-359。

屬頭一個「凡」，乃用「先賓後主」、「先反後正」的結構，由「山」、「水」說到「室」，十分技巧地引用《左傳》中〈宮之奇諫假道於虞以伐虢〉一文所謂「惟德是馨」句，扣到自己身上，凸顯一個「德」字來貫穿全文。而「苔痕上階綠」八句，則屬「目」的部分，依次以「苔痕」二句寫室中景、「談笑」二句寫室中人、「可以調」四句寫室中事，將自己在「陋室」中安然自適之樂充分地表達出來。至於「南陽諸葛廬」四句，乃屬後一個「凡」，以「先因後果」之結構，透過事典與語典之使用，作一番頌揚，暗含「君子居之」的意思，回報頭「凡」之「德」字收結。其結構分析表為：

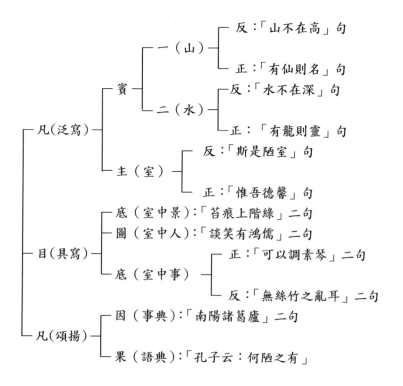

可見此文共用「凡、目、凡」、「先賓後主」（一疊）、「底、圖、底」（一疊）、「先因後果」（一疊）、「並列」（一疊）與「先反後正」（四疊）結構形成層層節奏而串聯為一篇之韻律。其中除了「先反後正」呈對比性外，都屬於調和性之移位結構，這對其風格、韻律之趨於「簡鍊清新」[29]，是有直接關聯的。而且其篇結構，如此以前一個「凡」（總括）的「惟吾德馨」與後一個「凡」所含「君子居之」的意思作了完密的照應[30]，以形成統一，手法相當高明。

又如袁宏道的〈晚遊西湖六橋待月記〉：

> 西湖最盛，為春為月。一日之盛，為朝煙，為夕嵐。
>
> 今歲春雪甚盛，梅花為寒所勒，與杏桃相次開發，尤為奇觀。石簣數為余言：「傅金吾園中梅，張功甫玉照堂故物也，急往觀之。」余時為桃花所戀，竟不忍去湖上。
>
> 由斷橋至蘇隄一帶，綠煙紅霧，瀰漫二十餘里。歌吹為風，粉汗為雨，羅紈之盛，多於隄畔之草，艷冶極矣。
>
> 然杭人遊湖，止午、未、申三時。其實湖光染翠之工，山嵐設色之妙，皆在朝日始出，夕舂未下，始極其濃媚。月景尤不可言，花態柳情，山容水意，別是一種趣味。此樂留與山僧遊客受用，安可為俗士道哉！

此文旨在藉西湖六橋風光之盛來寫待月之樂。作者首先在起段即以開門見山的方式提明西湖六橋最盛的，是春景、是月景（久），而一日最盛的，是朝煙、夕嵐（暫），這是「凡」的部分；接著以二、三兩段，

---

29 王少華評析，見《古文鑑賞辭典》上冊（上海市：上海辭書出版社，1997 年 12 月一版二刷），頁 999-1000。

30 《文章結構分析》，頁 65。

透過梅、桃、杏之「相次開發」與「歌吹」、「羅紈」之盛來具寫春景，
這是「目一」的部分；然後以末段「然杭人遊湖」等七句，取湖光、山
色作陪襯，來具寫朝煙和夕嵐，這是「目二」的部分；末了以「月景尤
不可言」等六句，拿花柳、山水作點綴，來具寫月景，以帶出「樂」，
這是「目三」的部分。這樣以「春」為一軌、「月」為二軌、「朝煙」
和「夕嵐」為三軌，作為一篇綱領，採「先凡後目」的結構來寫，層次
極為分明，而全文也由此通貫而為一。附結構分析表如下：

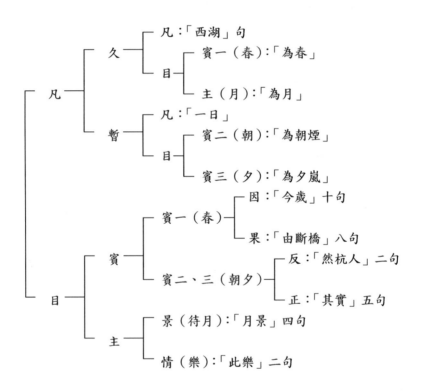

可見此文共用「先凡後目」（三疊）、「先久後暫」（一疊）、「先賓後主」
（二疊）、「先景後情」（一疊）、「先因後果」（一疊）、「先反後正」（一
疊）與兩疊並列（賓二、三，賓一、二、三）結構形成層層節奏而串聯

為一篇之韻律。其中除了「先反後正」呈對比性外，都屬於調和性之移位結構，這對統一全文，使其風格、韻律能趨於「清麗峻快」[31]，是有所關聯的。

　　一篇辭章，用核心的情理（主旨）或統合的材料（綱領）來作統一，使全文自始至終維持一致的意思，以突出焦點內容，是一篇辭章寫得成功與否的關鍵所在。松山正一著、歐陽鍾仁譯的《教師啟發學童思考能力的方法》一書，將「重視一貫性的思考」列為思考方法之一[32]，即注意於此。朱作仁、祝新華在其所編著的《小學語文教學心理學導論》中說：

　　　　分析發現，在何處點題，與作文內容、結構及寫法密切相關。

所謂「點題」，即立主旨或綱領，以此統一全文，當然和「內容、結構及寫法」，關係密切。吳應天在其《文章結構學》中於論「整體結構的統一和諧」之後說：

　　　　此外，還有觀點和材料的統一，論點和論據的統一，這都是邏輯思維的問題，但同時顧及和諧的心理因素。[33]

　　這雖是單就論說文來說，但它的原理，同樣適用於其他文體。而所謂「觀點和材料的統一」，擴大來說，就是主旨或綱領與全篇材料之間的統一，這和章法結構的統一，可說疊合在一起，使得辭章整體能達於

31 王英志評析，見《古文鑑賞辭典》下冊，頁 1705。
32 《教師啟發學童思考能力的方法》，頁 145-150。
33 吳應天：《文章結構學》（北京市：中國人民大學出版社，1989 年 8 月一版三刷），頁 359。

最高的和諧。能疊合這種內容與形式使它們達於統一和諧，可說是運用綜合思維的結果。所以吳應天又說：

> 積極主動地進行綜合思維，文章的內容和結構形式才能很快地達到高度統一，而且可以達到「知常通變」的目的。[34]

可見教師如能藉此以訓練學作綜合思維，將事半而功倍，收到良好效果。

　　所謂「人同此心，心同此理」，每個作者在寫作時，都會自覺或不自覺地基於這個「心」和「理」，來組織各種材料、表達各種情意；尤其在謀篇布局上，會特別運用分析思維與綜合思維，對應於自然法則，而形成「秩序」、「變化」、「聯貫」和「統一」的篇章規律。吳應天指出「文章結構規律作為文章本質的關係，恰好跟人類的思維形式相對應，而思維形式又是客觀事物本質關係的反映」[35]，便是這個意思。而就以這四種規律而言，前三者，比較偏於分析思維，而後一種，則比較偏於綜合思維。這兩種思維，在學生思考能力的訓練上，無疑地，都極其重要，絕不可偏廢。所以藉章法教學，掌握「秩序」、「變化」、「聯貫」與「統一」的四大原則，來推動學生思考的訓練，是最為直接而有效的。

第二節　章法結構在閱讀教學上的應用

　　章法是「客觀的存在」，是「與文章同時出現的」[36]，而到目前為

---

34 同前註，頁 353。
35 同前註，頁 9。
36 王希杰：「『章法』一詞是多義的。『章法』是文章之法，但是，有兩種『章法』。一種是客觀存在的『章法』，它顯然是與文章同時出現的。有文章就有章法，不同的文

止，所能掌握之章法，將近四十種，那就是：今昔、久暫、遠近、內外、左右、高低、大小、視角轉換、知覺轉換、時空交錯、狀態變化、本末、淺深、因果、眾寡、並列、情景、論敘、泛具、虛實（時間、空間、假設與事實、虛構與真實）、凡目、詳略、賓主、正反、立破、抑揚、問答、平側（平提側注）、縱收、張弛、插補[37]、偏全、點染、天（自然）人（人事）、圖底、敲擊[38] 等。這些章法，都可以依秩序原則，形成「順」與「逆」的兩種結構。底下即專著眼於「章法結構」，探討它與經典作品之「主旨」、「技法」與「風格」間的緊密關係，分項舉例，略予說明，以見章法結構在閱讀經典作品，即課文上的重要性。

一　作品主旨與章法結構

　　主旨乃一篇辭章之中心意旨，是作者所要表達的「情」或「理」。雖然它有顯隱之別，而造成層次，但都一樣是主旨[39]。譬如列子〈愚公移山〉一文，它的主旨是隱於篇外的，而其首層為「有志竟成」，次層

章有不同的章法，但是沒有完全沒有章法的文章，不過是章法的好和壞罷了。另一種『章法』，是研究者的認識或主張，是知識和理論，是文章的研究者的辛勤勞動的成果，它當然是文章出現後的事情。後一種『章法』，即對章法的研究，也是早就有了的，中國古人對章法的論述很多，但是『章法學』的誕生是比較晚的事情。章法學作為一門學問，不是有關部門章法的個別知識，而是章法知識的總和，是一種概念的系統。章法學是一門實用性很強的學問，也有極高的學術價值。它同文章學、修辭學、語用學、文藝學、美學、邏輯學等都具有密切關係。章法學已經初步形成了一門科學。陳滿銘教授初步建立了科學的章法學體系。……如果說唐鉞、王易、陳望道等人轉變了中國修辭學，建立了學科的中國現代修辭學，我們也可以說，陳滿銘及其弟子轉變了中國章法學的研究大方向，建立了科學的章法學，把漢語章法學的研究轉向科學的道路。」見〈章法學門外閒談〉，《國文天地》18 卷 5 期（2002年 10 月），頁 92-95。

37　以上章法，見《章法學新裁》，頁 319-360。又見《篇章結構類型論》上、下，頁 1-620。

38　以上五種章法，見〈論幾種特殊的章法〉，頁 175-204。

39　陳滿銘：〈談辭章主旨的顯與隱——以中學國文課文為例〉，《章法學新裁》，頁 240-249。

為「人助天助」，三層為「天人合一」（由人為的努力帶動天然的力量，使它產生作用）[40]。這種不同層次的顯隱主旨，很多時候是可由一篇辭章的章法結構來推得或驗證的。如方苞的〈左忠毅公軼事〉：

先君子嘗言，鄉先輩左忠毅公視學京畿。一日，風雪嚴寒，從數騎出，微行，入古寺。廡下一生伏案臥，文方成草。公閱畢，即解貂覆生，為掩戶，叩之寺僧，則史公可法也。及試，吏呼名，至史公，公瞿然注視。呈卷，即面署第一；召入，使拜夫人，曰：「吾諸兒碌碌，他日繼吾志事，惟此生耳。」

及左公下廠獄，史朝夕窺獄門外。逆閹防伺甚嚴，雖家僕不得近。久之，聞左公被炮烙，旦夕且死，持五十金，涕泣謀於禁卒，卒感焉。使史公更敝衣草屨，背筐，手長鑱，為除不潔者，引入，微指左公處，則席地倚牆而坐，面額焦爛不可辨，左膝以下，筋骨盡脫矣。史前跪，抱公膝而嗚咽。公辨其聲，而目不可開，乃奮臂以指撥眥，目光如炬。怒曰：「庸奴！此何地也，而汝來前！國家之事，糜爛至此。老夫已矣，汝復輕身而昧大義，天下事誰可支拄者！不速去，無俟姦人構陷，吾今即撲殺汝。」因摸地上刑械，作投擊勢。史噤不敢發聲，趨而出。後常流涕述其事以語人曰：「吾師肺肝，皆鐵石所鑄造也！」

崇禎末，流賊張獻忠出沒蘄、黃、潛、桐間，史公以鳳廬道奉檄守禦，每有警，輒數月不就寢，使將士更休，而自坐幄幕外，擇健卒十人，令二人蹲踞，而背倚之，漏鼓移，則番代。每寒夜起立，振衣裳，甲上冰霜迸落，鏗然有聲。或勸以少休，公曰：

40　《文章結構分析——以中學國文課文為例》，頁 129-133。

「吾上恐負朝廷，下恐愧吾師也。」史公治兵，往來桐城，必躬造左公第，候太公、太母起居，拜夫人於堂上。

余宗老塗山，左公甥也，與先君子善，謂獄中語乃親得之於史公云。

這篇文章藉左光斗的一件軼事，以寫其「忠毅」精神，是用「先順敘、後補敘」的結構來寫的：

「順敘」的部分，由起段至四段止，採「先點後染」之條理加以安排。其中「點」指起句，而「染」則指首段的「鄉先輩」句起至第四段止，乃用「先主後賓」的順序來寫，從內容來看，可分如下三部分：

頭一部分為首段，為本文的序幕，寫的是左光斗識拔史可法的經過。在這個部分裡，作者借其父親之口，敘明左公曾「視學京畿」，將左公所以能識拔史公的原因作個交代；接著以「一日」與「及試」作時間上之聯絡，依次記敘左公於微服出巡時在一古寺識得史公，以及主持考試時當史公面署為第一的情形；然後以「召入」二字作接榫，引出「使拜夫人」數句，藉史公入拜左公夫人的機會，用「吾諸兒碌碌」三句話，寫出左公對史公的深切期許，認為只有史公才足以繼承他忠君愛國的志業，將左公為國舉拔英才的忠忱與苦心，寫得極其生動。這就第二部分（主體）來說，是背景之陳述，為「底」，主要是用「主、賓、主」的結構來敘述的。

第二部分即次段。是本文的主體，對第一段而言，為「圖」，主要是用「賓、主、賓」的結構加以陳述，陳述的是左公被下廠獄後史公冒死探監的經過。這段文字以「及」字承上啟下，首先用四句敘明左公被下牢獄與禁人接近的事實；接著用「久之」與「一日」作時間上的聯絡，依次寫左公受刑將死、史公冒死買通獄吏，以及史公探監、左公怒斥史公使離去的情形；然後著一「後」字，帶出史公「吾師肺肝」的兩句感

慨的話，充分的寫出左公的公忠憂國（忠）與剛正不屈（毅）來。以上
兩個部分，主要在寫左光斗，為「主」。

第三部分，包括三、四、五段，是本文的餘波。這個部分，先以第
三段寫史公受左公感召，繼其志業，「忠毅」的奉檄守禦流寇的辛苦；
再以第四段寫史公篤厚師門，時時不忘拜候左公父母及夫人的情事；這
寫的主要是史可法，對前兩部分而言，為「賓」。

而末段則補敘本文所記的軼事，確係有根有據，以回應篇首的「先
君子嘗言」，以收束全文。

縱觀此文，作者始終是針對著對「忠毅」二字來寫的。其中寫左公
「忠毅」的部分是「主」，而寫史公「忠毅」的部分則為「賓」；也就是
說，寫史公的「忠毅」，便等於在寫左公的「忠毅」，所謂「借賓以定
主」，手段是相當高明的。附其結構分析表如下：

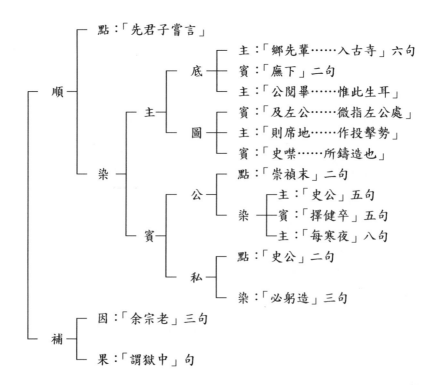

可見這篇文章，最主要的章法結構為「先主後賓」。這所謂的「主」，
指的是左公（光斗）；所謂的「賓」，指的是史公（可法）。就在「主」
的部分裡，又形成「主、賓、主」與「賓、主、賓」的結構，其中的「主
中主」，是指左公（光斗）；而「主中賓」，則指史公（可法）。至於「賓」
的部分，雖與上個部分（主）一樣，也形成「主、賓、主」的結構，但
其中的「賓中主」，指的是史公（可法），而「賓中賓」，則指的是「健
卒」。這樣就形成了「四賓主」（「主中主」、「主中賓」、「賓中主」、「賓
中賓」）[41]。可用簡表將「四賓主」呈現如下：

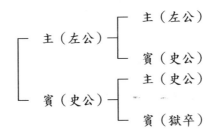

　　很明顯地，在此「四賓主」中，以「主中主」最為重要，乃一篇主
旨之所在[42]。所以這篇文章的主旨，一定落在「主中主」的左公（光斗）
身上。一直以來，有人以為此文之主旨在於寫「師生情誼」，這就不分

41　「四賓主」之說，起於清代的閻若璩：「四賓主者：一、主中主，如一家人唯有一主
　　翁也；二、主中賓，如主翁之妻妾、兒孫、奴婢，即主翁之身分以主內事者也；
　　三、賓中主，如親戚朋友，任主翁之外事者也；四、賓中賓，如朋友之朋友，與主
　　翁無涉者也。於四者中，除卻賓中賓，而主中主亦只一見；惟以賓中主鉤動主中賓
　　而成文章，八大家無不然也。」見《潛丘札記》，《四庫全書》八五九冊（臺北市：
　　臺灣商務印書館，1983 年 6 月初版），頁 413-414。
42　劉衍文、劉永翔針對閻若璩「主中主亦只一見」之說加以申釋：「所謂『主中主亦只
　　一見』云云，就是指一篇文章的重心，即現在我們所說的整個主題思想的突出體現
　　處只能有一個。整個主題思想要統率其他各個分主題和題材所反映出來的內容。」見
　　增補本《文學鑑賞論》（臺北市：洪葉文化公司，1995 年 9 月初版一刷），頁 615。

賓主了；又有人以為它是在寫「尊師重道」，這就喧賓奪主了。由此可知透過章法結構，是可以凸顯主旨的。

又如賈誼的〈過秦論〉：

> 秦孝公據殽函之固，擁雍州之地，君臣固守，以窺周室；有席卷天下，包舉宇內，囊括四海之意，并吞八荒之心。當是時也，商君佐之，內立法度，務耕織，修守戰之具，外連衡而鬥諸侯。於是秦人拱手而取西河之外。
>
> 孝公既沒，惠文、武、昭襄，蒙故業，因遺策，南取漢中，西舉巴蜀，東割膏腴之地，北收要害之郡。諸侯恐懼，會盟而謀弱秦，不愛珍器重寶肥饒之地，以致天下之士，合從締交，相與為一。當此之時，齊有孟嘗，趙有平原，楚有春申，魏有信陵；此四君者，皆明智而忠信，寬厚而愛人，尊賢重士，約從離橫，兼韓、魏、燕、趙、齊、楚、宋、衛、中山之眾。於是六國之士，有寧越、徐尚、蘇秦、杜赫之屬為之謀；齊明、周最、陳軫、召滑、樓緩、翟景、蘇厲、樂毅之徒通其意；吳起、孫臏、帶佗、兒良、王廖、田忌、廉頗、趙奢之倫制其兵。嘗以十倍之地，百萬之眾，叩關而攻秦。秦人開關延敵，九國之師，逡巡遁逃而不敢進。秦無亡矢遺鏃之費，而天下諸侯已困矣。於是從散約解，爭割地而賂秦。秦有餘力而制其敝，追亡逐北，伏尸百萬，流血漂櫓；因利乘便，宰割天下，分裂河山，強國請服，弱國入朝。施及孝文王、莊襄王，享國日淺，國家無事。
>
> 及至始皇，奮六世之餘烈，振長策而御宇內，吞二周而亡諸侯，履至尊而制六合，執捶拊以鞭笞天下，威振四海。南取百越之地，以為桂林、象郡；百越之君，俛首係頸，委命下吏；乃使蒙恬北築長城而守藩籬，卻匈奴七百餘里；胡人不敢南下而牧馬，

士不敢彎弓而報怨。於是廢先王之道，燔百家之言，以愚黔首；
隳名城，殺豪俊，收天下之兵，聚之咸陽，銷鋒鏑，鑄以為金人
十二，以弱天下之民。然後踐華為城，因河為池，據億丈之城、
臨不測之谿以為固。良將勁弩，守要害之處；信臣精卒，陳利兵
而誰何？天下已定，始皇之心，自以為關中之固，金城千里，子
孫帝王萬世之業也。

始皇既沒，餘威震於殊俗。然而陳涉，甕牖繩樞之子，甿隸之
人，而遷徙之徒也，才能不及中人，非有仲尼、墨翟之賢，陶
朱、猗頓之富，躡足行伍之間，倔起阡陌之中，率罷散之卒，將
數百之眾，轉而攻秦；斬木為兵，揭竿為旗，天下雲集而響應，
贏糧而景從。山東豪俊，遂並起而亡秦族矣。

且夫天下非小弱也，雍州之地，殽函之固，自若也；陳涉之位，
非尊於齊、楚、燕、趙、韓、魏、宋、衛、中山之君也；鋤耰棘
矜，非銛於鉤戟長鎩也；謫戍之眾，非抗於九國之師也；深謀遠
慮，行軍用兵之道，非及曩時之士也；然而成敗異變，功業相反
也。試使山東之國，與陳涉度長絜大，比權量力，則不可同年而
語矣；然秦以區區之地，致萬乘之權，招八州而朝同列，百有餘
年矣；然後以六合為家，殽函為宮，一夫作難而七廟隳，身死人
手，為天下笑者，何也？仁義不施，而攻守之勢異也。

　　這篇課文，如同分析表所列，由「敘」與「論」兩部分組成：
　　「敘」這個部分，包括一、二、三、四等段，用「先反後正」之結
構，敘秦強之難（反）與秦亡之速（正）：
　　首先由反面敘秦強之難，包括一、二、三等段。其中第一段，用以
寫秦強之初，在這裡，作者以「先因後果」之結構來敘述：先以「秦孝
公據殽函之固」起至「并吞八荒之心」，敘秦併吞天下的巨大野心；再

以「當是時也」起至「外連橫而鬥諸侯」，敘秦併吞天下的積極措施，這是「因」；然後以「於是秦人拱手而取西河之外」一句，敘秦併吞天下的具體成果，這是「果」。全段是用簡筆來寫秦國之強大的[43]。

它的第二段，用以敘秦強之漸，作者在此，用「擊、敲、擊」的結構來安排。它先以「孝公既沒」起至「北收要害之郡」止，承首段簡敘在惠、文、武、昭襄時「秦謀六國」的措施與成果，這是頭一個「擊」；再以「諸侯恐懼」起至「叩關而攻秦」，繁敘六國抗秦的策略、人力與行動，其中又特別著重於人力上，分賢相、兵眾、謀士、使臣、將帥等方面，加以詳細的介紹，這是「敲」的部分[44]；然後以「秦人開關延敵」起至「國家無事」，綜合上兩節，敘明秦謀六國與六國抗秦的結果，並簡略地交代孝文王、莊襄王時事；這屬後一個「擊」[45]。對應於起段，

---

43 本來要敘明秦孝公時商鞅變法與併吞六國的成果，是用幾千，甚至幾萬字，都不為過的，但作者在這裡所看重的，只在於簡略的事實，而非其內容與過程，因此只用了幾句話來交代而已。而在敘併吞天下的野心時，則一連用了「席卷天下」等句意相同的四句話，這顯然是因為要特別強調秦國君臣有併吞天下的強烈意願，這樣當然要比一句帶過好得很多。所謂「可以多說，也可以少說」的道理，可以從這裡約略體會出來。見陳滿銘：〈談辭章剪裁的手段〉，《國文教學論叢續編》（臺北市：萬卷樓圖書公司，1998 年 3 月初版），頁 439。

44 「敲」這個部分，一般文論家都視為「反襯」，如王文濡在「相與為一」句下評注：「正欲寫秦之強，忽寫諸侯，作反襯。」又在「尊賢而重士」句下評注：「極贊四君，以反襯秦之強。」又在「趙奢之倫制其兵」句下評注：「極寫諸侯得人之盛，以反襯秦之強。」見林雲銘：《古文析義合編》上冊卷 6（臺北市：廣文書局，1965 年 10 月再版），頁 6-7。再如王根林在論此文特色時，特標「反襯」一項：「上篇寫秦始皇以前幾代君主雄踞關中、俯視山東各國的形勢，是從描寫山東諸國的威勢著筆的：『當是時……中山之眾』，還有一大批優秀的政治家、外交家、軍事家為本國出謀獻策、馳騁疆場，『常〔嘗〕以十倍之地、百萬之眾叩關而攻秦』。儘管他們地廣兵眾，人才薈萃，然而『秦人開關而延敵，九國之士〔師〕逡巡遁逃而不敢進』。這樣寫，比直接描繪秦國如何強大，顯然能收到更好的效果。同樣，寫秦王朝在風雨飄搖中一朝傾覆，也是用它的對立面陳涉之弱小加以反襯的。」見《古代文學作品鑑賞》（上海市：上海古籍出版社，1988 年 3 月一版一刷），頁 48-49。

45 〈論幾種特殊的章法〉，頁 216。

此段是用繁筆從側面來寫秦國之強大的[46]。

　　它的第三段，用以寫秦強之最，在這段文字裡，作者先以「及至始皇」起至「委命下吏」，寫秦亡諸侯；再以「乃使蒙恬北築長城而守藩籬」起至「以弱天下之民」，寫秦弱天下；然後以「然後踐華為城」起至「子孫帝王萬世之業也」，寫秦守要害；這完全依時間之先後來寫，可說也是用繁筆從正面寫秦國之強大的[47]。

　　然後用正面寫秦亡之速，僅一段，即第四段。作者在此，用「先因後果」的條理來呈現：它先以「始皇既沒」起至「贏糧而景從」，寫陳涉首義，這是「因」；後以「山東豪俊，遂並起而亡秦族矣」二句，寫豪傑亡秦，這是「果」。對應於「反」的部分，是用至簡之筆來寫秦國之敗亡的[48]。

　　「論」這個部分，僅一段，即末段。在這裡，作者先以「且夫天下非小弱也」起至「為天下笑者何也」止，用以上各段所提供的材料（其中於一、二、三、四等段直接提供秦的材料外，又分別於二、四等段從旁提供六國與陳涉的材料），將秦、六國與陳涉「比權量力」一番，認為六國該勝秦、秦該勝陳涉，而結果卻正相反，即秦勝六國、陳涉勝

---

46 總括起來看，這一段文字是用繁筆寫成的。作者在此，儘量避開正面，從側面下手，用了許多材料來介紹六國之強大，這無非是為了替末段「比權量力」的部分，預先提供足夠的材料，作為立論的憑據，而作者卻沒有讓「喧賓」奪「主」，特地用「秦人開關延敵，九國之師，逡巡遁逃而不敢進」等句，輕輕地一轉，成功地將六國之強轉為秦國之強，這種剪裁與安排的手段，是十分高明的。見陳滿銘：〈談辭章剪裁的手段〉，《國文教學論叢續編》，頁 441。

47 這一段可以說完全捨去了秦亡六國的實際過程，卻不厭其煩地針對著篇末「仁義不施」四字來取材，換句話說，如果作者在這一段不安排這些材料，是得不出「仁義不施」的結論來的。見《章法學新裁》，頁 219。

48 這一段用至簡之筆寫成，它先寫「陳涉首義」，再寫「豪傑並起而亡秦」。就在寫「陳涉首義」的部分裡，特殊強調陳涉不值一顧的地位、才能與武器，這顯然也是預為末段的「比權量力」提供材料。不然，這一段可以寫得更短，與前四段之「強」作成更強烈之對比，以強化「強」之難、「亡」之易的意思。見《章法學新裁》，頁 221。

秦；於是由此作一提問，逼出一篇的主旨「仁義不施而攻守之勢異也」十一字，以收束全篇。從內容來看是如此，若著眼於章法結構，則形成了「實、虛、實」之結構。其中由「且夫天下」起至「功業相反也」止，實寫秦與陳涉比較卻「成敗異變」之事實，為頭一個「實」；由「試使山東之國」起至「則不可同年而語矣」止，透過假設，虛寫六國與陳涉「比權量力」之「成敗」結果，為「虛」的部分；由「然秦以區區之地」起至末，用「果（問）後因（答）」的結構，實寫秦亡於陳涉的結果與原因，為後一個「實」。如此切入，可以充分幫助讀者去理解文章之理路意脈。

總結起來看，此文旨在論秦之過在於「仁義不施而攻守之勢異」，為了要論說這個主旨，作者特先以第一、二段及三段前半寫「攻」，第三段後半及四段寫「守」，以見「攻守之勢異」，而又於第三段中述明「仁義不施」的事實，於第四段交代「仁義不施」的結果；再以第五段利用前四段所陳列材料，將六國、秦與陳涉的權力加以比較，以見出「成敗異變、功業相反」的情形，進而逼出一篇的主旨來。附其結構分析表如下：

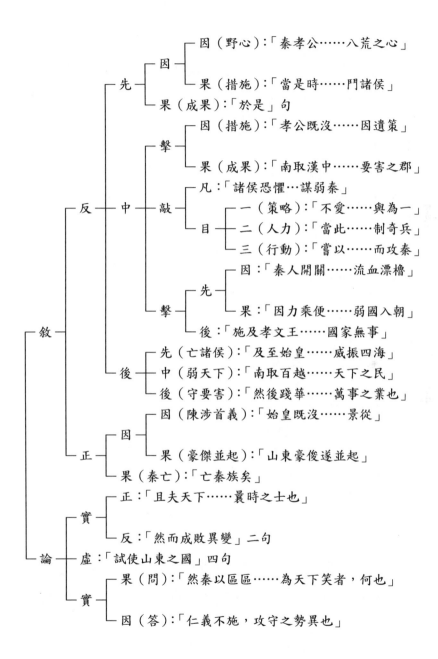

　　此文由其主旨「仁義不施，攻守之勢異也」看來，該含有兩軌：一為「仁義不施」，二為「攻守之勢異」，而它自古以來，就一直被認為是用歸納法（先凡後目）所寫成之代表作[49]，它的主旨，也就是結論，出現在篇尾，是說秦之過在於「仁義不施，攻守之勢異」，為「凡」的部分。而這個主旨（結論）形成兩軌，若以這兩軌來疏理全文，則可以發現第三段寫的是「仁義不施」的作法、第四段寫的是「仁義不施」的結果，可見這兩段都針對著「仁義不施」這一主軌來寫。但這兩段也為「攻守之勢」這一副軌的「守」來寫，與第一、二段寫「攻」的形式呼應。如此主副兩軌便在第三、四兩段重疊在一起了。如果以簡表來表示，則更為清楚，那就是：

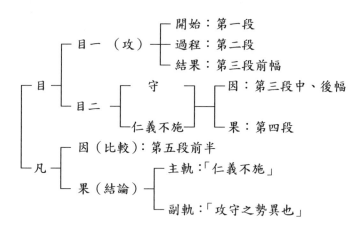

也正好有這種重疊，就產生了提示作用，即「秦之過，主要在於『守不以仁義』」，這是「顯」的意思；如果換成「隱」的一層，從積極面來

---

49 以歸納法（先凡後目）分析此文，可形成不同的結構類型。參見陳滿銘：〈如何進行課文結構分析——以高中國文教材為例〉（臺中市：臺灣省高級中學國文科教學研究專輯第五輯，1999 年 6 月），頁 56-57。

說，就是「守必以仁義」了。所謂「借古以喻今」，這種諷勸朝廷的意思，不言而喻。這就可看出章法結構之分析，對主旨之凸顯、確認而言，確是一把利器。

二　作品技法與章法結構

單就聯貫律來看，章法所探討的是辭章聯絡照應之技巧。而聯絡照應之技巧，又有基礎（有形）與藝術（無形）之別[50]。在此，僅就其藝術聯絡照應的部分，舉兩個例子，作局部之說明，以見其技巧之一斑。如杜甫的〈聞官軍收河南河北〉詩：

> 劍外忽傳收薊北，初聞涕淚滿衣裳。卻看妻子愁何在，漫捲詩書喜欲狂。白日放歌須縱酒，青春作伴好還鄉。即從巴峽穿巫峽，便下襄陽向洛陽。

這首詩旨在寫「聞官軍收河南河北」時「喜欲狂」之情，是以「先點後染」，而「染」又以「目（實）、凡、目（虛）」的結構寫成的。

作者「首先在起聯，針對題目，寫『聞官軍收河南河北』（點）時，自己（主）喜極而泣的情形，藉『忽傳』、『初聞』寫事出突然，藉『涕淚滿衣裳』具寫喜悅；接著在頷聯，採設問的形式，由自身移至妻子（賓）身上，寫妻子聞後狂喜的情狀，很技巧地以『卻看』作接榫，帶出『漫捲詩書』作具體之描寫。以上全用以實寫『喜欲狂』，為『目一』的部分。而緊接著『漫捲詩書』而來的『喜欲狂』三字，正是一篇的主旨所在，為『凡』部分。繼而在頸聯，由實轉虛，以『放歌縱酒』上承『喜欲狂』、『作伴好還鄉』上承『妻子』，寫春日攜手還鄉的打算（時）；

---

50 陳滿銘：〈談辭章聯絡照應的幾種技巧〉，《國文教學論叢》（臺北市：萬卷樓圖書公司，1991 年 7 月初版），頁 409-450。

最後在結聯，緊接上聯『還鄉』之打算，一口氣虛寫還鄉所準備經過的路程（空）。以上全用以虛寫『喜欲狂』，為『目二』的部分。如此，由『忽傳』而『初聞』、『卻看』而『漫捲』、『即從』而『便下』，以單軌一氣奔注[51]，將自己與妻子『喜欲狂』的心情，描摹得真是生動極了。」[52] 附其結構分析表如下：

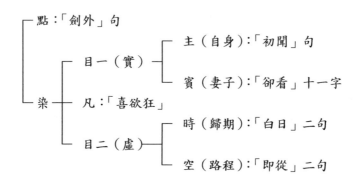

由此看來，此詩結構，在「染」的部分，主要除了用「目（實）、凡、目（虛）」（篇）外，也用「先主後賓」、「先時後空」（章）等，以組合篇章，使全詩前後呼應，亦即「目」（實）與「目」（虛）、「賓」與「主」、「時」與「空」作局部之呼應，而以「凡」（喜欲狂）統攝一「實」一「虛」的兩個「目」，以統一全詩的情意。在此，值得注意的

---

51 趙山林指出這是承續式意象之組合，以為：「這是一首情感真摯充沛的抒情佳作，但從意象結構上說，卻帶有一定的敘事特色。《杜詩詳注》引黃生說：『此通首敘事之體。』這是說得很有道理的。不僅從感情發展的內在脈絡說，即使從『忽傳』、『初聞』、『卻看』、『漫卷』、『即從』、『便下』這些字眼上，也可以明顯地看出前後續接、一脈相承的關係，錯亂不得，顛倒不得。這是典型的承續式意象組合。」見《詩詞曲藝術論》（杭州市：浙江教育出版社，1998 年 6 月一版一刷），頁 124。

52 《章法學新裁》，頁 383。

是：「漫卷詩書」的人，通常都以為是杜甫自己[53]，其實，「漫卷詩書」是妻子（賓）的動作，乃「愁何在」這一「問」之「答」，也就是「妻子」愁雲煙消雲散的具體憑據。這和詩人自己（主）「涕淚滿衣裳」的樣子，正好構成了一幅家人「喜欲狂」的畫面。如鎖定賓主，就「染」的部分而言，其結構可表示如下：

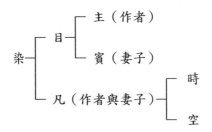

如此以賓（妻子）主（詩人自己）來切入此詩，形成「先目後凡」之關係，似乎比較能使全詩前後平衡，而且「一以貫之」，而合於章法之聯貫、統一原理。

又如沈復的〈兒時記趣〉：

余憶童稚時，能張目對日，明察秋毫。見藐小微物，必細察其紋

---

53 如史雙元說：「『卻看』，即再看、回看，驚喜之中。詩人回頭再看妻子兒女，一個個喜笑顏開，往日的憂鬱已煙消雲散。親人的喜悅助長了詩人興奮之情，詩人真是樂不可支，隨手卷起詩書，不覺手之舞之，足之蹈之，真是『老夫聊發少年狂』了。」見《中學古詩文鑑賞辭典》（南京市：江蘇古籍出版社，1988 年 7 月一版一刷），頁68。又霍松林：「『卻看』，是『回頭看』。『回頭看』這個動作極富意蘊，詩人似乎想向家人說些什麼，但又不知從何說起。其實。無須說什麼了，多年籠罩全家的愁雲不知跑到哪兒去了，親人們都不再是愁眉苦臉，而是笑逐顏開，喜氣洋洋。親人的喜反轉來增加了自己的喜，再也無心伏案了，隨手卷起詩書，大家同享勝利的歡樂。」見《唐詩大觀》（香港：商務印書館香港分館，1986 年 1 月一版二刷），頁543。

理，故時有物外之趣。

夏蚊成雷，私擬作群鶴舞空，心之所向，則或千或百，果然鶴也；昂首觀之，項為之強。又留蚊於素帳中，徐噴以煙，使之沖煙飛鳴，作青雲白鶴觀；果如鶴唳雲端，為之怡然稱快。

又常於土牆凹凸處，花臺小草叢雜處，蹲其身，使與臺齊；定神細視，以叢草為林，蟲蟻為獸，以土牆凸者為丘，凹者為壑；神遊其中，怡然自得。

一日，見二蟲鬥草間，觀之，興正濃，忽有龐然大物，拔山倒樹而來，蓋一癩蛤蟆也。舌一吐而二蟲盡為所吞。余年幼，方出神，不覺呀然驚恐。神定，捉蛤蟆，鞭數十，驅之別院。

　　此文旨在寫作者在兒時所常得到的「物外之趣」，是用「先凡後目」的結構寫成的。

　　「凡」的部分，僅一段，即首段。作者直接以回憶之筆，由因而果，拈出「物外之趣」的主旨，以貫穿全文。「目」的部分，包括二、三、四等段：

　　首先在第二段，以一群蚊子為例，細察牠們的紋理，把牠們擬作「群鶴舞空」、「鶴唳雲端」，寫出作者獲得「項為之強」、「怡然稱快」的這種「物外之趣」之情形，為「目一」。就在寫「群鶴舞空」的一節裡，「夏蚊成雷」寫的是「物內」；「群鶴舞空」至「果然鶴也」，寫的是「物外」；而以「私擬作」作橋樑，這是寫「細察紋理」的部分。至於寫「物外之趣」的部分裡，「昂首觀之」為聯貫的句子，而「項為之強」寫的則是「物外之趣」。在寫「鶴唳雲端」的一節裡，「又留蚊」句起至「使之沖煙」句止，寫的是「物內」；「青雲」二句，寫的是「物外」；而以「作」字作橋樑；這又是「細察紋理」的部分。至於寫「物外之趣」的部分，則以「為之」作聯貫，而以「怡然稱快」寫「物外之趣」。

　　其次在第三段，以土牆凹凸處的叢草、蟲蟻為例，細察牠們的紋理，把叢草擬作樹林、蟲蟻擬作野獸，寫出作者獲得「怡然自得」的這種「物外之趣」的情形，為「目二」。就在寫「細察紋理」的部分裡，「又常於」句起至「使與臺齊」句止，寫的是「物內」；「以叢草」句起至「凹者為壑」句止，寫的是「物外」；而以「定神細視」作橋樑。至於寫「物外之趣」的部分裡，「神遊其中」為聯貫的句子，而「怡然稱快」寫的則是「物外之趣」。

　　然後在末段，以草間的二蟲與癩蛤蟆為例，細察牠們的紋理，把癩蛤蟆擬作龐然大物，舌一吐便盡吞二蟲，寫出作者獲得「捉蛤蟆，鞭數十，驅之別院」[54] 的這種「物外之趣」的情形，為「目三」。就在寫「細察紋理」的部分裡，「一日」二句寫的是「物內」；「觀之」二句，是由「物內」過到「物外」的橋樑；「忽有」句起至「不覺」句止，寫的是「物外」；而特用「蓋一癩蛤蟆也」與「余年幼，方出神」等句，插敘[55] 在中間，作必要的說明。至於寫「物外之趣」的部分裡，「神定」為聯貫的詞語，而「捉蛤蟆」三句，寫的則是「物外之趣」。很特別的是：這個「物外之趣」是回到「物內」初時之情形加以交代的。

　　十分明顯地，全文是以「物外之趣」一意貫穿，自始至終無不針對著「趣」字來寫，使前後都維持著一致的情意。附其結構分析表如下：

---

54 這三句用得到「物外之趣」之後的動作來寫「物外之趣」。見陳滿銘：《國文教學論叢續編》，頁 146。
55 「插敘」如同「補敘」，是一種使辭章秩序產生變化的章法。詳見陳滿銘：〈插敘法在辭章裡的運用〉，《國文教學論叢續編》，頁 277-288。

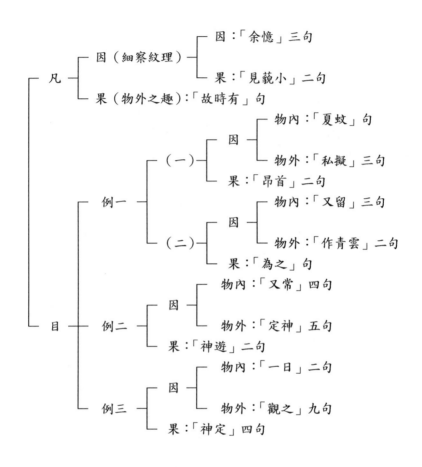

　　這篇文章在「篇」的部分，以「凡」和「目」形成呼應；在「章」的部分，連續以「因」與「果」、「人」（物內）與「天」（物外）彼此形成呼應。而就在寫「物外」由起點而過程而終點的時候，前後有著一些明顯的變化。首先看「私擬作群鶴舞空」句起至「果然鶴也」句止，即有起點、過程，亦有終點；其中「私擬作」句，為起點；「心之所向」二句，為過程；而「果然鶴也」句，則是終點。再看「作青雲白鶴觀」二句，卻以「作青雲白鶴觀」為起點、「果如鶴唳」為終點，而省略了過程。接著看「定神細視」五句，很明顯地只敘起點，而將過程和終點

完全省略了。最後看「忽有龐然大物」七句，拿掉插敘的「蓋一癩蛤蟆
也」、「余年幼，方出神」等三句不算，則都是就終點來寫，而省略了
起點和過程。作者這種寫「物外」之技巧可用簡表表示如下：

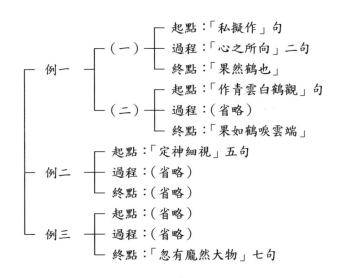

以上之省略，先省「過程」，再省「過程」與「終點」，最後省「起點」
與「過程」，是很有變化的。如果不透過章法分析，這種省略、變化技
巧，是很難看出其端倪來的。

　　此外，「項為之強」與「捉蛤蟆」三句，「有人以為二段的『項為
之強』，寫的不是『物外之趣』，這該是錯誤的看法。因為『趣』，不只
限於寫心理而已，用動作或姿態來寫，更為具體而富變化。又有人以為
篇末『捉蛤蟆，鞭數十，驅之別院』，是寫作者主持正義的行為，這也
該是錯誤的看法。因為作者要是主持正義的話，必然是一鞭就把癩蛤蟆
鞭死，怎麼可能在鞭數十下之後，竟然活得好好的，而又把牠趕到別院
去呢？還有，果真如此，則寫的已不再是童心童趣，與前文也就不能維
持一致的意思了。所以此三句，寫的該是作者得到『物外之趣』的動

作，這樣，全文的意思就得以『一以貫之』了。」[56] 由此可見章法「統一律」梳理辭章的妙處。

三　作品風格與章法結構

　　閱讀經典作品，有三個層進的目標，即工具性之語文訓練、文學性之文藝欣賞與文化性之精神陶冶。而風格之掌握，為文藝欣賞（文學性）走向精神陶冶（文化性）的一座橋樑，絕不能稍予輕忽。閱讀經典作品，如果不提升至此，將是失敗的。由於它們是整體性的，乃合形象思維與邏輯思維而為一的活動，所以章法結構只能作部分之處理、掌握，雖然如此，已可以稍稍訴諸條理，而非完全是靠自由心證了。如王維的〈送梓州李使君〉詩：

　　　　萬壑樹參天，千山響杜鵑。山中一夜雨，樹杪百重泉。漢女輸橦
　　　　布，巴人訟芋田。文翁翻教授，不敢倚先賢。

　　此乃「一首投贈詩，是寫當地（梓州）的風景土俗，並寓歌頌之意」[57]。它採「先實後虛」的結構寫成：「實」的部分，含前三聯，先以開端四句，寫「梓州」遠近之風景，再以「漢女」二句，寫「梓州」特別之土俗。其中「萬壑」二句，一訴諸視覺，一訴諸聽覺，來寫遠景；「山中」二句，藉「先久後暫」的結構，以寫近景：「漢女」二句，用「先正後反」的條理，來寫土俗。而「虛」的部分，則為末二句，以「寓歌頌之意」作結。這樣一路寫來，可說「切地、切事、切人」，十分得法。對此，喻守真詳析云：

56　〈如何畫好國文課文結構分析表〉，《國為教學論叢》，頁 239。
57　《唐詩三百首詳析》，頁 147。

此詩首四句是懸想梓州山林之奇勝，是切地。同時領聯重複「山樹」二字，即是緊承起首「千山萬壑」而來。律詩中用重複字，此可為法。頸聯特寫「巴人漢女」，是敘蜀中風俗，是切事。有此一聯就移不到別處去。結尾尋出文翁治蜀化民成俗，是切人，以文翁擬李使君，官同事同，是很好的影戲，是切人。這兩句意謂梓州地雖僻陋，然在衣食既足之時，亦可施以教化，不能以人民之難治，就改變文翁教授之政策，想來梓州人民亦不敢倚仗先賢而不遵使君的命令。[58]

解析得很深入，有助於對此詩的了解。附結構分析表如下：

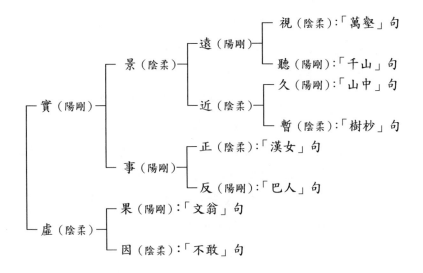

如單以剛柔結構來呈現，則如下表：

58　同前註，頁 148。

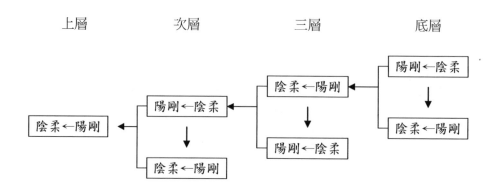

　　此詩之結構由四層重疊而組成：它最上層之「先實後虛」（逆、移位）乃其核心結構，其「勢」之趨向為「陽剛→陰柔」；次層有「先景後事」（順）、「先果後因」（逆）等兩個「移位」結構，其「勢」之趨向為「陽剛→陰柔」→「陽剛→陰柔」；三層有「先遠後近」（逆）、「先正後反」（順、對比）等兩個「移位」結構，其「勢」之趨向為「陽剛→陰柔」→「陰柔→陽剛」；底層有「先視覺後聽覺」（順）、「先久後暫」（逆）等兩個「移位元」結構，其「勢」之趨向為「陰柔→陽剛」→「陽剛→陰柔」。總結起來看，此篇所形成之「勢」，趨向「陰柔」的有四個結構、趨向「陽剛」的有三個結構，可看出其「陰柔」之「勢」較「多」較「進」，而「陽剛」之「勢」較「寡」較「黜」；尤其最重要的核心結構[59]，即上層結構，其「勢」又趨向於「陰柔」。因此此詞顯屬偏於「陰柔」風格，[60] 關於這點，周振甫分析云：

59　陳滿銘：〈論章法「多、二、一（0）的核心結構〉，臺灣師大《師大學報》48 卷 2 期（2003 年 12 月），頁 71-94。

60　此詩之結構由四層重疊而組成：它最上層之「先實後虛」（逆、移位）乃其核心結構，其「勢」之數為「陰 16、陽 8」；次層有「先景後事」（順）、「先果後因」（逆）等兩個「移位」結構，其「勢」之數為「陰 19、陽 14」；三層有「先遠後近」（逆）、「先正後反」（順、對比）等兩個「移位」結構，其「勢」之數為「陰 12、陽 12」；底層有「先視覺後聽覺」（順）、「先久後暫」（逆）等兩個「移位」結構，其「勢」之數為「陰 5、陽 4」。總結起來看，此篇所形成之「勢」，其數為「陰 52、陽 38」，如換

對王維這首詩的前四句，紀昀評為「高調摩雲」，許印芳評為「筆力雄大」，可歸入剛健的風格。值得注意的，是許印芳提出王維這類詩，兼有清遠、雄渾兩種風格，就意味講是清遠的，像寫既有萬壑的參天大樹，又有千山的杜鵑啼叫。經過一夜雨，看到山上的百重泉水。這裡正寫出山中雄偉的自然景象，沒有一點塵囂，透露出清遠的意味來。但從自然的景物看，又是氣勢雄渾的。假使不能賞識這種清遠的意味，就不能讚賞這種自然景物，寫不出雄渾的風格來。這個意見是值得探討的。[61]

內容情意，亦即「意味」，就辭章而言，是決定一切的根源力量，也就是「意象」之「意」；而「景象」則為「意象」之「象」。既然本詩就「意味講是清遠的」、就景象講是「雄渾」的，那麼這首詩就當以「清遠」（陰柔）為主、「雄渾」（陽剛）為輔，也就是說此詩的風格是「清遠中有雄渾」的。假如這種看法沒錯，則由「內容的邏輯結構」（章法結構）所推出來的剛柔之「勢」，正好可解釋這種現象。大致說來，這首詩雖說偏於「陰柔」，卻可算接近於「剛柔相濟」；而「剛柔相濟」，在美學中是受到極高之推崇的[62]。

　　可見一篇風格之形成，與剛柔、「內容的邏輯結構」（章法結構），關係十分密切。換句話說，「風格」這種「審美風貌」有偏於「陰柔」、偏於「陽剛」或偏於「剛柔相濟」的可能，是統合「意」與「象」而產

算成百分比（四捨五入），則為「陰 58、陽 42」。這是非常接近「剛柔互濟」的「偏柔」風格。見陳滿銘：《章法學綜論》（臺北市：萬卷樓圖書公司，2003 年 6 月初版），頁 313。

61 周振甫：《文學風格例話》（上海市：上海教育出版社，1989 年 7 月一版一刷），頁 49。

62 陳望衡：《中國古典美學史》（長沙市：湖南教育出版社，1998 年 8 月一版一刷），頁 202。

生的。

又如蘇軾的〈江城子〉詞：

> 老夫聊發少年狂，左牽黃，右擎蒼。錦帽貂裘，千騎卷平岡。為
> 報傾城隨太守，親射虎，看孫郎。　　　酒酣胸膽尚開張，鬢微
> 霜，又何妨！持節雲中，何日遣馮唐？會挽雕弓如滿月，西北
> 望，射天狼。

這是首抒發豪情壯志[63] 的作品，採「果、因、果」結構寫成。它先
以「老夫聊發少年狂」一句，作為引子，以領起下文，為「泛」寫的部
分；次以「左牽黃」七句，藉「密州出獵」（題目）時威武的場面寫
「狂」，為「具」寫的部分；以上寫的是頭一個「果」。其次以「酒酣胸
膽尚開張」三句，用來交代自己所以會「聊發少年狂」（承上）而有靖
邊願望（起下）的原因，以承上起下；這寫的是「因」。最後先用「持
節雲中，何日遣馮唐」二句，藉期待朝廷用自己守邊的事寫「狂」；再
用結三句，一面用「挽雕弓」回應「因」的部分，緊緊扣著首句的「狂」
字作收，表現出英雄欲用武以靖邊的強烈願望；這寫的是後一個「果」
的部分。敘次由果而因而果，極為分明。徐中玉說：

> 這首詞通過打獵場面的描寫，表現了作者渴望效命疆場、建功立
> 業的雄心壯志。全詞意境豪邁，聲情激越。[64]

63　葉嘉瑩：「如果說蘇詞中也有表現為英雄豪傑之氣者，則最為眾所熟知的一篇作品，
　　自當推其〈江城子〉（老夫聊發少年狂）一首為代表。」見《靈谿詞說》（臺北市：
　　國文天地雜誌社，1989 年 12 月初版），頁 204。
64　徐中玉：《蘇東坡文集導讀》（成都市：巴蜀書社，1990 年 6 月一版一刷），頁 228。

把此詞之作意與風格說得很清楚。附結構分析表如下：

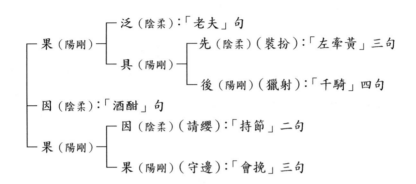

如單以剛柔結構來呈現，則如下表：

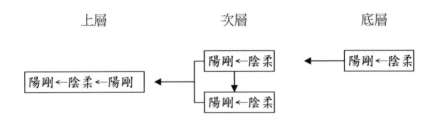

可見此詞含三層結構：它上層之「果、因、果」（拗、轉位）為其核心結構，其「勢」之趨向為「陰柔→陽剛」；而次層有「先泛後具」（順）、「先因後果」（順）等「移位」結構，其「勢」之趨向為「陰柔→陽剛」；至於底層僅有「先先後後」（順）的「移位」結構，其「勢」之趨向又是「陰柔→陽剛」。將三層加在一起，其「勢」之趨向全為「陰柔→陽剛」；可知這闋詞所形成的是強烈地偏於陽剛之風格[65]。周振甫說：

---

65 從剛柔成分之量化來看，此詞含三層結構：它上層之「果、因、果」（拗、轉位）為其核心結構，其「勢」之數為「陰18、陽47」；而次層有「先泛後具」（順）、「先因後果」（順）等「移位」結構，其「勢」之數為「陰4、陽8」；至於底層僅有「先先後後」（順）的「移位」結構，其「勢」之數為「陰1、陽2」。將三層加在一起，其

夏承燾《唐宋詞選評》:「北宋時期,西夏曾是它的來自西北的主要軍事威脅。這首詞借出獵寫下作者保衛北宋邊疆的堅強決心。上片描繪出獵的壯舉。下片希望朝廷能夠起用他,他還要為國出力。全篇有氣勢,意氣昂揚,音節激越,反映了作者的用世心情。」……這裡顯示出他忠誠為國的抱負。……總之,他用思卓越,在豪放或婉約中具有雄奇或清俊的風格。[66]

蘇軾詞的風格確是多樣的,但如單就這一首〈江城子〉而言,則是非常豪放的作品,這從它「陰柔→陽剛」的「勢」之趨向來看,就可明顯地看出其強烈的昂揚、激越的陽剛之氣。

綜上所述,可知章法結構,與經典作品的一篇主旨或綱領、一些技法,以及節奏、韻律甚至風格,都有著極密切的關係。這主要是由於章法是建立在陰陽二元對待之基礎上,而陰陽二元對待,又與內容材料之選取、運用與字句、篇章之組合、安排,一一相關。所以一篇辭章,用章法(陰陽二元對待)切入,以分析其結構,最適合出入辭章,呈現辭章之某些特色,尤其是章法結構特別嚴密之經典作品,更容易看出這種結果來。

第三節　章法結構在寫作教學上的應用

近幾年來,對章法的研究,已「集樹成林」,不僅確定了它的原則、內容和範圍,也找出了它的哲學與心理基礎,甚至美感效果,建構了科學化的完整體系,形成一個新學門。而所謂「章法」,簡單地說,

---

「勢」之數為「陰 23、陽 57」;如換算成百分比(四捨五入),則為「陰 29、陽 71」。由此可知這闋詞所形成的是強烈地偏於陽剛之風格。見《章法學綜論》,頁 321-323。

66　《文學風格例話》,頁 147-150。

乃「篇章條理」；若從邏輯思維角度來看，這個「篇章條理」，可以說
就是「聯句成節（句群）、聯節成段、聯段成篇的邏輯結構」。梳理了
這種「邏輯結構」，在進行「寫作」教學時，無論是要命題、指引或批
改、評析，都可循此切入，使學生熟練「謀篇布局」的條理；其重要
性，由此可見。本節即著眼於此，試以「章法結構在寫作教學中之地
位」與「章法結構在寫作教學中之應用」為主要內容，舉例並附以章法
結構分析表，依序加以探討，以見章法結構在寫作教學中應用之一斑。

一　章法結構在寫作教學中之地位

　　上文曾經探討過，辭章是結合「形象思維」與「邏輯思維」[67]與「綜
合思維」所形成的。而這三種思維，各有所主。就形象思維而言，如果
是將一篇辭章所要表達之「情」或「理」，也就是「意」，主要訴諸各
種偏於主觀的聯想、想像，和所選取之「景（物）」或「事」，也就是
「象」，連結在一起，或者是專就個別之「情」、「理」、「景」（物）、「事」
等材料本身設計其表現技巧的，皆屬「形象思維」；這涉及了「取材」
與「措詞」等問題，而主要以此為探討對象的，就是意象學（狹義）、
詞彙學與修辭學等。就邏輯思維而言，如果整個就「景（物）」或「事」
（象）等各種材料，對應於自然規律，結合「情」與「理」（意），主要
訴諸偏於客觀的聯想、想像，按秩序、變化、聯貫與統一之原則，前後
加以安排、布置，以成條理的，皆屬「邏輯思維」；這涉及了、「布局」
（含「運材」）與「構詞」等問題，而主要以此為研究對象的，就字句
言，即文（語）法學；就篇章言，就是章法學。就綜合思維而言，是合
形象思維與邏輯思維而為一的，而一篇辭章用以統合「形象思維」（偏
於主觀）與「邏輯思維」（偏於客觀）而為一的，乃是主旨與風格（韻律）

67　《文章結構學》，頁 345。

等，這就涉及了主題學與風格學等。而以此整體或個別為對象加以研究的，則統稱為辭章學或文章學。[68]

如此說來，章法所探討的，為篇章之邏輯結構，是源自於人類共通之理則，亦即對應於自然規律來說的。所以一般創作者雖日用而不知、習焉而不察，但很早就受到辭章學家的注意，只不過所看到的都是其中的幾棵「樹」，而一概不見其「林」。一直到晚近，經過多年努力的探究，才逐漸「集樹成林」，並確定它的原則、範圍和主要內容（含類別與模式），尋得它的哲學、心理基礎和美感效果，建構了一個體系，而形成一個新的學科[69]。而目前所能掌握之章法，約四十種，那就是：今昔、久暫、遠近、內外、左右、高低、大小、視角轉換、知覺轉換、時空交錯、狀態變化、本末、淺深、因果、眾寡、並列、情景、論敘、泛具、虛實（時間、空間、假設與事實、虛構與真實）、凡目、詳略、賓主、正反、立破、抑揚、問答、平側（平提側注）、縱收、張弛、插

68　《章法學綜論·自序》，頁 1。

69　鄭頤壽：「臺灣建立了「辭章章法學」的新學科，成果豐碩，代表作是臺灣師大博士生導師陳滿銘教授的《章法學新裁》（以下簡稱「新裁」）及其高足仇小屏、陳佳君等的一系列著作。……臺灣的辭章章法學體系完整、科學，已經具備成『學』的資格。它研究成果豐碩，已經『集樹而成林了』；培養鍛鍊了研究的『生力軍』，學術梯隊後勁很大；研究計畫宏偉，且具可操作性。」見〈中華文化沃土，辭章學圃奇葩──讀陳滿銘《章法學新裁》及其相關著作〉，《海峽兩岸中華傳統文化與現代化研討會文集》（蘇州市：「海峽兩岸中華傳統文化與現代化研討會」，2002 年 5 月），頁 131-139。又王希杰：「章法學作為一門學問，不是有關部門章法的個別知識，而是章法知識的總和，是一種概念的系統。章法學是一門實用性很強的學問，也有極高的學術價值。……章法學已經初步形成了一門科學。陳滿銘教授初步建立了科學的章法學體系。……如果說唐鉞、王易、陳望道等人轉變了中國修辭學，建立了學科的中國現代修辭學，我們也可以說，陳滿銘及其弟子轉變了中國章法學的研究大方向·建立了科學的章法學，把漢語章法學的研究轉向科學的道路。」見〈章法學門外閒談〉，頁 92-95。

補[70]、偏全、點染、天（自然）人（人事）、圖底、敲擊[71]等。這些章法，用在「篇」或「章」（節、段）都可以擔負組織材料情意之作用。茲依章法之四大律[72]，約略說明如下：

首先是秩序律：所謂「秩序」，是將材料依序加以整齊安排的意思。任何章法都可依循此律，由於「移位」而形成其先後順序。茲舉較常見的十幾種章法來看，它們可就其先後順序，形成如下「移位」結構：（一）今昔法：「先今後昔」、「先昔後今」；（二）遠近法：「先近後遠」、「先遠後近」；（三）大小法：「先大後小」、「先小後大」；（四）本末法：「先本後末」、「先末後本」；（五）虛實法：「先虛後實」、「先實後虛」；（六）賓主法：「先賓後主」、「先主後賓」；（七）正反法：「先正後反」、「先反後正」；（八）抑揚法：「先抑後揚」、「先揚後抑」；（九）立破法：「先立後破」、「先破後立」；（十）平側法：「先平後側」、「先側後平」；（十一）凡目法：「先凡後目」、「先目後凡」；（十二）因果法：「先因後果」、「先果後因」；（十三）情景法：「先情後景」「先景後情」；（十四）論敘法：「先論後敘」、「先敘後論」；（十五）底圖法：「先底後圖」、「先圖後底」。這些「順」或「逆」所形成的結構，隨處可見[73]。

其次是變化律：所謂「變化」，是把材料的次序加以參差安排的意思。每一章法依循此律，也都可以因「轉位」而造成順逆交錯的效果。同樣以上舉十幾種常見章法來看，可形成如下「轉位」結構：（一）今昔法：「今、昔、今」、「昔、今、昔」；（二）遠近法：「遠、近、遠」、

---

70 以上章法，見《章法學新裁》，頁 319-360。又見《篇章結構類型論》上、下，頁 1-620。

71 以上五種章法，見陳滿銘：〈論幾種特殊的章法〉，臺灣師大《國文學報》31 期（2002 年 6 月），頁 193-222。

72 〈論辭章章法的四大律〉，頁 101-107。

73 同前註，頁 101-102。

「近、遠、近」；（三）大小法：「大、小、大」、「小、大、小」；（四）
本末法：「本、末、本」、「末、本、末」；（五）虛實法：「虛、實、虛」、
「實、虛、實」；（六）賓主法：「賓、主、賓」、「主、賓、主」；（七）
正反法：「正、反、正」、「反、正、反」；（八）抑揚法：「抑、揚、抑」、
「揚、抑、揚」；（九）立破法：「立、破、立」、「破、立、破」；（十）
平側法：「平、側、平」、「側、平、側」；（十一）凡目法：「凡、目、
凡」、「目、凡、目」；（十二）因果法：「因、果、因」、「果、因、果」；
（十三）情景法：「情、景、情」、「景、情、景」；（十四）論敘法：「論、
敘、論」、「敘、論、敘」；（十五）底圖法：「底、圖、底」、「圖、底、
圖」。這些「順」和「逆」交錯的結構，也到處可以見到[74]。

　　又其次是聯貫律：所謂「聯貫」，是就材料先後的銜接或呼應來說
的，也稱為「銜接」。無論是哪一種章法，都可以由局部的「調和」與
「對比」，形成銜接或呼應，而達到聯貫的效果。在約四十種章法中，
大致說來，除了貴與賤、親與疏、正與反、抑與揚、立與破、眾與寡、
詳與略、張與弛……等，比較容易形成「對比」外，其他的，如今與
昔，遠與近、大與小、高與低、淺與深、賓與主、虛與實、平與側、凡
與目、縱與收、因與果……等，都極易形成「調和」的關係。通常「前
者會因此而產生對比美，後者則會產生調和美；不過第三種情形是：有
一些章法所組織起來的內容材料，並非絕對會形成對比或調和的關係，
而是必須視個別篇章的情況來判定，因此它可能產生對比美，也可能產
生調和美，圖底法、今昔法和空間諸法等就是如此。」[75]

　　最後是統一律：所謂的「統一」，是就材料情意的通貫來說的。這
裡所說的「統一」，乃側重於內容（包含內在的情理與外在的材料）之

74　同前註，頁 103。

75　仇小屏：〈論章法的對比與調和之美〉，《第四屆中國修辭學國際學術研討會論文
　　集》，頁 118。

整體而言，與前三律之側重於個別或部分內容材料者，有所不同。也就是說，這個「統一」，和聯貫律中由「調和」所形成的「統一」，所指非一。因此要達成內容的「統一」，則非訴諸主旨（情意）與綱領（大都為材料的統合）不可。而綱領既有單軌、雙軌或多軌的差別，就是主旨（含綱領）也有置於篇首、篇腹、篇末與篇外的不同[76]，這就必須主要由「邏輯思維」，而輔以「形象思維」來加以完成。一篇辭章，無論是何種類型，都可以由此「一以貫之」，以呈現其特殊條理[77]。

如此由不同的章法，以形成不同的章法結構，如「先遠後近」、「先平提後側注」、「先凡後目」、「先敘後論」等；而同一個章法，又可形成不同的結構類型，如「先正後反」、「先反後正」、「正、反、正」、「反、正、反」等。教師熟悉了這些條理，才能夠對應於每一作者「習焉而不察」之各種邏輯思維，將其篇章的邏輯結構梳理清楚，從而深入辭章的義蘊、辨析布局的奧妙、掌握鑑賞寫作的要領，以提升「寫作教學」的效果[78]，因此「章法結構」在「寫作教學」中地位，是非常重要的。

二　章法結構在寫作教學中的應用舉隅

寫作教學的主要內容有三：一為命題，二為指引，三為批改（評析）。其中的指引，又可分為經常性的指引和臨時性的指引兩種[79]。通

---

76 〈談辭章章法的主要內容〉，《章法學新裁》，頁 351-359。
77 陳滿銘：〈章法四律與邏輯思維〉，臺灣師大《國文學報》34 期（2003 年 12 月），頁 87-118。
78 陳滿銘：〈談課文結構分析的重要──以高中國文課文為例〉，《兩岸暨港新中小學國語文教學國際研討會論文集》，頁 13-41。
79 「經常性的指引，是要在課文讀講時一併進行的，也就是說，要在講授課文之際，仔細分析課文，對文中有關立意、運材、布局、措辭等工夫，一一予以深究，使學生對寫作的方法，能由點而面，由面而立體地加以掌握，形成一個系統，這是指導學生作文最重要的一環。有不少人以為課文自課文，作文自作文，是兩碼子事，因

常，這種指引可涵蓋審題、立意、運材、布局與措詞等。而章法可著力的，就是「布局」。底下就以「布局」為重心，旁涉命題與指引（含批改），予以舉例說明，以見章法與寫作教學的密切關係。

用章法來命題或指引（含批改），既可適用於長篇之傳統式作文，也可適用於短篇之限制式寫作。一般來說，可配合課文之所學，選擇一、二種或幾種較常見的章法，在題目中作指引，要求從中擇一種或兩種，加以應用，來寫成結構表或文章，藉以訓練學生靈活運用各種「章法」之能力。而在進行時，可試著取材於課文或課外，用題組方式從事命題或指引（含批改）。

（一）取材自課內者，如

1 寫作題目

（1）請閱讀下列張春榮〈接力〉（和林版國中國文第一冊第五課）一文，並指出這篇文章「今、昔、今」結構是如何形成的？

> 她看見自己的名字在公費的大學榜單上出現，歡喜得掉下淚來……。自小學二年級，爸媽在地下工廠爆炸時傷亡，透過福利基金會，她一直由遠在桃園的「大哥」領養。
> 最先來看她的大哥姓陳。他說他現讀大一，代表班上來探望她，而她每月的認養費都由班上同學分攤。當時她怯怯聽著，不知該說些什麼。等到升上國中，陳大哥來函說他們畢業分發各地，投

此在指導學生作文時，往往另起爐灶，硬是將作文與課文拆開，這是本末倒置的作法，是十分不妥當的。至於臨時性的指引，則在出了作文題之後，要針對所出的題目，用極短的時間，對題目的意義、重心，可用的材料或章法，甚至措辭技巧等，給予必要的提示，以補經常性指引之不足。」見陳滿銘：《作文教學指導》（臺北市：萬卷樓圖書公司，1994 年 10 月初版），頁 115。

入消防救火行列。並要她好好用功，同時大一學弟將繼續認養。

再來看她的大哥——姓林，頭理三分頭，臉圓圓的，很會說笑，綽號「笑彌勒」。他說他喜歡「孫悟空哲學」，孫悟空在《西遊記》裡，每次遭到挫折，都說：「哭不得，只好笑了。」這段話一直深深印在她心田，成為她寂寞受傷時的座右銘。

等她讀高一，林大哥畢業了，再來看她的大哥姓吳。談起大專聯招，她問吳大哥：「怎麼會想念消防系？」他想了一想：「各行各業都需要人才……」而後正色道：「還有，念官校可減輕家中經濟負擔。」另外，問起認養一事，她笑說：「這是系上『愛的接力』。輪到我們學弟班跑第三棒。」聽在心理，感念之餘，更堅定她好好用功讀書的信念。

喜坐書桌前，她取出紙筆，將這個好消息通知升大四的吳大哥全班，信末道：「枯桑知天風，海水知天寒。再來第四棒由我自己跑。我將成為另一個起點。」

今			
昔	因：		
	果	先：	
		次：	
		後：	
今			

（2）以「一張照片」為題，以「今、昔、今」的結構，完成一篇文章。

2 寫作舉隅

（1）

今	第一段：她看見自己名字在公費的大學榜單上出現，歡喜得掉下淚來……	
昔	因：自小學二年級，爸媽在地下工廠爆炸時傷亡	
	果	先：透過福利基金會，她一直由遠在桃園的「大哥」領養
		第二段：陳大哥一班
		次：第三段：林大哥一班
		後：第四段：吳大哥一班
今	第六段：喜坐書桌前……我將成為另一個起點	

（2）

其一

凝視著照片許久，照片中的水波及牡草，好像隨著微風舞動起來……

「又是草魚！」哥哥積了滿肚的怨氣說。他接著語帶不悅地說：「到皮筏上比較釣得到大魚啦！而且繩子也不會掉！」

「好啦！好啦！」媽媽笑著說。

於是我們就高高興興上了皮筏。

果然，登上皮筏後，大家就快快樂樂地釣「大」魚。蔚藍的天空伴隨著輕柔的白雲，讓人看了心曠神怡，三月溫暖的春風，一陣又一陣輕輕拂過我的臉，難得「偷得浮生半日閒」，好好放鬆心情，悠哉一下，可謂怡然自得也。

就當我想給媽媽看我的戰利品——一大桶魚時，一回首，自頭到腳，一種陰寒的感覺迅速貫穿全身。失神一秒之後，我才驚慌失措地大喊救命！因為繩子竟然鬆掉了！漁場主人段伯伯趕緊拿出

長竹竿想把繩子勾回，可是竹筏離岸邊太遠了，他無論怎麼努力，就是勾不到，當我已經感到絕望時，哥哥抓起繩子使勁拋出去，套進竹竿裡，竹筏才慢慢地被拉回去。

當天色漸漸暗下來，也該是我們踏上歸途的時候了！爸爸幫嚇得魂不附體的我照了一張相片，作為一個「非常美好」的回憶。

每當我看到這張照片時，回想經過，我還餘悸猶存。闔上相本，也該將飄遠的思緒拉回了：一張張照片；一個個回憶！（國一顏意欣）

其二

看著這張照片，重新體會當時的情景，看著照片裡的人笑了，我也跟著笑了。

從小出門遊玩的經驗不計其數，而這一天為了慶祝我五歲的生日，我們決定去基隆探訪名勝古蹟。

我懷著喜悅的心情前往該地。高而壯碩的大樹被嬌嬌弱弱的小草所圍繞，將要西下的夕陽散放出溫和的光芒，照在今日的主角——大砲上，形成一幅美麗的圖畫。

我掙脫媽媽的手，張臂朝它奔去……。小小的腦中，出現我躺在大砲上，看著天空，欣賞雲兒變化多端的姿態，陽光灑在身上，多麼舒服呀……。可惜事情並不如人意，在跨上大砲的那一刻，我的左腳沒有踩穩，「砰！」一聲，一陣沉默後，隨之而來的是一陣哭聲……

八年後的今天，我舊地重遊，大砲依然聳立在那兒，當時的情景依然歷歷在目，在我的要求下，我們拍了張照片，之後，我像當年一樣，張開手臂，奔向我多年不見的好友！（國一張寧珈）

3 檢討

這個題組的設計主要配合範文的教學，透過上課時對此文章法的詳細講解，使學生充分了解「今、昔、今」這個章法結構，並能運用在習作上。「今、昔、今」這個章法結構是很好運用的，適用的範圍很廣，舉凡「懷舊」類型的題目，例如：一張舊照片、一件難忘的事……等皆適合使用。

在寫這一篇文章之前，老師即請同學回家找一張印象深刻或意義特殊的相片，並請學生於作文課時帶來，再以提問的方式引導學生看照片，最後才請學生寫成文章。

大致上來說，這一篇實作學生在對「今、昔、今」這個章法結構的掌握還算不錯，幾乎都能運用。但多數學生在文句的順暢度、遣詞的精確度及主旨的確立上仍嫌不足，所以文章都還有很多進步的空間。（上例由台北縣樹林高中謝永珍老師提供）

（二）取材自課外者，如

1 寫作題目

（1）請說明下列形成「先反後正」結構的新詩，是怎樣造成對比的？
　　有什麼效果？
　　魯藜〈泥土〉原詩如下：

　　　是把自己當珍珠
　　　就時時有怕被埋沒的痛苦

　　　把自己當作泥土吧
　　　讓眾人把你踩成一條道路

（2）請你就「善意、善行讓人間更溫暖」，或是「放下自我的執著，一
　　切海闊天空」尋找正面、反面的事例。

「善意、善行讓人間更溫暖」，或是「放下自我的執著，一切海闊天空」	
正面事例	反面事例

（3）請你依據上面的材料，也運用正反法來寫成一篇文章（500字以
　　內）。

2　設計理念

　　所謂的正反法就是將極度不同的兩種材料並列起來，作成強烈的對
比，藉反面的材料襯托出正面的意思，以增強主旨的說服力與感染力的
一種章法[80]，正反法所形成的結構，有「先正後反」、「先反後正」、「正
反正」、「反正反」四種[81]。因此就整體來觀照正反法的運用，是從「相
反聯想」[82] 出發，尋找到正、反面的材料，然後再安排在篇章之中，形
成正、反對照的章法現象。這種章法相當常見，運用在篇章中，可以藉
著正、反面的對照，呈現事情的真相，並且會因為強烈的反差，而造成
鮮明搶眼、痛快淋漓的美感。

　　因為在正反法的四種結構中，「先反後正」是最普遍、最容易寫作
的一種，所以本題組的設計，就是藉著一首簡短的詩篇，讓人辨識並認
識「先反後正」結構，然後再讓練習者藉著填寫正面與反面事例的表

80　《篇章結構類型論》，頁406。

81　同前註，頁412。

82　邱明正稱之為「對比聯想」，並解釋道：「對比聯想是事物之間在性質、型態上的相
　　異、相反所喚起的聯想（即『對比律』）。」見《審美心理學》，頁180。

格，自然而然地進行相反聯想，並蒐集寫作材料，第三步驟才是將蒐集
到的材料寫成篇章。期望經由這樣的引導，就能突破不知如何謀篇的瓶
頸，順利完成寫作。

3　寫作舉隅

（1）第一步驟參考答案：此詩的反面材料是珍珠怕被埋沒，正面材料
　　　是泥土捨身成路，作者藉此對比，凸顯出奉獻精神的珍貴。

（2）第二、三步驟之寫作舉隅

（甲）

放下自我的執著，一切海闊天空	
正面事例	反面事例
選擇當一片落葉	在枝椏上的一片葉子
自由自在盪鞦韆	一個人玩蹺蹺板

　　　　你一個人靜靜地坐在蹺蹺板上，臉上還帶著一絲淡淡的哀愁。你
　　在等待，
　　　　等待那個人回來，陪你玩兩個人才能玩的蹺蹺板。雖然那人已經
　　離開，不會再回來了，不過你執著的心，就像是枷鎖，把你禁錮
　　在蹺蹺板上，痴痴地等。……
　　　　你沒看到旁邊的鞦韆嗎？何不起身，去享受一個人自由自在搖盪
　　的樂趣。就像是生附在枝椏上的一片葉子，要學著放手當一片落
　　葉，才能看到樹的全貌，看到不一樣的天空。對於愛，不也是這
　　樣嗎？（沈圓婷）

（乙）

善意、善行讓人間更溫暖	
正面事例	反面事例
關心獨居老人，讓老人感受到社會的溫暖	遭受家庭暴力卻無人伸出援手
遇到有人發生意外時，立即給予幫助	火災發生的時候，一群人圍在旁邊看熱鬧而不幫忙

　　在臺灣早期社會，女人就像「油麻菜籽」，落在哪，長在哪。嫁到好丈夫，就可以過得很好；如果嫁到遊手好閒，又會打老婆的人，只能自嘆命苦。而這些遭受家暴的婦女因為受到傳統思想的束縛，往往生活在恐懼裡卻不願離開家。知道這些婦女正遭受暴力，例如他們的鄰居，常常以「清官難斷家務事」或「自掃門前雪」的心態而不伸出援手，使得這些婦女更加無助。

　　幸好現在的社會比以前溫暖了，現在有許多的社服團體會主動關心社會裡需要幫助的人，像是獨居老人或遊民。有許多的團體會每天送食物給獨居老人或遊民。也有許多的大學生會利用寒暑假去偏遠地區關心獨居老人並教導他們一些衛生教育，都會讓他們感受到社會的溫暖。

　　只要我們花一點點時間和精力，就可以讓人間變溫暖。如果沒有人願意付出，即使太陽已經高掛在空中，我們還是會覺得寒冷。
　　（許雅婷）

（丙）

放下自我的執著，一切海闊天空	
正面事例	反面事例
在平安夜那天收到宿委親自送上的溫馨小禮物，因而受到感動	抱著強硬的態度，對學校提出不滿意見

還記得前些日子，大家因為學校不合理的調漲宿舍費用，而把學校批評的無一是處，大家都認為宿舍這麼破爛，沒設備又那麼舊，隔音效果也不好，還要調漲到和外面的房租相當的價錢，真的相當的不合理。

我認為學生宿舍的功用，不就是為了方便學生，提供學生一個安全又舒適，價格又低廉的生活環境嗎？看到學校如此惡劣的行為，使我在公聽會持著氣憤的態度去反抗、去抱怨。

然而在十二月二十四日那天，我收到了從宿舍委員送來的一份聖誕禮物，那包裝精緻，讓人感到充滿喜悅的氣氛。那時內心的我，感到相當的貼心，覺得學校好用心喔！而後幾天也漸漸的發現，校方雇用了外面的廠商，來打掃我們的環境，每天一早見到的是乾淨的地面和整齊排列有序的腳踏車，那樣的感動，讓我開始反省……。

也許學校真的有意要替學生提高生活品質，校方也舉辦公聽會讓我們去了解校方的目的，或許身為學生的我應該放下自己的成見，先仔細觀察校方的改變再去做適當的回應，才是理性的。

（林玉娘）

4 檢討

從所舉例子來觀察，發現習作者大體上皆能掌握正反法的精義。首先第一個子題要求辨識出「先反後正」結構，大都能做到，至於是否能掌握到最重要的訊息（亦即主旨），則有的還需要進一步地訓練；其次，第二個子題要求習作者運用相反聯想尋找正、反面的材料，他們的發展方向有兩種：第一種是根據同一件事，寫出正、反兩種處理方式，第二種是純粹只找正面與反面的事例，當然這兩種都是可以的；第三個子題則是需要運用前面所找到的材料寫作成篇，習作者在這個子題中的

表現也相當不錯，顯示邏輯思維尚稱清晰，而且形成的結構也以「先反後正」為最大宗，可見得第一子題中詩篇的示範作用不可小覷，也間接印證了讀寫結合的優越性，為了證明此點，在此將前三篇例文的結構分析如下，首先是第一篇的結構分析表：

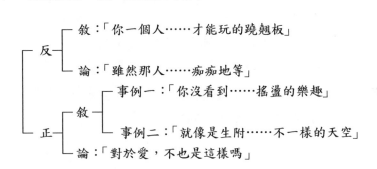

其次是第二篇的結構分析表：

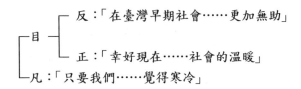

再次是第三篇的結構分析表：

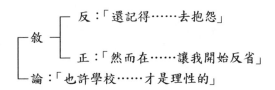

從事本題組的寫作，不僅可訓練人相反聯想的能力，還可引導人跳脫以

往不自覺的謀篇習慣，有意識地運用正反法謀篇，可說是一舉兩得，訓練成效相當良好[83]。

綜上所述，可知章法所講求的，是內容的邏輯結構，而這種邏輯結構，乃對應於自然規律來說的；因此作者在創作之際，一定會受到此種邏輯條理之左右，來安排各種材料。就算這種左右，對作者而言，往往是日用而不知、習焉而不察的，卻自自然然地都將邏輯條理反映在作品之上。所以無論是閱讀或寫作，全離不開呈現邏輯條理的章法，這使得章法結構在國文教學，尤其是在寫作教學上，就佔有極重要的地位，這樣對提高教學的效果來說，是十分有效的。

---

[83] 仇小屏：《限制式寫作之理論與應用》（臺北市：萬卷樓圖書公司，2005年10月初版），頁 213-219。

附:「語文能力」與「思維(意象)系統」融合圖

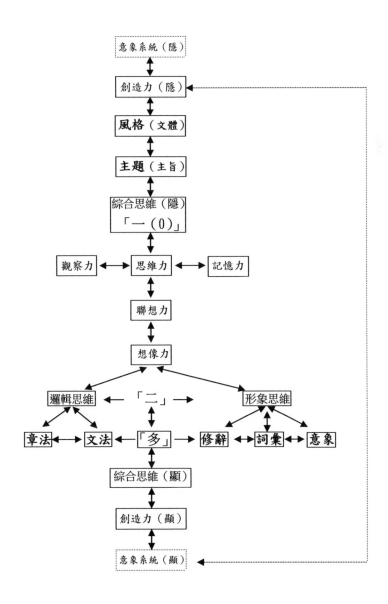

第六章
章法結構與新式寫作

　　鑑賞於當前迫切需要，以迎合未來國、高中升學競爭之新潮流，本章特從一般寫作教學中抽離出來，從命題與實作切入，以研討「章法結構」與「新式寫作」之教學。而新式寫作，從積極面而言，也可稱為「引導式寫作」；從消極面看，則可稱之為「限制式寫作」[1]。而這種寫作，無論長、短篇，都可以鎖定「章法結構」來進行命題，讓學生實作。本章即著眼於此，從四十多種章法[2]中，以「時間」、「空間」、「泛具」、「映襯」等類型為範圍[3]，由臺南成功大學中文系副教授仇小屏，以「題組」方式提供「命題」與「實作」的一些例子，並加以「檢討」，以作為中小學教師「章法結構」寫作（含閱讀）教學之參考。

第一節　以時間類章法結構為例

　　時間類章法主要含「今昔」與「久暫」兩種。而最常見的為今昔，它是將時間中的「今」（現在）與「昔」（過去），依篇章需求作適當安排的一種章法。其中「由昔而今」的順敘方式，是最為常見的敘述方

1　仇小屏：《限制式寫作之理論與應用》（臺北市：萬卷樓圖書公司，2005 年 10 月初版），頁 1-384。

2　陳滿銘：《章法學綜論》（臺北市：萬卷樓圖書公司，2005 年 5 月初版），頁 115-133。又，仇小屏：《文章章法論》（臺北市：萬卷樓圖書公司，1998 年 11 月初版），頁 1-510。

3　陳佳君：〈論章法的族性〉，《修辭論叢》（福州市：海潮攝影藝術出版社，2002 年 12 月一版一刷），頁 145-163。

式，也是最符合事物本身的發展規律的，而合乎規律的東西就是真的，就是美的。至於「由今而昔」地逆敘，是將美感情緒波動最急促、最密集的部分先呈現出來，非常醒目。而「今、昔、今」的結構方式，會將激烈的美感情緒再次重現，形成呼應，有餘韻不覺的感受，是僅次於順敘結構外，最為常見的結構類型。還有其他「今昔迭用」的結構，「今」與「昔」之間會形成一再的、強烈的呼應，美感也因此而產生。[4] 而久暫是將文學作品中的長、短時間作適當安排的一種章法。這種久、暫的時間安排，是配合情感的波動，所形成的長時與瞬時的對照。當文學作品呈現「由暫而久」的時間設計，則「暫」會更強調出「久」，而時間的悠久本身即會產生美感，而且最有利於歷史感的帶出。至於「由久而暫」的設計類型，則是強調出「暫」，選取情意量最為豐富的一剎那，來作特寫的呈現。[5]

　　以下特以「今昔」為範圍，舉例如次：

一　題組

（一）請閱讀下列朱自清〈背影〉，並指出其「今、昔、今」結構是如何形成的

　　　我與父親不相見已二年餘了，我最不能忘記的是他的背影。
　　　那年冬天，祖母死了，父親的差使也交卸了，正是禍不單行的日子！喪事完畢，父親要到南京謀事，我也要回北京念書，我們便同行。

4　仇小屏：《篇章結構類型論》上（臺北市：萬卷樓圖書公司，2000 年 2 月初版），頁 40-42。又參見其《古典詩詞時空設計美學》（臺北市：文津出版社，2002 年 11 月初版一刷），頁 169-183。
5　《篇章結構類型論》上，頁 50-51。又，《古典詩詞時空設計美學》，頁 183-190。

到南京時，有朋友約去遊逛，勾留了一日；第二日上午，便須渡江到浦口，下午上車北去。父親因為事忙，本已說定不送我，叫旅館裡一個熟識的茶房陪我同去。他再三囑咐茶房，甚是仔細。但他終於不放心，怕茶房不妥帖；頗躊躇了一會。其實，我那年已二十歲，北京已來往過兩三次，是沒有什麼要緊的了。他躊躇了一會，終於決定還是自己送我去。我兩三回勸他不必去，他只說：「不要緊，他們去不好！」

我們過了江，進了車站，我買票，他忙著照看行李。行李太多了，得向腳夫行些小費才可過去，他便又忙著和他們講價錢。我那時真是聰明過分，總覺他說話不大漂亮，非自己插嘴不可。但他終於講定了價錢，就送我上車。他給我揀定了靠車門的一張椅子，我將他給我做的紫毛大衣鋪好坐位。他囑我路上小心，夜裡要警醒些，不要受涼；又囑託茶房好好照應我。我心裡暗笑他的迂，他們只認得錢，託他們直是白託；而且我這樣大年紀的人，難道還不能料理自己麼？唉！我現在想想，那時真是太聰明了！我說道：「爸爸，您走吧！」他望車外看了一看，說：「我買幾個橘子去，你就在此地不要走動。」我看那邊月臺的柵欄外有幾個賣東西的等著顧客。走到那邊月臺，須穿過鐵道，須跳下去又爬上去。父親是一個胖子，走過去自然要費事些。我本來要去的，他不肯，只好讓他去。我看見他戴著黑布小帽，穿著黑布大馬褂，深青布棉袍，蹣跚地走到鐵道邊，慢慢探身下去，尚不大難。可是他穿過鐵道，要爬上那邊月臺，就不容易了。他用兩手攀著上面，兩腳再向上縮；他肥胖的身子向左微傾，顯出努力的樣子。這時我看見他的背影，我的眼淚很快地流下來了。我趕緊拭乾了淚，怕他看見，也怕別人看見。我再向外看時，他已抱了朱紅的橘子望回走了。過鐵道時，他先將橘子散放在地上，自己

慢慢爬下，再抱起橘子走。到這邊時，我趕緊去攙他。他和我走到車上，將橘子一股腦兒放在我的皮大衣上，於是撲撲衣上的泥土，心裡很輕鬆似的。過一會說：「我走了，到那邊來信！」我望著他走出去。他走了幾步，回過頭看見我，說：「進去吧，裡邊沒人！」等他的背影混入來來往往的人叢裡，再找不著了。我便進來坐下，我的眼淚又來了。

近幾年來，父親和我都是東奔西走，家中光景，一日不如一日。我北來後，他寫了一封信給我，信中說道：「我身體平安，惟膀子疼痛得屬害，舉箸提筆，諸多不便，大約大去之期不遠矣！」我讀到此處，在晶瑩的淚光中，又看見那肥胖的青布棉袍、黑布馬褂的背影。唉！我不知何時再能與他相見！

（二）下列文章為《山海經‧夸父逐日》，這篇文章原本是用順敘法寫成（其結構請參見其下的結構分析表），請將它改寫成白話散文，而且要以「今昔今」結構來敘事，可適度地增加細節，文長不限

　　夸父與日逐走，入日。

　　渴，欲得飲，飲於河、渭；河、渭不足，北飲大澤。

　　未至，道渴而死。棄其杖，化為鄧林。

其結構分析表如下：

```
┌─ 先：「夸父與日逐走」二句
├─ 中：「渴……北飲大澤」
└─ 後：「未至……化為鄧林」
```

二　設計理念

　　對於時間的流逝有所感受，是一種非常重要的時間知覺，所以孔子就曾經慨嘆過：「逝者如斯夫，不舍晝夜」，因此「時間先後」就成了一種非常重要的邏輯，章法當中的「今昔」法，就是在此基礎上產生的。

　　所謂的今昔法，就是將時間中的「今」（現在）與「昔」（過去），依篇章需求作適當安排的章法，可能形成的結構有四：「由昔而今」（如果時間不長，可以稱為「由先而後」）、「由今而昔」、「今、昔、今」、「昔、今、昔」四種。其中「由昔而今」結構又稱順敘法，是最為常見、而且也相當有效的一種敘述結構，其次是「今、昔、今」結構，在這種結構中，「今」與「昔」會造成兩次呼應，而且時間最後會拉回到現在，所以美感非常強烈，因此許多名篇就是以這種結構寫成的（譬如前述朱自清〈背影〉，以及琦君〈一對金手鐲〉、鄭愁予〈錯誤〉等）。

　　一般說來，學生最常採用的是「由昔而今」結構（亦即順敘），甚至只會採用這種結構，因此本題組希望能訓練學生掌握「今、昔、今」結構的能力，所以第一子題先由閱讀入手，讓學生了解何謂「今、昔、今」結構？第二小題才是要求學生將一則簡略的敘述文，改寫成「今、昔、今」結構，並加以潤飾。如果學生能完成這兩階段的題目，相信對於學生敘事能力的提升，有一定的幫助。

三　學生寫作成果

（一）參考答案。其結構分析表如下

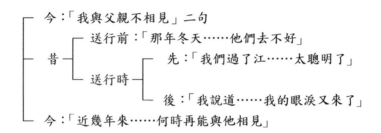

```
    ┌─ 今：「我與父親不相見」二句
    │        ┌─ 送行前：「那年冬天……他們去不好」
    │   ┌ 昔 ┤              ┌─ 先：「我們過了江……太聰明了」
    ┤        └─ 送行時 ────┤
    │                       └─ 後：「我說道……我的眼淚又來了」
    └─ 今：「近幾年來……何時再能與他相見」
```

（二）

　1

枝葉向天空延展，貪婪地汲取每一滴雨水；根蜿蜒不斷向下，緊緊攫住由指縫間逃走的甘霖；用我的血肉灌溉的森林啊！你還忘不了嗎？拋不掉的愚蠢與執念。

我已忘了從何而來，為何而生，只依稀記得當初的凌雲壯志。握著我的手杖，睥睨萬物，何等風光！但，高處不勝寒，勝利的滋味沾黏住我的心，吐也吐不掉，不知何時也令人厭惡反胃。我定是發了狂，瞧那亮晃晃的就是不順眼，不對味，竟妄想與它競速。或許是我潛意識裡也希望輸個一回，即使賭上我的一切。提氣狂奔，一步就越過五個山頭，風在耳邊呼嘯而過。漸漸，氣息變得粗重，汗濕重衣，想歇歇腳，它卻在前頭，離我越來越遠。怎麼能停！世界只剩我和它，拄著手杖，溫度越來越高，蒸乾了我的血液，也喚回少許理智。渴啊！水！水！水呢？在哪？在……那裡！我大口大口地吞，想像可以流入我的血管，滋潤我的唇齒，但我什麼都喝不到，什麼都感覺不到，幻影！幻影！我

只能痛苦地嘶喊著。視界慢慢變黑，在閉上雙眼前，彷彿看到我的手杖，扭曲著纏繞住我的指尖。

枝葉向天空伸展，似乎想抓住那夢想好久的它，也是徒勞。用我的血肉灌溉的桃林啊！你選擇重蹈覆轍嗎？（謝夢慈）

2

一直到現在，夸父的故事還一直流傳在這片土地上……

他看不慣太陽，看不慣它的高高在上、囂張跋扈；更看不慣它愛來就來、要走就走，走的時候留了一片漆黑給崇敬它的人們。黑夜，對人類來說是和危險畫上等號的，因為在黑暗中，視覺失去了作用，靠的全是其他的感官，偏偏其他感官的敏銳度，人類是大不如絕大多數的動物啊！所以在那一片黑暗中，人們成了絕對的弱者。

夸父看不下去了，他想追上太陽，質問太陽為何不多留些光明給人類？為何不待久些再走？他不想再看到無辜弱小的人類被黑暗吞噬。而夸父，也真的這麼做了。在那久遠的某一天，夸父收拾了簡單的行囊，備齊了糧食和飲水，等待著太陽從東邊升起。當第一束曙光映入眼簾，他起跑了，朝天邊那火球般的渾圓邁步。他堅信，只要他一直跑，定能追上太陽的。就這樣，夸父一路由清晨跑到中午，又由中午奔波到了黃昏，他帶的飲水早喝完了，偏偏傍晚的烈日晒得他口乾舌燥，急切地想要一些水分滋潤。他跑到了黃河渭水畔，飲盡了它們，但仍然不夠。於是，他想要向北而去，去到那海一般的大湖，那裡的水，應該足夠解除他的乾渴吧！夸父一邊這麼想著，一邊朝北奔去。但是，畢竟太高估自己的體力了，他來不及跑到那大湖，就在半路上不支倒地了，像一尾離水的魚被太陽曬乾了……

聽說現在的那片鄧林，就是由夸父棄置的手杖化成的。（吳欣恬）

3

就差十餘步了，眼見大澤近在咫尺，夸父卻是連一步也跨不出去了。此刻，烈陽高照依舊，恰似在調侃著他：「你不是要來追我嗎？怎地不跑啦？」夸父牙一咬，又邁進了兩步，倏地兩膝一軟，跪了下來。思緒裡濛濛的，竟泛起一句雄渾的壯語：「太陽很高嗎？很遠嗎？我這就去把它抓下來給你們當球踢。」……

「太陽很高嗎？很遠嗎？我這就去把它抓下來給你們當球踢。」夸父說完這句話之後，便得意洋洋的坐了下來。此刻，大廣場前擠滿了人，忽地全部跪了下去，口徑一致的高呼著：「英雄。」夸父就這麼受著族人的稱頌，大嘴笑得合不攏了。

偏生這時就有一個少年，「哼」的一聲，表情盡是不屑。夸父轉頭向他一看，卻只聽得他說道：「不過就是說說嘛，誰不會？這年頭，大伙的英雄憑的都是一張嘴嗎？」

夸父聽了這話，止住了笑，默然。的確，適才所說的逐日之事，確是誇大了些，但想當初，他也是何等英雄了得，移山石，改河道，替族人謀利之事確實幹了不少，方可得了「英雄」這個稱號。

可是此刻，他老了，他確實老了。除了說說當年的英雄事蹟，和胡謅一些族人愛聽的言語外，他還能做什麼呢？

太陽不知怎地愈來愈接近地面，地面上的生物大都熱死了。夸父為了安慰族人，於是便編了個謊言來哄哄他們，讓他們都相信，在他們最最苦難的時刻，英雄就會出現。

然而，少年的出現，卻一語道破了他的用心。的確，他也知道，

這樣下去只會讓太陽更加的踰矩，族人受難更多。而等待英雄，倒不如自己創造英雄。

如此想著，夸父便告別了族人，向著太陽的方向行去。行得數日，隻身來到了黃河河岸，見大水奔騰，煞是壯觀，心想：「太陽反正是追不到的，盡個意思便了。」

忽地，太陽的輪廓漸明，一張似笑非笑的眼看著他，直瞧的他渾身的不自在。夸父一怒，將黃河的水喝個精光，回頭又喝乾了渭水，折了根千年巨木以為枝，準備與太陽做長期的抗戰。

又追得數日，與太陽是愈來愈近了。夸父他又累又渴，不一日，行到了北方的大澤，乾了，又繼續的追。太陽瞧得怕了，也漸漸的退回了他本該在的地方。

思緒依舊濛濛，身體不自覺的向前倒下，只吐了吐幾口大氣，再爬不起來了。那根千年巨木也跟著落了地，化作一片鄧林，往後行經此道的旅人，再不必受烈日烤照之苦了。

那位引得夸父去追日的少年，不久後便成了族人的新的英雄，他每年的冬天，都會隻身來到鄧林，向這位「老英雄」灑上一杯酒。畢竟，英雄不當老死，當年，他成就了一位英雄。（陳韋哲）

四　檢討

關於第一個子題，老師可以在課堂上指導學生寫作，然後才延伸到第二個小題的寫作。前面的三篇學生作品，都是頗為嚴謹地依照題目要求來進行寫作，一方面符合「今、昔、今」結構，一方面也都能適度地潤飾情節，讓整個故事更動人。其結構分析表分別如下：

```
    第一篇              第二篇                  第三篇
 ┌ 今：第一段      ┌ 今：第一段         ┌ 今：第一段
 ├ 昔：第二段      ├ 昔：第二、三段     ├ 昔：第二至十段
 └ 今：第三段      └ 今：第四段         └ 今：最後一段
```

不過整體說來，常見的缺失有如下兩點：

（一）敍事的部分並沒有改成「今、昔、今」結構，譬如下列作文，就
　　　仍是依照時間先後來寫

　　　　太陽總是東升西落，好像就在眼前，但靠近卻摸不著。以前傳說
　　　有一個夸父，想要追到太陽，不停的跑啊跑，後來他感到口渴，
　　　喝光了河、渭仍不滿足，想要往更北的大澤去喝，沒想到還沒到
　　　達就渴死了，臨死之前他用盡剩下的力量，丟出手中的木杖，那
　　　木杖化為一片樹林，現在所看到的鄧林，也許就是傳說中的夸父
　　　所留下來的木杖所變成的呢！

（二）形成的是「論、敍、論」結構，敍事的部分也沒有改成「今、昔、
　　　今」結構，譬如下列作文的第一、三段是議論，第二段依照時間
　　　先後來敍述，並不符合題目要求

　　　　追求目標是每個人的心願，古語云：「人生有夢，逐夢踏實」，
　　　但現代人往往好高騖遠、不切實際。就也因為如此，通病即就在
　　　此漸漸萌發——不知道自己的定位在哪，一味地只是追求自己的
　　　理想，卻只是無謂的……。
　　　　就好比古代夸父追日一般，夸父——是個相當自負的人，有天他

突發奇想，竟天真地想與太陽爭相競走，認為自己有把握贏得這場比賽，以展現自以為是的非凡能力。日當正午，他口渴了想要喝水，便停留在黃河、渭河附近一帶飲水，沒想到不敷他解渴，於是就隻身前往北方的大湖澤以滿足自己極為乾涸的喉嚨，頓時竟不慎倒地，他渴死了……，手挂的那隻枴杖倒了，此地乍時也成了一片大樹林……。

就是如此，忘了考量現實面、忘了考量自己的能力，換來的……只有失敗，沒有成功！

這種缺失只要時予提醒，是不難避免的。

第二節　以空間類章法結構為例

空間類章法主要含「遠近」、「內外」、「高低」、「左右」、「大小」……等。以遠近而言，它是將空間遠、近變化記錄下來而形成的一種章法。其中「由近而遠」的空間變化中，距離由近而遠地拉開，附著於空間的景物也漸次的呈現在讀者眼前，造成一種「漸層」的效果；而且空間若向遠方無限延伸時，常會使人湧起一股崇高感，並使其中醞釀的情緒得到最大的加強。而「由遠而近」則會將空間拉近，並讓近處的景物得到最大的注意。此外尚有多種「遠近迭用」的空間結構，這一方面可以滿足愛好新奇變化的審美心理，而且也合乎中國傳統遠近往還的遊賞方式。[6] 以內外而言，它是將文學作品中所出現建築物內、外的空間轉換表達出來的一種章法。因為有建築物（門、窗、帷、牆……）在「隔」，因此這種內外空間造成的「漸層」效果最好，也因此而特別有

6　《篇章結構類型論》上，頁 67-69。又，《古典詩詞時空設計美學》，頁 54-66。

一種幽深曲折的美感，最適合用來醞釀幽邃的境界。[7] 以左右而言，它是將空間在左、右之間移動，而造成的橫向變化紀錄下來的一種章法。一般說來，向左、右延展的空間，最能傳達出「均衡」的美感，而且特別容易造成遼闊的空間感，也因此而產生安定靜穆的感受。此外，這種空間很容易凸顯出在左、右造成均衡的物（或人），這也是特色之一。[8] 以高低而言，它是記載文學作品中空間高、低變化的一種章法。在「由低而高」的空間中，方向是往上的，因此給人一種輕鬆、自由的感受；而且當它創造出一個高偉的空間時，容易使審美主體由靜觀而融合，終於達致崇高的情境。至於「由高而低」的置景法，則方向是往下的，因此沉重、密集、束縛，可是力量也因此而非常驚人。而「高低迭用」的空間，則可靈活的收納上上下下的景物，以烘托出作者的主觀情感。[9] 以大小而言，它是將空間中大的面與小的面之間，擴張、凝聚的種種變化記錄下來的一種章法。通常大小空間展現的是平面美。形成的若是「由大而小」的包孕式空間，則最後會凝聚在小小的一「點」上，具有最強大的集中效果。「由小而大」的輻射式空間剛好相反，會有擴大、奔放的效果，是平面美的極致。而「大小迭用」的空間，則會形成「大者更擴散、小者更集中」的效果。[10] 最後為視角轉換法，它不從單一的角度去描摹景物，而是將空間三維——長、寬、高互相搭配，造成視角的移動，並將此種變化體現在文學作品中的一種章法。在中國，傳統的觀照方式即是仰觀俯察、遠近遊目，因此特別容易形成視角變化的空間。這樣的空間結構方式，一方面可以自由的收羅不同空間的不同景

7　《篇章結構類型論》上，頁 82-83。又，《古典詩詞時空設計美學》，頁 66-74。
8　《篇章結構類型論》上，頁 89-90。又，《古典詩詞時空設計美學》，頁 77-83。
9　《篇章結構類型論》上，頁 102-103。又，《古典詩詞時空設計美學》，頁 83-91。
10　《篇章結構類型論》上，頁 120-121。又，《古典詩詞時空設計美學》，頁 91-97。

物；而且空間的轉換，會造成「躍動性的空間美」，十分靈動。[11]

以下特以「遠近」、「高低」為範圍，舉例如次：

一　題組

（一）請以「春天的原野」為主題，分別依據「由近而遠」、「由低而高」的順序蒐集材料、羅列出來

請羅列出由近而遠出現的景物	
請羅列由低而高出現的景物	

（二）請將這些材料組織成兩篇文章（所找到的材料不須全部用上）

二　設計理念

　　空間是「長」、「寬」、「高」三維架構起來的，屬於「長」的那一維的章法有遠近法、內外法、前後法，屬於「寬」的那一維的章法有左右法，屬於「高」的那一維的章法有高低法，而長和寬二維構成一個「面」，面有大有小，因此有大小法，此外空間可能會轉換，所以有空間轉換法，而且空間有真有假（知覺所能感知到的為真，知覺所不能感知到、設想出來的為假），因此有空間虛實法。這些都屬於空間類章法。

　　空間知覺是每個人都有的，因此空間章法也是相當容易了解、運用的章法；本題組鎖定空間章法中最常見的兩種——遠近法和高低法，讓學生練習寫作。題目分兩部分：第一小題請學生先依序蒐集材料，至於

11　《篇章結構類型論》上，頁 133-134。又，《古典詩詞時空設計美學》，頁 100-104。

為何要依照順序？那是為了避免遺漏，因為順序式的觀察是最基本有效的觀察方式；接著第二小題才是請他們根據所找到的材料，經過篩選之後，寫入文中，成為一篇文章。

三　學生寫作成果

（一）

請羅列出由近而遠出現的景物	蝶、花朵、太陽花海、草原、太陽、山林
請羅列由低而高出現的景物	瓢蟲、蒲公英、土撥鼠、溪流、燕子

　　一個毛蟲的蛹蛻變成蝶，她抖擻濕濡的雙翅緩慢拍動，終於慢慢離開了葉端，她不穩的低低振翅，落在一朵黃色的圓形大花的蕊裡，循著甜蜜氣息伸出觸角，吸食新生後的第一餐。

　　飽足了，薄翅也習慣了鼓動，蝶奮力一拍——隨著微風搖擺，盤旋上去那是一大片黃澄澄太陽花海，她欣喜望著這美好世界，愈飛愈高，看見了包圍著豔黃的油亮嫩綠，柔軟的草群迎風搖曳。一抬頭，燦爛的陽光照得快要睜不開眼、照得全身暖烘烘的；蝶聽見風兒帶來的外地歌謠，陶醉在那優美的旋律中，看著出生的花海，心中有一絲不捨，卻又被音符所迷惑……停了好久，最後她說：「我想去旅行，想去看看這寬闊的世界。」

　　於是，蝶追著徐徐吹向山的那一邊的和風翩翩遠去，那雙紋著絢爛色彩的翅膀飛越了青翠山林、飛向暮色漸沈的遙遠地平線。

　　穿著紅底黑點小外套的頑童戴著一頂黑色瓜皮帽，悠哉穿梭在毛茸茸的小球裡鑽啊鑽啊，讓球絮都散落了，露珠沾濕了衣裳。不遠處，土撥鼠從地底探出腦袋張望著，卻還是裹足不前，旋即迅

速地消失在地平面。

從遠處高聳土丘順流來的一條藍錦帶閃閃發著白光，那是潺湲的清澈小溪緩緩低吟著，彎彎曲曲向前爬行，水中的魚兒嬉戲比賽要跳躍彩虹。

蒲公英聚集在溪邊，一株株隨意地手牽手；和煦的風溫柔撲來，偷偷摘走一顆顆黃茸茸飄上天空，顏色淡得彷彿融在雲朵裡，淡淡的黃，淡淡的藍。歸來的燕子遇到了漂浮的種子，大家寒暄了一陣子，風變強了，要帶著種子邁向另一個旅途。燕子紳士祝福他們早日落地歸根，他伸展雙翅迴旋數圈，掠過一片春暖花開的大地。（李華盈）

（二）

請羅列出由近而遠出現的景物	野兔、蝴蝶、融化了的溪流、綠草、熊、零星的帳棚、游牧民族、羊群
請羅列由低而高出現的景物	螞蟻、抽芽的植物、殘雪、花苞、蛇、歸來的候鳥、狼、蒼黃轉綠的梯田

從帳棚出來，風拂著我的面頰——冷冽地。「是所謂的料峭春風吧！」我想。前面的洞穴裡，有隻野兔在窩邊探頭探腦，嘿，跳出來了！在草叢中嗅嗅聞聞。不仔細看你是不會發現這小東西的蹤影，因為春天黃黃綠綠的草成了牠的保護色。放眼望去只見幾塊浮冰徐徐的移動，山上融化的雪水把草地切成了兩半。

對岸有隻熊，一副想下水又不敢，怕冷的樣子，實在好笑，不過牠終究是噗通下去，且敏捷地抓了一條魚。畢竟是整個冬天都沒吃東西了。游牧民族的帳棚零星地散落在整片新綠的草上，他們趕著成群結隊的羊從上坡下來。如今才真正看見什麼叫地理課上

的「逐水草而居」了。我看著山坡上那一整片灰撲撲會移動的毛毯，想到那一身蓬蓬鬆鬆的毛陪了牠們整個冬天，不久一隻隻的羊兒又要變成光禿禿的模樣了。

地表的溫度不再酷寒，像個信號使第一隻工蟻推開穴前去年的土堆及落葉，緊跟在後十幾萬隻弟兄蜂擁而出，分頭去尋找食物。地面上還有些許的殘雪呢！可是一根根抽出的綠芽，已等不及從融化的積雪下冒出來，吸取早春的陽光和空氣。為盛夏原野上的茂密做準備。

出去過冬的候鳥回來了，收著翅，那細長的腳正優雅地來回踱步展示自己的年輕。一頭冒失的狼卻在這時走過來，隨即破壞了這片寧靜。鳥兒紛飛的身影往山那邊移動，一層黃、一層褐、一層綠相間的梯田隨即充滿了我的視野。還有那延綿在最高最高處，鑲著一條金邊的皚皚白雪，正緩緩融化成河水滋潤初醒的大地。（林陽）

（三）

請羅列出由近而遠出現的景物	老人與孩子、驢、草原、樹林、陽光、山、天
請羅列由低而高出現的景物	泥土、草、露水、花、鳥、杉木、月亮、星星、天際

在我的印象中，曾經有過這麼一段記憶——似乎模糊而遙遠、不具特別意義，只是，每每那幅景象又浮現腦海，總有一種說不上來的奇異。

曾經走到海的那邊、山的過去，在那片廣闊的新疆、那嚮往已久的天池山下。我下了遊覽車，打算用腳來認識這片地理課本上遙

不可及的草原。在馬路的對岸，我看見一個哈薩克的老人和小女孩。小女孩端坐在一塊石頭上，風吹著她褐黃的髮搔著她粉紅花瓣似的臉，那雙棕褐、靈氣的眼睛，對我眨呀眨的微笑。老人站在女娃的背後，一會兒回頭吆喝他那隻駝了貨物、不安於此的驢，一會兒又面著我們直看直笑（憨厚的笑），對他們來說，我們可能是稀奇的，但是他們看我們的眼神，沒有靠海的人看我們那樣的奇異，我以為，在他們的眼睛裡，我們像是久而未見的朋友。

廣大的青綠草原在我們前方不斷延展，空氣又清又靜的，連遠方小市集的喧擾傳來都只像耳語。陽光灑落在疏零草原邊的小樹林，樹林之後青黝的山接連著澄藍的晴空，萬里無雲。

回家後，有時我又想起這個老人和女孩，常常懷疑，他們住在哪裡？住在那一望無際的草原嗎？不知道為什麼想到他們，我總有一點點的憂傷。

高三聯考前三個月，我們這一群不知死活的準考生，揹起背包，拿著星象盤，跟著地理、地科老師一屁股坐上車，一路顛簸上南投。那天近晚，我們打著幾支手電筒，又興奮又緊張的摸出了房門，走進了入夜的草原。

我們貼著泥土的草，躺在大地母親之上。草上的清露沾濕了手和臉，我們因此興奮得像孩子。心裡跳躍著，卻刻意保持一種沈默，直到心跳漸漸平靜，與自然合拍。淡淡的花草的清香輕輕抖落在我們身旁，偶爾又傳來幾聲鳥的幽鳴，我們靜靜等待著。直到看見周圍的杉木漸漸罩上一件銀紗，一輪皓月高掛，四周滿是灑落的碎銀，我們再也忍不住的驚呼。

在望遠鏡裡，老師告訴我們，月亮裡面住的不是兔子，是螃蟹（我們真看到了它的兩隻大螯），又順著手電筒，我們在天際裡

走過希臘。

回想起來，這一段真美，我記憶中最大的草原，還有我令人懷念，那段不怕死的高三歲月。（鄒涓涓）。

四　檢討

前面所選的三位學生的作品，經過分析之後，可以清楚地看出空間是如何安排的。首先是李華盈作文（由近而遠）的結構分析表如下：

```
 ┌─ 近：「一個毛蟲……第一餐」
 ├─ 中：「飽足了……寬闊的世界」
 └─ 遠：「於是……遙遠地平線」
```

其次是李華盈作文（由低而高）的結構分析表如下：

```
          ┌─ 動物：「穿著紅底……地平面」
 ┌─ 低（地面）┤
 │        └─ 河流：「從遠處……跳躍彩虹」
 └─ 高（天空）：「蒲公英……大地」
```

再次是林陽作文（由近而遠）的結構分析表如下：

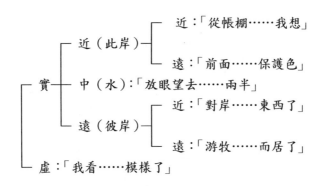

再次是林陽作文（由低而高）的結構分析表如下：

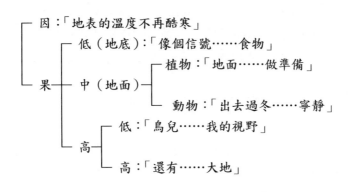

再次是鄒涓涓作文（由近而遠）的結構分析表如下：

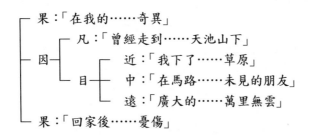

再次是鄒涓涓作文（由低而高）的結構分析表如下：

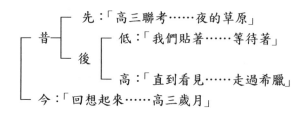

從結構分析表中可以很清楚地看出，三位學生都是依照「由近而遠」、「由低而高」的次序來安排景物，這樣做的優點是清晰有序，但是也可能有缺乏變化的弊病。至於為什麼會不約而同地如此組織景物呢？大概是因為第一小題有暗示作用，所以讓學生就依照同樣的次序來安排了；因此如果希望學生的作品能有更多結構上的變化，最好在題目中或引導說明時告訴學生，可以有其他諸如「由遠而近」、「近遠近」、「遠近遠」、「由高而低」、「高低高」、「低高低」的結構方式。

第三節　以泛具類章法結構為例

泛具類章法主要含「情景」、「敘論」、「凡目」、「詳略」……等。以情景而言，它是借重具體的景物（實），來襯托抽象的情意（虛），以增強詩文的情味力量的一種章法。其中「情」是主，「景」是客，在主客關係中，主體佔了主導的位置；主體依據其特殊的情意，揀擇適合的景象，此即所謂的「知覺定勢」。因此景與情的關係是相應相生的，所以可以產生一種「調和」的美感；所給予人的是欣賞而不是推理，是領悟而不是說教。[12] 以論敘而言，它是將抽象的道理與具體的事件結合

12　《篇章結構類型論》上，頁 261-264。又，陳佳君：《虛實章法析論》（臺北市：文津

起來，使之相輔相成的一種章法。通常作者依據其特殊的需要，去揀擇
適合的事件來表達主觀的情意，然後體現在篇章，因此「敘」與「論」
必然是可以相適應的；而且從具體的事物中提煉出抽象的理論，揭示了
客觀真理，這個過程本身即會產生美感。[13] 以凡目而言，它是在敘述同
一類事、景、情、理時，運用了「總括」與「條分」來組織篇章的一種
方章法。它的形成，基本上是運用了歸納、演繹的邏輯思考；也就是說
歸納式的思考會形成「先目後凡」的結構，演繹式的思考會形成「先凡
後目」的結構，而「凡、目、凡」、「目、凡、目」的結構，則是綜合
運用了歸納、演繹的推理方式而形成的。所以「凡」是總括，具有統括
的力量；「目」則是條分，條分的項目是並列的，因而有一種整齊美。
而且「凡、目、凡」和「目、凡、目」結構還有一個特點，那就是具有
對稱（均衡）與統一的美感。[14] 以詳略而言，它是將詳寫、略寫的筆法
在篇章中相互為用，以突出主旨的一種章法。一般說來，美感的一個很
大的來源是「比例」，「比例」指的就是兩部分配稱或不配稱。而詳寫、
略寫都必須以突出主旨為第一考量，所以這就涉及了部分與全體的比例
是不是很適當的問題；不只如此，詳寫與略寫之間也要配合得恰到好
處，這就是部分與部分的比例協調。當部分與全體、部分與部分之間都
配置得十分亭勻時，自然會給予人極大的審美享受。[15]

　　以下特以「情景」與「凡目」為範圍，舉例如次：

出版社，2002 年 11 月一版一刷），頁 47-67。
13　《篇章結構類型論》上，頁 285-286。又，《虛實章法析論》，頁 68-90。
14　陳滿銘：〈談見於詩詞裡的凡目結構〉《第一屆中國修辭學學術研討會論文集》（臺北
　　市：中國修辭學會、臺灣師大國文系，1999 年 6 月），頁 95-116。另參見《篇章結構
　　類型論》下，頁 355-356。又參見《虛實章法析論》，頁 91-118。
15　《篇章結構類型論》下，頁 371-372。又，《虛實章法析論》，頁 119-144。

一　就「情景」而言

（一）題組

1　陶淵明〈飲酒〉之五運用情景法，形成了「情、景、情」結構，請分析此詩中「情」與「景」的關聯

> 結廬在人境，而無車馬喧。問君何能爾？心遠地自偏。採菊東籬下，悠然見南山；山氣日夕佳，飛鳥相與還。此中有真意，欲辨已忘言。

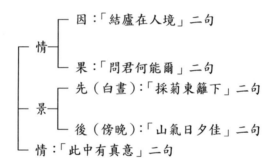

2　請你改寫此詩，改寫的要求如下

　（1）請改成白話散文。

　（2）請改成「先景後情」結構。

　（3）你覺得還有哪些景象可以傳達陶淵明悠然的心境呢？請將「景」抽換成自己選取的景象。

（二）設計理念

　　所謂的情景法，是借助具體的景物，來傳達抽象的情意，以增強詩文的情味力量的一種章法。因為在主客關係中，主體佔了主導的位置；主體依據其特殊的情意，檢擇適合的景象，因此景與情的關係是相應相

生的，所以可以產生一種「調和」的美感；所給予人的是欣賞而不是推理，是領悟而不是說教。情景法可能形成的結構有四：「先景後情」、「先情後景」、「景、情、景」、「情、景、情」，其中「先景後情」結構是最為常見的。

　　在古典詩詞中，情景法是被普遍運用的章法，因此第一小題就以學生耳熟能詳的陶淵明〈飲酒〉之五做為範例，並提供結構分析表，顯示此詩形成的是「情景情」結構，請學生此角度切入欣賞；第二小題則是請學生在此基礎上，改用較為簡單的「先景後情」結構來寫作。

（三）學生寫作成果

　　第一小題：

> 　　此詩的主旨應放在「情」的部分——即「心隱」。因此，其景的選擇應與其要表達的情相關，即主體對於象（景）有抉擇和詮釋的能力。又因景和情相融合，所以我們看到菊花和南山扣緊了「隱居」。古人食菊、喝菊花酒本來就是神仙意象，而神仙是不同於凡俗的，因此「隱」就呼之欲出。而南山是廬山，從《詩經》開始就被用來象徵不同俗世，且因為「此中有真意」之「真」，所以悠然「見」南山，特別強調「見」的自然感（不同於「看」），可見情景之間是自然而然的欣賞與領悟，而不是說教與推理。（陳惠慈）

　　第二小題：

1

> 　　在東籬下採摘菊花，偶爾抬頭望望，常常會有意外的驚喜：有時

是鄉間稚子的童言嘻笑，有時是遠親近鄰的親切問候，有時是莊稼人田罷賦歸的歌聲。還有姿態萬千的白雲，絢麗奪目的晚霞、整隊回巢的倦鳥，都讓人感到欣悅而可愛。大自然所給予我的太豐富了。這樣的悠然讓我不願再回想官場中的是是非非與現實界的你爭我鬥，只願踏實地作此羲皇天地中的一份子，與大自然共生共息。其他的，都不重要了。（邱婉琪）

2

一個天氣晴朗的黃昏，遠處的檳榔樹向我招手。才幾天不見，剛種下的秧苗又長大許多，這得感謝辛苦的水牛，就讓小溪的歡唱為你祛勞。這初夏的微涼中，我和我的影子漫步在悠閒的幸福中。沒有紅綠燈，只有鄉間小路；沒有檳榔汁，只有檳榔樹；沒有人群的喧囂，只有陣陣的天籟。

有一種滿足，只能感受，不能言說，至於不遠處的車水馬龍，干我何事？（林昭毅）

（四）檢討

在第二小題的寫作中，比較常出現的狀況是不合題目的第三個要求：「你覺得還有哪些景象可以傳達陶淵明悠然的心境呢？請將『景』抽換成自己選取的景象」。因為有些學生會在文章中重複出現與陶淵明〈飲酒〉之五同樣的景（譬如邱婉琪的文章），或者是出現出現紅綠燈、檳榔汁等不合陶淵明當時情境的景象（譬如林昭毅的文章）。關於這些，可以用改變題目條件、設定得更清楚，或在題目中特別提醒的方式，來減少學生出錯的機率。

前面陳惠慈、林昭毅兩位學生的文章，其結構分析表分別如下：

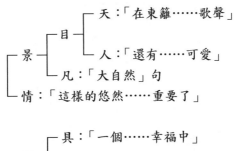

由此可見「景」與「情」相呼相應，是會造成協調優美之美感的。

二 就「凡目」而言

（一）題組

1 抽象的「意」可以借助於具體的「象」來傳達。李煜〈清平樂〉是以「先凡後目」（亦即「先總括、後條分」）的寫法，將離別意象組織在篇章中，請你指出這闋詞中用了哪些意象來傳達離愁

> 別來春半，觸目愁腸斷。砌下落梅如雪亂，拂了一身還滿。　雁來音信無憑，路遙歸夢難成。離恨恰如春草，更行更遠還生。

2 請你也以「離愁」為主要情意，想想看，有沒有什麼具體的「景（物）」或「事」可以象徵這種情感？並請你條列出來

情感		景（物）、事
離愁	1	
	2	
	3	
	4	

3 請你以「想家」為題，也用「先凡後目」（亦即「先總括後條分」）的寫法（所搜尋到的意象不需全部用上），寫成一篇 300 字以內的短文

（二）設計理念

　　在運用形象思維時，是將抽象的「意」，藉著具體的「材料」（亦即「象」）傳達出來，使欣賞者得以領略，因此這個「材料（象）」就非普通的物象、事象，而是承載著作者的「意」（即思想、情感等），所以我們特稱為「意象」。而且值得注意的是，「材料（象）」的範圍不僅限於客觀景物而已，人間萬事也可以寄託情理，成為「意象」[16]。譬如我們常以玫瑰花象徵愛情，以油麻菜籽象徵傳統女人的命運，以老馬拉破車象徵人們在世間苦苦掙扎，其中「玫瑰花」、「油麻菜籽」是「景」，「老馬拉破車」是「事」，它們都是意象。所以從前面的論述中可以知道，想要表現自己心中抽象的情或理，就非得借助於具象的景或事了。

　　而且所蒐集來的意象須靠邏輯思維來組織，這種邏輯思維就是章法。章法中的凡目法（「凡」是總括、「目」是條分），基本上是運用了歸納、演繹的邏輯思考；也就是說歸納式的思考會形成「先目後凡」的結構，演繹式的思考會形成「先凡後目」的結構，而「凡、目、凡」、「目、凡、目」的結構，則是綜合運用了歸納、演繹的推理方式而形成的。其中「凡」是總括，具有統括的力量；「目」則是條分，條分的項目是並列的，因而有一種整齊美。而「先凡後目」就是「先總括、後條分」的結構方式。

---

16 仇小屏：《篇章意象論》（臺北市：萬卷樓圖書公司，2006 年 10 月初版），頁 1-488。又，陳滿銘：《意象學廣論》（臺北市：萬卷樓圖書公司，2006 年 11 月初版），頁 1-332。

　　在教學時，注意到學生大都是第一次離家，來到外地就讀，所以在開學的一、兩個月裡，想家的情緒非常濃厚，於是動念讓他們寫一篇關於「離愁」的文章，因此設計了這一題組。本題組的設計是先從閱讀李煜〈清平樂〉開始，這個小題由師生一同共作的，這首詞用以表現離愁，老師可以指導學生思索作者是如何以具體的景（事）來傳達抽象的情（理），而且這首詞是用「先凡後目」的方式來組織全篇，也同時指出讓學生學習；接著第二小題，就請學生著眼自己的生活經驗，寫出觸發他們離愁的景或事；最後一個小題，才是請學生將搜尋到的材料，以「先凡後目」的結構組織成篇，這就是安排材料，而且特別提醒所搜尋到的材料不需全部用上，這樣他們可以自覺地選擇最精當的材料。

（三）學生寫作成果

1　第一小題參考答案：李煜將梅、雁、夢、草寫入詞中，這些都是可以傳達離愁的意象，作者用「觸目」來領出其後所見之各種令人「愁腸斷」之景物，先以「砌下落梅如雪亂」二句，寫落花之多與佇立之久，表示無限之離恨，接著以「雁來音信無憑」二句，再將離恨推深一層，然後以結二句寫觸目所見，並拈出「離恨」以收拾全詞。其結構分析表[17]如下：

```
┌ 凡：「別來春半」二句
│        ┌ 目一：「砌下落梅如雪亂」二句
└ 目 ──┼ 目二：「雁來音信無憑」二句
         └ 目三：「離恨恰如春草」二句
```

---

17 陳滿銘：《詞林散步——唐宋詞結構分析》（臺北市：萬卷樓圖書公司，2000 年 1 月初版），頁 73-74。

2　第二、三小題之學生寫作成果

（1）

情感	景（物）、事	
離愁	1	家裡鑰匙
	2	宿舍飯菜
	3	火車一班班駛去
	4	迷失的螞蟻

過了個炎熱又充實的夏天，沒想到現在已經是個大學生。也不知怎麼地，迷迷糊糊地上了成大，到了臺南。在這人生地不熟的地方，第一次有想家的感覺。

開學沒幾天，也沒什麼課業壓力，因為身處異地，只能一個人寂寞地待在宿舍裡，看著未能上網的電腦發呆。不知不覺地中午了，鎖了門到宿舍下面吃飯，看到桌上的菜，就想到媽媽做的美味佳餚，就算飯後有免費的冰淇淋，也沒胃口吃。搭了電梯走到房間門口，無意間從口袋中拿出了家中的鑰匙，心裡突然有股衝動，好想回家。看著火車一班班地駛去，心裡的感覺就越來越失落，像有千萬隻蟲在心裡爬，一點也不快樂。

注視著一隻在牆壁上的螞蟻，左顧右盼的，就好像我一樣，迷失在一個未知的世界中。（林子傑）

（2）

情感	景（物）、事	
離愁	1	站在二號月台，拿著臺中到臺南的車票
	2	看到高速公路北上的車潮
	3	期待手機鈴聲的響起，那句問候的聲音
	4	衣櫥中的一個行李袋

隨著開學的日子來到，形單影隻到了人生地不熟的臺南。距離越來越遠的家鄉，漸漸地孕育我思念的種子，在內心的深處發芽、生刺。每當想家的情懷升起，它便快速茁壯生長，帶著刺的它已完全佔滿了我的心房，無時無刻的刺痛了我。

民國 92 年的 9 月 14 日，第一次到了校園，面對著生疏的臉孔，陌生的環境，這時便感到一股孤單、寂寞湧上心頭。趴在宿舍的窗戶，望著高速公路北上的車潮，心中真的是非常希望能化身為那一輛輛的車子，然後飛奔到思念的家中。

在臺南的生活中，每次打開衣櫥，看到那一個行李袋，我心中就會無法克制的想到當時離開家的情景啊！我在這想家的日子，我最期待的便是手機鈴聲的響起，聽到電話那頭熟悉、關懷的聲音，溫暖了我的心房，紓解了內心想家的情感。但隨著電話的掛斷，想家的心情依舊環繞在心中，不能散去。（賴泓瑞）

（四）檢討

這次的作品真的充滿「生活的味道」，學生以生活中的瑣事為材料，帶出想家的心情，細膩且真實，而且主旨都在篇首點出，譬如林子傑在第一段就點出「想家的感覺」，賴泓瑞也是在篇首就描摹「想家的情懷」。林子傑作文結構分析表為：

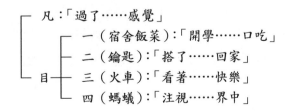

賴泓瑞作文結構分析表為：

```
┌ 凡：「隨著……了我」
│    ┌ 一（車潮）：「民國……家中」
└ 目 ┤ 二（行李袋）：「在臺……景啊」
     └ 三（手機）：「我在……散去」
```

不過，也有幾下兩點是需要注意的：

首先是有些作品形成的非「先總括、後條分」結構。譬如下列第一篇短文就是以「順敘」的結構寫成的，第二篇是「凡、目、凡」（先總括、後條分、再總括）結構，儘管這些也是構篇的方式，寫出來的成果也不錯，但是不合題目要求；而且可以藉此向學生說明說明，自覺地用某種結構構篇，可以跳脫以往的慣性，讓自己的邏輯思維得到更多的鍛鍊。如：

假日很快的過了，我又回到了學校宿舍，宿舍裡沒人，使我突然的感受到孤單，不禁拿起全家福的照片發呆。看看照片，心裡突然冒出了想回家的念頭，真想不顧一切拿起包包坐上回家的火車，但是我仍然克制住了。此時，室友一個接一個地回來了，而且每個人都正高興地和自己的媽媽講電話，這種舉動又加深了我的孤寂。不過，正當我沮喪時，我的手機響了，而且來電顯示出現了我想看到的字──「家」。於是我便拿起電話跟媽媽一直聊天，這終於讓我的心情恢復了，讓我準備好過我的大學生活啦！

其結構分析表如下：

```
┌─ 先：「假日……克制住了」
│
├─ 中：「此時……我的孤寂」
│
└─ 後：「不過……大學生活啦」
```

又如：

下來臺南已經有兩個多禮拜，看著異鄉的景色不免會勾起對於家的思念。走在街上看著餐廳中那和樂融融的一家人，看著姊妹親密地牽著手……，一切景象擾動我的心湖，造成一陣波濤洶湧……

記得以前在臺北時，和家人偶爾會跑去北海岸的行動咖啡館坐著談心、吹海風，有時會坐很久，但卻感覺不到時間的流逝，在臺北的每一天都過得很快，不像在台南……

也記得在下來之前，家人常常一起吃飯，最大的希望就是讓我載著滿滿的溫暖離開臺北，也因此每當看見餐廳裡那一家人和樂的樣子，就會想起在台北的家。

不曾和姊姊逛街的我，也在離開的前一天和她逛了一整晚的西門町，我們始終牽著手，沒有放開過……，我忘不了姊姊手上留給我的餘溫，那種感覺始終印留在我心裡，每當看見姊妹牽手時，那種溫暖卻又想家的情感就會浮現。

和家人在一起的感覺真好，不論何時心中總是有滿滿的關懷和溫暖，我真的很想家……

其結構分析表如下：

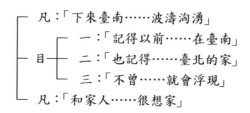

　　其次是有的作品未能妥善經營意象。譬如下列這篇短文，在蒐集材料時表現得很好，可是寫入短文中時，意象的經營明顯不足，使得感人的情味減少很多，相當可惜。因此找到好的意象只是第一步，妥善經營讓意象，讓它更能傳情達意，也是非常重要的。

情感		景（物）、事
離愁	1	手機（因為常用手機和家人聯絡）
	2	棉被（從家裡帶來的棉被，有家的感覺，那感覺讓我安心溫暖，伴我安然入睡）
	3	7-11（跟家樓下 7-11 一樣，讓人有熟悉感）
	4	客運站（看到就想回家，每次搭車時，都是一個人孤獨地上車）

　　離家出外求學已經一年多了，也漸漸習慣在外生活，不再每個週末搭車回家，更有一種想多學習外面事物的心情。可是手機、棉被、7-11，都勾起了對家的回憶。

　　以上兩點在實作指引時，是應該特別注意的。

第四節　以映襯類章法結構為例

　　映襯類章法主要含「正反」、「立破」、「賓主」、「平側」與「圖底」……等。以正反而言，它是將極度不同的兩種〔或兩種以上〕的材料並列起來，作成強烈的對比，藉反面的材料襯托出正面的意思，以增強主旨的說服力與感染力的一種章法。它是在「對比」的原理上產生的，對比因為具有極大的差異性，因而有鮮明、醒目、活躍、振奮的強烈感受。而且有「相對立的形態」出現在篇章中，反而能使主體〔正〕的特點更突出、姿態更優美。除此之外，還可以增強主旨的感染力，這又再一次證明了「繁多的統一」這一美學至理。[18] 以立破而言，它是將「立」與「破」之間形成針鋒相對，使得所欲探討的主題更加是非分明的一種章法。它是根據對比的原理而成立的，但是因為強調「針鋒相對」，所以效果更加的強烈。而且「立」通常是積非成是的成見，也就是「心理的惰性」，當它被「破」推翻時，自然會促成讀者理解上的飛躍，效果極為突出。[19] 以賓主而言，它是運用輔助材料（賓），來凸顯主要材料（主），從而有力地傳達出主旨的一種章法。它根據「相似」聯想，去尋找輔助的「賓」，以烘托出「主」，因而產生調和之美；而且有主有從，都是為了托出主旨而服務，這就會形成繁多的統一，因此而產生映襯與和諧美。[20] 以平側而言，它是平提數項的部分，和側注其中一、二項的部分，兩者結合起來所形成的一種章法。其最大優點，就是很容易藉著側注，凸顯出重心來。而且平提的部分也同時具有收束和拓開的作用，這也會帶來美感。[21] 以圖底而言，它是組合焦點與背景而

18　《篇章結構類型論》下，頁 432-434。

19　同前註，頁 455-456。

20　同前註，頁 398-401。又，夏薇薇：《賓主章法析論》（臺北市：文津出版社，2002年 11 月初版一刷），頁 391-402。

21　陳滿銘：〈談平提側收的篇章結構〉《第二屆中國修辭學學術研討會論文集》（高雄市：

形成的一種章法。在篇章中出現的材料，有一些是焦點所在的「圖」，有一些是充當背景的「底」，兩兩配合起來，就形成邏輯層次。其中「底」相對於「圖」而言，能起著烘托的作用，「圖」相對於「底」而言，卻有著聚焦的功能，因此一烘托、一聚焦，篇章就會顯得豐富有層次，而且焦點也明顯突出。[22]

以下特以「正反」、「立破」與「賓主」為範圍，舉例如次：

一　就「正反」而言

（一）題組

1　請說明下列形成「先反後正」結構的新詩，是怎樣造成對比的？有什麼效果

魯藜〈泥土〉原詩如下：

老是把自己當珍珠
就時時有怕被埋沒的痛苦

把自己當作泥土吧
讓眾人把你踩成一條道路

2　請你就「善意、善行讓人間更溫暖」，或是「放下自我的執著，一切海闊天空」尋找正面、反面的事例

高雄師範大學國文系，2000 年 6 月），頁 193-214。又，《篇章結構類型論》下，頁 527-528。又，高敏馨：《平側章法析論》（臺北市：臺灣師範大學國研所碩士論文，2004 年 5 月），頁 1-172。

22 陳滿銘：〈論幾種特殊的章法〉，臺灣師大《國文學報》31 期（2002 年 6 月），頁 191-196。又，仇小屏：〈論「圖底」章法的空間結構──以幾首唐詩為例〉，《國文天地》17 卷 5 期（2001 年 10 月），頁 100-104。

「善意、善行讓人間更溫暖」，或是「放下自我的執著，一切海闊天空」	
正面事例	反面事例

3　請你依據上面的材料，也運用正反法來寫成一篇文章（500 字以內）

（二）設計理念

　　所謂的正反法就是將相反的兩種材料並列起來，作成強烈的對比，藉反面的材料襯托出正面的意思，以增強主旨的說服力與感染力的一種章法，正反法所形成的結構，有「先正後反」、「先反後正」、「正、反、正」、「反、正、反」四種。而且追溯正反法的源頭，是從「相反聯想」出發，由此尋找到正、反面的材料，然後再安排在篇章之中，形成正、反對照的章法現象。這種章法相當常見，運用在篇章中，可以藉著正、反面的對照，呈現事情的真相，並且會因為強烈的反差，而造成鮮明搶眼、痛快淋漓的美感。

　　因為在正反法的四種結構中，「先反後正」是最普遍、最容易寫作的一種，所以本題組的設計，就是藉著一首簡短的詩篇，讓學生辨識並認識「先反後正」結構，然後再讓學生藉著填寫正面與反面事例的表格，自然而然地進行相反聯想，並蒐集寫作材料，第三步驟才是將蒐集到的材料寫成篇章。期望經由這樣的引導，學生就能突破不知如何謀篇的瓶頸，順利完成寫作。

（三）學生寫作成果

1　第一小題參考答案：此詩的反面材料是珍珠怕被埋沒，正面材料是

泥土捨身成路，作者藉著這種對比，凸顯出奉獻精神的珍貴。

2　第二、三小題之學生寫作成果：

（1）

善意、善行讓人間更溫暖

「善意、善行讓人間更溫暖」，或是「放下自我的執著，一切海闊天空」	
正面事例	反面事例
關心獨居老人，讓老人感受到社會的溫暖。	遭受家庭暴力卻無人伸出援手。
遇到有人發生意外時，立即給予幫助。	火災發生的時候，一群人圍在旁邊看熱鬧而不幫忙。

在臺灣早期社會，女人就像「油麻菜籽」，落在哪，長在哪。嫁到好丈夫，就可以過得很好；如果嫁到遊手好閒，又會打老婆的人，只能自嘆命苦。而這些遭受家暴的婦女因為受到傳統思想的束縛，往往生活在恐懼裡卻不願離開家。知道這些婦女正遭受暴力，例如他們的鄰居，常常以「清官難斷家務事」或「自掃門前雪」的心態而不伸出援手，使得這些婦女更加無助。

幸好現在的社會比以前溫暖了，現在有許多的社服團體會主動關心社會裡需要幫助的人，像是獨居老人或遊民。有許多的團體會每天送食物給獨居老人或遊民。也有許多的大學生會利用寒暑假去偏遠地區關心獨居老人並教導他們一些衛生教育，都會讓他們感受到社會的溫暖。

只要我們花一點點時間和精力，就可以讓人間變溫暖。如果沒有人願意付出，即使太陽已經高掛在空中，我們還是會覺得寒冷。

（許雅婷）

（2）

　　放下自我的執著，一切海闊天空

「善意、善行讓人間更溫暖」，或是「放下自我的執著，一切海闊天空」	
正面事例	反面事例
選擇當一片落葉	在枝椏上的一片葉子
自由自在盪鞦韆	一個人玩蹺翹板

　　你一個人靜靜地坐在蹺翹板上，臉上還帶著一絲淡淡的哀愁。你在等待，等待那個人回來，陪你玩兩個人才能玩的蹺翹板。雖然那人已經離開，不會再回來了，不過你執著的心，就像是枷鎖，把你禁錮在蹺翹板上，痴痴地等……

　　你沒看到旁邊的鞦韆嗎？何不起身，去享受一個人自由自在搖盪的樂趣。就像是生附在枝椏上的一片葉子，要學著放手當一片落葉，才能看到樹的全貌，看到不一樣的天空。對於愛，不也是這樣嗎？（沈圓婷）

（3）

　　放下自我的執著，一切海闊天空

「善意、善行讓人間更溫暖」，或是「放下自我的執著，一切海闊天空」	
正面事例	反面事例
在平安夜那天收到宿委親自送上的溫馨小禮物，因而受到感動。	抱著強硬的態度，對學校提出不滿意見。

　　還記得前些日子，大家因為學校不合理的調漲宿舍費用，而把學校批評的無一是處，大家都認為宿舍這麼破爛，沒設備又那麼舊，隔音效果也不好，還要調漲到和外面的房租相當的價錢，真的相當的不合理。

　　我認為學生宿舍的功用，不就是為了方便學生，提供學生一個安

全又舒適，價格又低廉的生活環境嗎？看到學校如此惡劣的行為，使我在公聽會持著氣憤的態度去反抗、去抱怨。

然而在十二月二十四日那天，我收到了從宿舍委員送來的一份聖誕禮物，那包裝精緻，讓人感到充滿喜悅的氣氛。那時內心的我，感到相當的貼心，覺得學校好用心喔！而後幾天也漸漸的發現，校方雇用了外面的廠商，來打掃我們的環境，每天一早見到的是乾淨的地面和整齊排列有序的腳踏車，那樣的感動，讓我開始反省……。

也許學校真的有意要替學生提高生活品質，校方也舉辦公聽會讓我們去了解校方的目的，或許身為學生的我應該放下自己的成見，先仔細觀察校方的改變再去做適當的回應，才是理性的。

（林玉娘）

（四）檢討

第一小題要求辨識出「先反後正」結構，學生大多都能做到，至於是否能掌握到最重要的訊息（亦即主旨），則有些學生還需要進一步的訓練。

其次，第二小題要求學生運用相反聯想尋找正、反面的材料，學生的發展方向有兩種，第一種是根據同一件事，寫出正、反兩種處理方式，第二種是純粹只根據主題找正面與反面的事例，當然這兩種做法都是可以的。

第三小題則是需要運用前面所找到的材料寫作成篇，學生在這個子題中的表現也相當不錯，顯示邏輯思維尚稱清晰，而且形成的結構也以「先反後正」為最大宗，可見得第一子題中詩篇的示範作用不可小覷，也間接印證了讀寫結合的優越性，為了證明此點，在此將前三篇例文的

結構分析如下，首先是許雅婷作文的結構分析表：

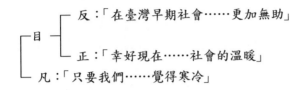

```
        ┌─ 反：「在臺灣早期社會……更加無助」
   ┌─ 目 ┤
   │    └─ 正：「幸好現在……社會的溫暖」
   └─ 凡：「只要我們……覺得寒冷」
```

其次是沈圓婷作文的結構分析表：

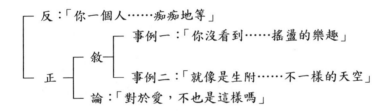

```
   ┌─ 反：「你一個人……痴痴地等」
   │        ┌─ 事例一：「你沒看到……搖盪的樂趣」
   │    ┌─敘┤
   └─ 正┤    └─ 事例二：「就像是生附……不一樣的天空」
        └─ 論：「對於愛，不也是這樣嗎」
```

再次是林玉娘作文的結構分析表：

```
        ┌─ 反：「還記得……去抱怨」
   ┌─ 敘 ┤
   │    └─ 正：「然而在……讓我開始反省」
   └─ 論：「也許學校……才是理性的」
```

從事本題組的寫作，不僅可以訓練學生相反聯想的能力，還可以指導學生跳脫以往不自覺的謀篇習慣，有意識地運用正反法謀篇，可說是一舉兩得，訓練成效相當的好。

二　就「立破」而言

（一）題組

1　對於一件事情可以有多種看法，有時大家習以為常的認知，卻不見得絕對正確；因此請你以一句格言或是俗諺為對象，找出其中的漏洞，將它寫下來，注意不要超過 30 字

2　請以「先立後破」的結構，針對上面的格言（諺語）寫成一篇翻案文章，段落不拘

（二）設計理念

　　學生在中學求學過程中，大多學習過運用立破法布局的文章，譬如王安石〈讀孟嘗君傳〉、〈答司馬諫議書〉，以及歐陽修〈縱囚論〉、劉大櫆〈騾說〉[23] 等，都是箇中名篇，因此對立破法應該並不陌生。

　　立破法是根據對比的原理而產生的，其中的「立」是「立案」，「破」是針對此案的漏洞來破解，所以「立」與「破」之間是針鋒相對的，因此使得所欲探討的主題更加是非分明；而且「立」通常是積非成是的成見，也就是「心理的惰性」，當它被「破」推翻時，自然會促成讀者理解上的飛躍，效果極為突出。

　　就因為立破法是極為有效的章法，因此就以上述的題組訓練學生運用這種章法。在第一小題中，請學生先挑選一個需要商榷的格言，並將其中的漏洞用簡短的文字略作敘述（亦即作文中「破」的部分的簡述）；接著才在這樣的基礎上，以「先立後破」的結構寫成一篇文章。之所以要分成這樣的兩個階段，是希望學生能先進行深度思索，然後再從容布局、一擊中的，寫成一篇讓人眼睛一亮的翻案文章。

23　仇小屏：《章法新視野》（臺北市：萬卷樓圖書公司，2001 年 9 月初版），頁 173-244。

（三）學生寫作成果

1

第一小題：

「破釜沉舟」。沒有後路，壓力一定很大。

第二小題：

古人常說：「破釜沉舟」，是指古代一次戰爭，軍隊搭船到進攻地點後，就將船完全破壞掉，使他們沒有船可以回去，每個人就抱著必勝的決心，所以攻無不克、戰無不勝。

這樣說固然有一點道理。但我認為軍隊的表現還是取決於平常的訓練，破釜沉舟不一定有效，而且當沒有後路時，訓練不足的人很容易壓力過大而表現失常，就如聯考前要放鬆心情一樣。所以我覺得「破釜沉舟」的說法有漏洞，只能說是花招，談不上什麼大道理。難道平時訓練不足的軍隊，給他們壓力就會獲勝嗎？（邱彥晟）

2

第一小題：

「歹竹出好筍」。以優生學來說，基因會將不好的影響帶給下一代。

第二小題：

　　小時候，常常聽到家裡老大人在茶餘飯後，操著臺語，談論著生活周遭的人事物，因此讓我第一次認識了「歹竹出好筍」這句俗諺。它常被用來評論人物，比喻著兩代間的人的評價相差很大，兼具諷刺與讚賞，其中隱含了一些激勵的意思。雖然我並沒有辛酸的家庭故事，但是聽說過這種種的例子，我也開始相信，我也能創造一個屬於自己的藍天白雲。

　　但長大後仔細一想，「歹竹出好筍」卻是一點也不「科學」的句子。從生物學的觀點來看，就完完全全是個錯誤，壞的基因會遺傳下去，影響後代不可說不大；而且人最重要的個性養成階段是在幼童時期，而父母是那時期影響我們最深的人，如果父母的教養方式是錯誤的，小孩大概也很難走上正軌。

　　所以「歹竹出好筍」只是盡量從正面來詮釋，我們仍應該自我期勉、自我充實，才能使自己更加地好。也許有一天，我們聽到別人也以這句俗諺讚揚我們時，我們能夠驕傲地說：「我們使自己像自己。」（周育民）

3

第一小題：

　　「未知生，焉知死」。唯有真正了解死亡，明白「死」所帶來的影響、悲傷，才能坦然面對死這件事，也才能更珍惜生命。

第二小題：

孔子說：「未知生，焉知死」，這據教訓子路的話流傳了千古，聖人要我們先能好好地了解活著時做人的道理、處世的原則，至於「死」這件事情則不要妄加猜想，杞人憂天，畢竟死後的世界是沒有人知道的，而每個人的死期也是沒有人可以預測的，與其在那煩惱擔心害怕，還不如好好的活在當下。而人生在世，若對於做人處事都不了解，而不肯花時間去學習、去實踐自己的理想，那我們就更沒有理由浪費時間去空想一些虛無玄奇的事。也因此孔子要我們先能成功、有修養的活在這世上，而先不要去揣測死這件事。

然而，往往當人們在接觸死亡這件事時，卻又不知所措、害怕莫名，例如一個重病的病人，在他病危時，卻一直擔心害怕，甚至情緒失控而不肯接受治療，這樣的對死的恐懼在他的人生過程中，卻沒有機會去學習、了解如何去面對死亡。又例如當我們的親人還是朋友去世後，我們對於他們的死可能無法接受，或一直活在失去親友的悲愴中而不能自拔。這也是因為我們沒去了解死亡的意義和真相。也因此，在每一個宗教中，其實對於死亡，他們是有相當多的研究和經典的，而人們對於宗教的信仰，也能幫助我們去學習有關死的一切，而孔子所說的「未知生，焉知死」的道理，其實是不完全正確的，唯有真正了解死亡，明白「死」所帶來的影響、悲傷，以及如何去調適、看透，才能真正坦然地去接受死這件事，也才能夠更坦然地活在世上，珍惜自己的生命。

當我們了解死亡的意義，而能珍惜生命活在這世上時，我們就更可以了解活在當下的重要，利用時光去努力、奮鬥，我想「又知

生，又知死」的人，才是最能把握生命的人。（沈力洋）

（四）檢討

前面選的幾篇作文，都運用了立破法，其下即一一畫出結構分析表，以利察考。首先如邱彥晟作文的結構分析表如下：

```
┌ 立：「古人常說……戰無不勝」
└ 破：「這樣說……就會獲勝嗎」
```

次如周育民作文的結構分析表如下：

```
┌ 立：「小時候……藍天白雲」
│      ┌ 淺：「但長大後……走上正軌」
└ 破 ─┤
       └ 深：「所以……自己像自己」
```

又如沈力洋作文的結構分析表如下：

```
┌ 立：「孔子說……揣測死這件事」
│      ┌ 淺：「然而……意義和真相」
├ 破 ─┤
│      └ 深：「也因此……自己的生命」
└ 立：「當我們……把握生命的人」
```

前面的作文都能從某一點切入而能自圓其說，就學生而言可說是難能可貴了；不過學生思慮未周，立論上常有再發展的空間，譬如周育民

一篇如能說明那些「歹竹出好筍」的真人實事只是特例而非通例，會更具有說服力。而且題目雖規定要用「先立後破」的結構來寫作，但是也有學生自然而然地形成了「立、破、立」的結構[24]，等於是破了一個陳說之後，自己再立一個更為周延的新說，這當然是很好的，因此題目可以考慮更改為「以『先立後破』或是『立、破、立』結構進行寫作」。

此外，學生在這次寫作中常出現的毛病不外下列幾點：一是對俗諺或成語的理解有誤；二是立多破少，重心錯置；三是「破」的切入點不佳，難以說服人；四是直接破此說，而未依照題目規定形成「先立後破」的結構。

整體來說，這個題組的寫作不僅可以訓練學生運用立破法的能力，而且在落筆之前，學生就已經以洞察力觀照這些流傳久遠的成語、俗諺，尋出其中的缺失處，再進行更深刻的思索。因此這個題組非常有助於學生思辨能力的提升，而且很能夠從學生的寫作中，看出他們的生命的刻痕，而這些，常常是相當動人的。

三　就「賓主」與「正反」之轉化而言

（一）題組

1　請分辨下列兩首詩篇是如何運材與布局的？
　　徐志摩〈偶然〉：

　　　　我是天空裡的一片雲，

　　　　偶爾投影在你的波心——

　　　　你不必訝異，

---

24 亦可形成「破、立、破」的結構，歐陽修〈縱囚論〉即如此，見陳滿銘：《篇章結構學》（臺北市：萬卷樓圖書公司，2005 年 5 月初版），頁 177-180。

更無須歡喜——
在轉瞬間消滅了蹤影。

你我相逢在黑夜的海上，
你有你的，我有我的方向，
你記得也好，
最好你忘掉，
在這交會時互放的光亮。

魯藜〈泥土〉：

老是把自己當珍珠
就時時有怕被埋沒的痛苦

把自己當作泥土吧
讓眾人把你踩成一條道路

2　請你將運用賓主法者改成正反法、運用正反法者改成賓主法（二選
　　一），並且可以利用下列表格先蒐集材料

偶然	相反聯想	
奉獻	相似聯想	

3 請運用蒐集到的材料（不須全用），將上述詩篇改寫成白話散文

（二）設計理念

正反法與賓主法的相同點在於「襯托」，相異點在於前者從反面襯、後者從正面襯；也就是因為如此，所以前者造成對比陽剛的美感、後者造成調和陰柔的美感。因為正反法與賓主法就好像一對同出一源，但是面貌、個性迥異的兄弟，所以兩者之間的轉換就非常有趣了。

因此本題組就是著眼在正反法與賓主法的轉換上而設計的。此題組的第一小題先請學生審辨徐志摩〈偶然〉運用賓主法來運材布局，造成了偏於陰柔的風格，魯藜〈泥土〉則運用正反法，造成了偏於陽剛的風格。第二小題則是希望學生思考如何用相反的材料襯托出「偶然」，用相似的材料襯托出「奉獻」，並運用這些材料，在第三小題中書寫成篇，如此一來，章法風格就剛好轉變了，表現「偶然」的會偏於陽剛，表現「奉獻」的會偏於陰柔。

（三）學生寫作成果

1 第一小題參考答案：徐志摩〈偶然〉運用賓主法，以自然界的偶然襯托人事界的偶然，形成了「先賓後主」結構，其結構分析表如下

```
┌ 賓：「我是天空裡的一片雲」五行
└ 主：「你我相逢在黑夜的海上」五行
```

魯藜〈泥土〉運用正反法，以怕被埋沒的珍珠陪襯捨身成路的泥土，凸顯出奉獻的可貴，形成了「先反後正」結構，其結構分析表如

下：

```
┌ 反：「老是把自己當珍珠」二行
└ 正：「把自己當作泥土吧」二行
```

2 第二、三小題：

（1）

		浪花滾滾不盡
偶然	相反聯想	月亮、浪濤永不止息
		誓言、承諾

　　黑夜的晚上，朵朵浪花，在海面上纏綿不盡。在最深的藍與白之間，起伏著一輩子的承諾，一朵朵永不凋謝的愛情的花。

　　可是在這樣的夜裡相逢，一切的永恆彷彿與我們無關。就像兩隻棲息的候鳥，我們選擇了不同的棲息地，無法到彼此心裡過冬，相逢是為了道別，道別在比黑還深的夜裡，如果眼裡有什麼依戀，夜是不會發現的。（許玉玲）

（2）

		月球永遠繞著地球轉動
偶然	相反聯想	北極星永恆地守在北方的天際
		磁鐵永遠會去找尋異極的另一端相吸

　　你說想把自己化作天上的月，無論我身處地球的那裡，你都能將銀白色的光芒輕灑在我身上，使我因感受到你的存在而歡喜。

　　然而我卻寧可我倆相逢在充滿著神秘難解色彩的黑夜之海上，彼此都有著屬於自己前進的方向。你可以選擇記得我們交會時互放的光亮，可我更期盼你忘掉，將那光亮留在相逢的那刻，讓它就

停留在那閃耀的時刻吧！（吳文菱）

（3）

		絲線織成衣
奉獻	相似聯想	雨降而後得滋潤大地
		黑夜等待黎明

夜靜默的提著月守候白晝，毫不理會眾人的抱怨，就像雲甘心還
俗成為雨，去觸摸這大千世界。

所以，把自己當作泥土吧！不會被埋沒的，只因眾人已將你踩成
一條平穩寬敞的道路。（趙元貞）

（4）

		粉筆
奉獻	相似聯想	葉子
		光亮

在教室裡，應該專注的聽著老師賣力的講課。

我卻出神的凝視著她手中那支逐漸變短的粉筆，在那短短一節課
裡化作灰，卻成全了所有人的智慧。

下課後走在校園，身邊充斥著一棵棵大樹，這景緻是多麼的壯
觀，我的眼神卻不經意的瞥到了樹下滿地的落葉，突然間興起了
一股莫名感動的情緒，葉子不惜犧牲生命化為養分來滋養大樹，
一棵棵樹木在這些落葉的奉獻下，屹立不搖，雄偉的佇立著。

走出校園，眾人急急忙忙的戴起帽子，撐起傘，甚至走向騎樓，
都是為了躲避那炙熱的陽光，但在忙著躲避之餘，我不禁為這豔
陽感到悲哀，太陽日復一日，年復一年的出現，從不懈怠，只是
單純的想讓大家知道陽光意味著希望，有陽光的地方，就充滿著

無限希望，但大家卻對它嗤之以鼻，避而遠之，就這樣看著希望在我們眼前消逝，而不上前緊握住它。

在回家的路途中，看著腳下的泥土，不由得對它產生厭惡，認為泥土是弄髒鞋子的罪魁禍首，急於想要結束這段路途，但走著走著，卻對自己剛才的念頭感到羞愧，因為泥土是這般的偉大，任由成千上萬的人將它踐踏為一條條又長又直的道路。（張惠惠）

（四）檢討

因為之前即教導過正反法與賓主法，所以學生寫作第一小題時，大致上是沒有問題的。至於第二、三小題，則需要多一點引導，學生才比較知道如何搜尋材料、著筆寫作，在選出來的四篇文章中，許玉玲、吳文菱都用「永恆」反襯「偶然」，形成了鮮明的對照，章法風格是偏於陽剛的，其結構分析表如下：

```
┌ 反（海浪）:「黑夜……愛情的花」
└ 正（偶遇）:「可是……發現的」

┌ 反（月）:「你說……歡喜」
└ 正（偶遇）:「然而……時刻吧」
```

趙元貞、張惠惠都是用「奉獻」陪襯「奉獻」，而且趙元貞是以二賓襯一主，張惠惠則是以三賓襯一主，相同的是都有著調和的美感，章法風格是偏於陰柔的，其結構分析表如下：

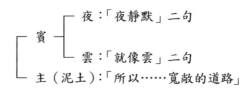

```
        ┌ 夜:「夜靜默」二句
   ┌ 賓 ┤
   ┤    └ 雲:「就像雲」二句
   └ 主（泥土）:「所以……寬敞的道路」
```

```
        ┌─── 粉筆：「在教室裡……智慧」
    ┌ 賓 ├─── 落葉：「下課後……佇立著」
    │    └─── 陽光：「走出校園……緊握住它」
    └ 主（泥土）：「在回家……的道路」
```

　　將改寫過的作品與原作來比較，感受更是不同，而且從這種比較中，更能體會到何謂「戲法人人會變，巧妙各有不同」，這一點點不同，造成了文學多樣的美感。不過，因為本題的難度偏高，所以如果要配合學生程度，那麼一次只練習一種：正反法變成賓主法，或是賓主法變成正反法，應該會比較容易。

　　經由上舉有關章法結構之「題組」與「實作」諸例看來，這種植基於語文「特殊能力」的新（限制）式寫作，其成果是相當明顯的。如果由此擴大至「意象」（個別）、「詞彙」、「修辭」、「文法」、「主題（主旨）」與「風格」等方面，則基礎會打得更好。如此涵蓋「立意取材」（主旨、意象、風格）、「結構組織」（文法、章法）與「遣辭造句」（詞彙、修辭）來引導寫作[25]，是我們從事國語文教育工作的人所應努力以赴的。

---

25 陳滿銘：〈論語文能力與辭章研究──以「多」、「二」、「一（0）螺旋結構作考察〉，臺灣師大《國文學報》36 期（2004 年 12 月），頁 67-102。又參見陳滿銘：〈論讀、寫互動〉，《泉州師範學院學報》23 卷 3 期（2005 年 5 月），頁 108-116。

第七章
結論

　　「章法結構」探討的是辭章內容的邏輯層次，它有別於「傳統邏輯」的邏輯形式。「傳統邏輯」的邏輯形式，主要是經由求「同」（歸納）求「異」（演繹），以確定其真偽、是非為目的；而「邏輯層次」，則主要在求「同」（歸納）求「異」（演繹）過程中，呈現其時、空或內蘊之層次為內容。這種邏輯層次，通常都由多樣的「二元對待」為基礎，而經「移位與轉位」之過程與「『多』、『二』、『一（0）』螺旋結構」之終極統合，形成其完整系統[1]。

　　而這種「層次邏輯系統」或「多」、「二」、「一（0）」螺旋結構，乃先賢探尋宇宙創生、含容萬物的規律，由「有象而無象」，再由「無象而有象」，往復研討所得到的智慧結晶。這些可從《周易》（含《易傳》）與《老子》等古籍中去考察其究竟的。它不但可由「有象」而「無象」，找出「多、二、一（0）」之逆向結構；也可由「無象」而「有象」，尋得「（0）一、二、多」之順向結構；並且透過《老子》「反者道之動」（四十章）、「凡物芸芸，各復歸其根」（十六章）與《周易・序卦》「既濟」而「未濟」之說，將順、逆向結構不僅前後連接在一起，更形成互動、循環、提升不已的螺旋結構，以反映宇宙人生生生不息之基本規律[2]。

1　陳滿銘：〈層次邏輯系統論──以哲學與章法作對應考察〉，《渤海大學學報・哲學社會科學版》27 卷 6 期（2005 年 11 月），頁 1-7。
2　陳滿銘：〈論「多」、「二」、「一（0）」的螺旋結構──以《周易》與《老子》為考察重心〉，臺灣師大《師大學報・人文與社會類》48 卷 1 期（2003 年 7 月），頁

　　既然如此，這種「多」、「二」、「一（0）」的螺旋結構，就不但可適用於科學，也一樣能適用於哲學、文學與美學；如果將它對應於西方所謂的「真」、「善」、「美」來看，則「一（0）」為「真」與主體之「美感」、「二」的規律作用與過程為「善」、「多」為「美」，即客體之「美」。就是落到「章法結構」來說，也是如此[3]。

　　因此，奠基於「多」、「二」、「一（0）」螺旋結構之「章法結構」，包含「包孕式結構」或「章法『多、二、一（0）』結構」所產生的節奏、韻律在內，皆屬於「客觀之存在」；而它雖有「零點與偏離」、「潛隱與兼格（法）」之變化，反映的仍然是「存在之真實」，凡此種種，都足以證明人之所以能形成「章法結構」，靠的乃是先驗之能力，絕不是莫須有的人為框架，這是可以過後天嚴密研究所獲得的「知識理論」加以確認的。

　　天然與人為能接軌、疊合如此，自然就可用來分析包含「章法結構」在內的各種辭章現象。這就是國語文「語文能力」教學之原理所在。眾所週知，國語文教學的主要內容，在中、小學階段，主要含「聽」、「說」、「讀」、「寫」等四方面[4]；而其中又以「讀」和「寫」，

1-20。而此「螺旋」一詞，本用於教育課程之理論上，早在十七世紀，即由捷克教育家夸美紐思所提出，乃「根據不同年齡階段（或年級），遵循由淺入深，由簡單到複雜，由具體而抽象的順序，用循環、往復螺旋式提高的方法排列德育內容。螺旋式亦稱圓周式」，見《簡明國際教育百科全書》（北京市：新華書局北京發行所，1991年6月一版一刷），頁611。又，相對於人文，科技界亦發現生命之「基因」和「DNA」等都呈現雙螺旋結構。參見約翰·格里賓著、方玉珍等譯：《雙螺旋探密——量子物理學與生命》（上海市：上海科技教育出版社，2001年7月），頁271-318。

3　陳滿銘：〈「真、善、美」螺旋結構論——以章法「多」、「二」、「一（0）」螺旋結構作對應考察〉，《閩江學院學報》總89期（2005年6月），頁96-101。

4　小學國語文之教學內容，主要含「聽」、「說」、「讀」、「寫」、「作」等。其中的「寫」，指寫字（書法），而「作」才指作文，與一般以「寫」指寫作（含作文）的，是有所不同的。嚴格說來，「寫」，含「傳統式作文」與「限制式寫作」。其中「限制式寫作」，從前稱之為「非傳統式作文」，見陳滿銘：《作文教學指導》（臺北市：萬卷樓圖書公司，1994年10月初版），頁32-89。

受到更多的重視，因為「聽」和「說」，雖然在小學的國語文課裡，需要於「讀」和「寫」之外花些工夫打基礎，但到了中學，則只要融在「讀」或「寫」的教學中，伺機逐步加強就可以了。而由於「章法結構」，是使篇章求合於邏輯層次的一種組織，簡單地說，就是「謀篇布局」的模式。因此「章法結構」在進行國語文教學，尤其是「讀」、「寫」教學之際，佔有十分顯著的地位。

　　而所謂的「章法結構」，所呈現者既為篇章之邏輯層次，乃源自於人類共通之理則：秩序、變化、聯貫、統一，亦即對應於自然規律來說的。因此一般創作者即使日用而不知、習焉而不察，但很早就已受到辭章學家的注意，只不過所看到的都是其中的幾棵「樹」，而一概不見其「林」。一直到晚近，經過多年努力的探究，才逐漸「集樹成林」，並確定它的原則、範圍和主要內容（含類別與模式），尋得它的哲學基礎和美感效果，建構了一個體系，而形成一個新的學門[5]。就目前而言，所能掌握之章法，約四十種，那就是：今昔、久暫、遠近、內外、左右、高低、大小、視角轉換、知覺轉換、時空交錯、狀態變化、本末、淺深、因果、眾寡、並列、情景、論敘、泛具、虛實（時間、空間、假設

---

[5]　研究「章法學」，一路辛苦地走來，很慶幸地已逐漸受到兩岸學者之肯定。如大陸學者鄭韶風強調臺灣的章法學，已開拓了漢語辭章學研究的新領域，和大陸的北京（以張志公為首）、福州（以鄭頤壽為首），各以所長，形成了三支強而有力的隊伍，且認為「陳滿銘教授抓住『章法』作了深入的開挖，除了寫論文外，還寫幾部專著來論析辭章章法論」，而「開了『章法』論的專門辭章學先河」見〈漢語辭章學四十年述評〉，《國文天地》17 卷 10 期（2001 年 7 月），頁 93-97；再如大陸鄭頤壽教授，在去年（2001）十一月於廈門舉行的「海峽兩岸閩南文化學術研討會」上發表〈臺灣辭章學研究述評〉一文，以重點方式加以評述，認為臺灣之章法學研究具有「哲學思辨」、「多科融合」、「（讀寫）雙向兼顧」、「體系完整」、「重點突出」、「行知相成」等六大特點，並且指出「臺灣學者陳滿銘教授，在研究（章法學）這一方面具有突出的成就，雖非絕後，實屬空前。……從辭章章法理論研究方面，由前人『見樹不見林，語焉而不詳』的狀況，發展到對章法的範圍、原則與內容等多視角的切入，形成一個體系。」（《國文天地》17 卷 10 期，2001 年 3 月，頁 99-107）。這些肯定，在周遭一些「章法無用」的打擊聲中，是彌足珍貴的。

與事實、虛構與真實）、凡目、詳略、賓主、正反、立破、抑揚、問答、平側（平提側注）、縱收、張弛、插補[6]、偏全、點染、天（自然）人（人事）、圖底、敲擊[7]等。這些章法，用在「篇」或「章」（節、段）都可以擔負組織材料情意之作用。

如此由不同的「章法」，以形成不同的「章法結構」，如「先遠後近」、「先平提後側注」、「先凡後目」、「先敘後論」等；而同一個章法，又可形成不同的結構類型，如「先正後反」、「先反後正」、「正、反、正」、「反、正、反」等。教師熟悉了這些條理，才能夠對應於每一作者「習焉而不察」之各種邏輯思維，強化其思考能力，將其篇章的邏輯結構梳理清楚，從而深入辭章的義蘊、辨析布局的奧妙、掌握鑑賞的要領，以提升「讀」與「寫」的教學效果[8]

以閱讀教學而言，本有課內與課外之別，但在此，則只談課內教材。而課內教材之閱讀教學，其範圍、步驟，大致為「題解」、「作者生平」、「單詞分解」（形、音、義）、「語句剖析」（文法）、「義旨探究」（主題、意象）、「作法審辨」（修辭、章法）、「深究鑑賞」與「評量」等[9]，其中與章法有直接而密切關係的，就是「作法審辨」。這個部分，主要訴諸主觀，特別講求「形象思維」的，為「修辭技巧」；而主要訴諸客觀，特別講求「邏輯思維」的，則是「章法結構」。

6　以上章法，見陳滿銘：〈談辭章章法的主要內容〉，《章法學新裁》（臺北市：萬卷樓圖書公司，2001 年 1 月初版），頁 319-360。又見仇小屏：《篇章結構類型論》上、下（臺北市：萬卷樓圖書公司，2000 年 2 月初版），頁 1-620。

7　以上五種章法，見陳滿銘：〈論幾種特殊的章法〉，臺灣師大《國文學報》31 期（2002 年 6 月），頁 193-222。

8　陳滿銘：〈談課文結構分析的重要——以高中國文課文為例〉，《兩岸暨港新中小學國語文教學國際研討會論文集》（臺北市：臺灣師大中輔會，1995 年 6 月），頁 13-41。

9　章微穎：《中學國文教學法》（臺北市：蘭臺書局，1969 年 9 月再版），頁 37-60。又，黃錦鋐：《中學國文教材教法》（臺北市：教育文物出版社，1983 年 2 月初版），頁 57-158。

　　以寫作教學而言，其主要內容有三：一為命題，二為指引，三為批改（評析）。其中的指引，又可分為經常性的指引和臨時性的指引兩種[10]。通常，這種指引可涵蓋審題、立意、取材、布局與措詞等。而「章法結構」可著力的，就是「布局」。針對此一環節之教學，可特別著眼的是：一、在命題、指引上，用「章法結構」來命題，既可適用於長篇之傳統式作文，也可適用於短篇之限制式寫作。一般來說，可配合課文之所學，選擇一、二種或幾種較常見的「章法」或「章法結構」，在題目中作指引，要求從中擇一種或兩種，加以應用，來寫成結構表或文章，藉以訓練學生靈活運用各種「章法」或「章法結構」之能力。二、在批改、評析上，作文之批改或評析，用「章法」或「章法結構」的角度切入，以指導學生謀篇布局之技巧，既可以用「章法」或「章法結構」之四大律（秩序、變化、聯貫、統一）加以梳理，以進行指導；也可以就某一些適用之「章法」或「章法結構」加以組織，以進行批改或評析；其成效是相當大的。

　　這本書就如此鎖定「章法結構」之主要原理與教學應用，進行對應性之探討，希望對中、小學之國語文教學，在「章法結構」這一領域上，提供一己心得作為教學之參考，以期達到提升品質之目的。

---

10 「經常性的指引，是要在課文讀講時一併進行的，也就是說，要在講授課文之際，仔細分析課文，對文中有關立意、運材、布局、措辭等工夫，一一予以深究，使學生對寫作的方法，能由點而面，由面而立體地加以掌握，形成一個系統，這是指導學生作文最重要的一環。有不少人以為課文自課文，作文自作文，是兩碼子事，因此在指導學生作文時，往往另起爐灶，硬是將作文與課文拆開，這是本末倒置的作法，是十分不妥當的。至於臨時性的指引，則在出了作文題之後，要針對所出的題目，用極短的時間，對題目的意義、重心，可用的材料或章法，甚至措辭技巧等，給予必要的提示，以補經常性指引之不足。」見《作文教學指導》，頁115。